Birgit Furrer-Linse

Die Seherin des Amun

Miccheck Records/ Verlag

Birgit Furrer-Linse

Die Seherin des Amun

Historischer Roman

aus der Regierungszeit der Pharaonin Hatschepsut

Bibliografische Information der Deutschen Nationalbibliothek:
Die Deutsche Nationalbibliothek verzeichnet diese Publikation in der Deutschen Nationalbibliografie; detaillierte bibliografische Daten sind im Internet über http://dnb.dnb.de abrufbar.

© Neuauflage 2020 Birgit Furrer-Linse

Miccheck Records/ Verlag

Deutsche Erstausgabe Mai 2017

Miccheck Records/Verlag

Cover Torsten Furrer

Fotographien Birgit Furrer-Linse

Herstellung und Verlag: BoD – Books on Demand, Norderstedt

ISBN: 978-3743-103023

ISBN: 978-3-7431-0302-3

Weitere Romane der Autorin Birgit Furrer-Linse:

…denn der einzige wahre Gott Ägyptens ist der Nil

Die Ägypter gaben ihr den Namen Nofretete

Die Kurtisane von Rom

Härter als Krebs

Ich, al Mansur, Herr über Cordoba

Steppenbrand

Epilog

Der Wille der Götter geschieht, denn Maat herrscht wieder in Ägypten, seit das Fremdvolk der Hyksos aus dem Land vertrieben wurde.

Und was auch immer böse Zungen jetzt sagen mögen, es entsprach dem Willen der Götter, dass die vollkommene Göttin zum lebenden Horus wurde. Sie war die Tochter des Gottes Amun. Wie kein Pharao vor ihr versuchte sie den Willen Amuns zu ergründen, seine Vollkommenheit zu preisen und seine Gebote zu erfüllen. Sie tat ihre Pflicht den Göttern gegenüber und wurde deshalb von ihnen gesegnet. Unter ihr erblühte das Land, die Menschen lebten in Frieden und ohne Not, denn Amuns Hand lenkte sie. Sie baute wieder auf, was durch die Hyksos zerstört worden war. Ihr Name soll deshalb voll Achtung genannt, ihr Körper für die Ewigkeit bewahrt werden.

Sie schenkte ihre Liebe Ägypten und tat für das Land, was getan werden musste, ohne dabei auf die Qualen ihres Herzens zu achten. Ihre wahre Größe zeigte sich in dem Opfer, das sie Ägypten brachte.

Und deshalb bete ich zu Amun, er möge die strafen, die nun, da seine Tochter zu Osiris geworden ist, versuchen, schlecht von ihr zu sprechen und ihren

Namen in den Schmutz zu ziehen, um dem neuen Horus zu schmeicheln. Mein Fluch soll jeden treffen, der es wagt, an ihr Andenken Hand zu legen, ihren Namen zu löschen oder ihre Statuen zu zerstören.

Solange ich lebe, werde ich nicht ruhen, dafür zu sorgen, dass ihr Gerechtigkeit widerfährt in Ägypten, wie ihr Gerechtigkeit widerfahren ist vor den Göttern, ihr, meiner geliebten Schwester Makare Hatschepsut.

Dies schwöre ich, und ich weiß, der neue Horus wird es nicht wagen, sich meinem Willen zu widersetzen, solange ein Hauch Leben in meinem Körper ist. Er bringt mir all die Achtung und Ehrfurcht entgegen, die der greisen Tante gebühren. Doch die Achtung allein könnte ihn nicht davon abbringen, seinen so lange mühsam gezähmten Hass walten zu lassen. Nur die Furcht vor mir hält seine Rache an dir auf, geliebte Schwester. Thutmosis, der große Feldherr, dem es bestimmt ist, alle seine Vorgänger an Ruhm und Glanz zu übertreffen, fürchtet meinen Fluch. Denn noch immer ist Amun mit mir, sein Licht umgibt mich, lässt mich in den Gedanken der Menschen lesen und in ihre Zukunft blicken. Wie kein anderer am Hof kenne ich die heiligen Mysterien und verstehe den Willen der Götter zu deuten. Dies gibt mir die Macht, den Pharao zu lenken, denn Thutmosis ist nicht vom Licht Amuns erleuchtet. Er vollzieht die Riten, wie es in den alten Schriften vorgeschrieben ist, bringt den Göttern die

Opfer dar. Doch die Götter schweigen. Sie verschließen sich ihm.

Thutmosis wagt es nicht mit den Priestern darüber zu sprechen, denn ein Pharao, dem sich die Götter nicht offenbaren, ist ein falscher Pharao, unfähig das Land im Sinne der Maat zu regieren. Nur ich kenne dieses Geheimnis, denn ich vermag in seinen Gedanken zu lesen wie in einem Buch, und dies weiß Thutmosis. Er ahnt nicht, dass es mein Zauber ist, der zwischen ihm und den Göttern steht. Doch in der Stunde meines Todes wird dieser Bann von ihm genommen werden.

An diesem Tag wird Thutmosis wissen, dass er nach dem Willen der Götter rechtmäßiger Pharao Ägyptens ist. Und dann wird er nicht mehr zögern, deinen Namen und deine Bildnisse auszulöschen, deine Statuen zu zerschlagen und dich aus dem Gedächtnis der Menschen zu löschen. Sein Hass wird über seine Ehrfurcht vor dir siegen, und selbst der Fluch Amuns wird ihn nicht davon abhalten können.

Ja, geliebte Schwester, ich spüre, wie die Lebenskraft langsam aus meinem Körper rinnt. Mein Körper leidet unter der Gebrechlichkeit des Alters, doch mein Geist hat nichts von seiner Kraft eingebüßt. Im Gegenteil, heute fühle ich mich dem Willen der Götter näher als je zuvor, denn ich habe jenen Punkt erreicht, an dem ich dem eigenen Schicksal gegenüber gleichgültig geworden bin. Mich leitet kein persönliches Interesse mehr, sondern nur noch der Wunsch, Amun zu dienen.

Umso trauriger stimmt es mich, aus diesem Leben zu scheiden, ohne Thutmosis vor dem großen Fehler bewahren zu können, den Zorn Amuns auf sich zu laden. Doch damit muss ich mich wohl abfinden, denn jeder Mensch wandelt auf dieser Erde, um selbst zu ergründen, was Recht und was Unrecht ist. Die Götter können nur raten, entscheiden muss jeder selbst. Am Tag des Göttergerichts, in der Halle der Maat, wird das Handeln des Menschen gerichtet, seine Seele in die Waagschale gelegt und das Urteil der Götter durch Thot verkündet.

Ich werde nun bald vor dieses Gericht treten, und darum schreibe ich mit den letzten mir noch verbliebenen Kräften mein Totenbuch, um meine Taten vor Osiris Gericht zu rechtfertigen.

Wie viel leichter würde es mir fallen, einem Schreiber diesen Bericht meines Lebens zu diktieren, als mit meinen alten, zittrigen Fingern selbst die Hieroglyphen auf den Papyrus zu bringen. Aber ich weiß, dies darf ich nicht tun, denn die Vergangenheit birgt zu viele Geheimnisse, die mir für immer ins Grab folgen müssen und keinem, außer den Göttern, zu Ohren kommen dürfen. Und so sitze ich hier und schreibe in der Hoffnung, dass meine Hände nicht versagen, meine Augen mir keinen Streich spielen und mein Atem noch lange genug reicht, um mein Werk zu vollenden.

Ich schreibe, und mit jeder Zeile fühle ich mich zurückversetzt in die Tage meiner Jugend, in denen noch kein Schatten meinen Frohsinn trübte, mein Glaube unerschüttert war und ich mir keine Schuld, noch schlechte Gedanken vorwerfen musste.

Ich, Nenefer, Tochter Pharaos Thutmosis I, Halbschwester Pharaos Thutmosis II., Halbschwester Pharaos Hatschepsut, Tante Pharaos Thutmosis III., Seherin des Amun, erleuchtet von den Göttern, schreibe, um vor Osiris Gerechtigkeit zu finden.

Nachdenklich senkte Thutmosis die Papyrusrolle in seiner Hand. Sein Blick wanderte hinüber zu dem zierlichen, eingefallenen Körper mit dem unscheinbaren Gesicht, aus dem vor wenigen Minuten alles Leben gewichen war. Doch obwohl sie tot war, spürte er noch immer ihre Gegenwart im Raum, fühlte ihre großen, leuchtenden Augen auf sich gerichtet. Sie war tot und doch anwesend, schien ihn aus ihrer neu gewonnenen Freiheit drohend zu beobachten. Eine Stimme wurde in ihm laut. Warnend gebot sie ihm, die Papyrusrolle zu schließen, den Willen der Verstorbenen zu achten, ihr ihre Geheimnisse und ihr Wissen mit ins Grab zu geben. Aber gleich darauf verscheuchte er seine Furcht vor dem Unbekannten, welche ihn zaudern ließ. Hier in seiner Hand lag die Wahrheit, die ganze Wahrheit, die sich ihm bis zum heutigen Tag verschlossen hatte. Endlich bot sich ihm die Möglichkeit, zu erfahren, was wirklich geschehen war, als er noch ein Kind war, das nicht verstand, nichts begriff. Nein, er musste diesen Papyrus lesen, auch wenn er damit gegen ein heiliges Gesetz verstieß. War er schließlich nicht der Pharao, der lebende Horus auf Erden, der alles wissen musste? Nur so konnte er Gerechtigkeit üben.

„Majestät!"

Der Befehlshaber seiner Leibgarde schreckte Thutmosis aus seinen Gedanken. Unwirsch blickte der Pharao auf. Erst jetzt wurde er sich wieder der Tatsache bewusst, dass er nicht allein gekommen war. Als man ihm die Nachricht brachte, seine Tante läge im Sterben und wünsche ihn noch einmal zu sehen, hatte er die Soldaten seiner Leibgarde mitgenommen, denn obwohl Nenefer dem Tode nahe war, konnte er die Furcht, die er stets in ihrer Gegenwart empfunden hatte, nicht abschütteln. Außerdem waren der Leibarzt seiner Tante und deren Bedienstete im Raum. Alle blickten nun auf ihn und erwarteten seine Befehle.

„Wünschen Eure Majestät, dass ich einen Boten in das Haus des Todes sende?", fragte der Offizier.

Einen Augenblick lang zögerte Thutmosis. Vielleicht wäre es das Beste, den Leichnam sofort den Einbalsamieren zu übergeben und die Räume Nenefers verschließen zu lassen, um ihr Habe für das Begräbnis sicherzustellen?

Aber nein! Das Dokument in seiner Hand war zu aufschlussreich, um es ungelesen den Grabbeigaben hinzuzufügen.

„Lass die Einbalsamierer verständigen, dass sie den Leichnam morgen früh ins Haus des Todes überführen sollen. Heute Nacht jedoch soll die Verstorbene hier aufgebahrt bleiben. Ich persönlich werde die Totenwache halten – allein!"

Der Offizier verneigte sich, wandte sich um und ging. Die Leibwache des Pharaos folgte, ebenso der Arzt und die Bediensteten Nenefers. Nur Teje, die erste Dienerin Nenefers, blieb zurück.

„Majestät", begann sie zögernd. „Verzeiht, aber die edle Nenefer hat mich beauftragt, nach ihrem Tod persönlich dafür Sorge zu tragen, dass die wichtigsten Dinge ihrer Habe sichergestellt werden, damit sie unversehrt in ihr Grab gelangen."

„Dann such die Dinge zusammen. Ich werde sie bis zur Beisetzung verschließen lassen", erwiderte Thutmosis gereizt.

Gehorsam verneigte Teje sich vor dem Pharao und begann dann unter den Augen von Thutmosis aus den verschiedensten Truhen Dinge zusammenzusuchen. Kämme, Bürsten, Schmuck und Gewänder sowie Geschirr häuften sich bald vor den Augen des Pharaos. Schließlich kam Teje auf Thutmosis zu, der die ganze Zeit über ungeduldig dem Treiben der Dienerin zugesehen hatte. Sie griff nach der Schreibpalette ihrer verstorbenen Herrin und wandte sich dann entschlossen an den Pharao.

„Vergebt mir, Majestät, aber das, was Ihr da in Euren Händen haltet, legte mir meine Herrin besonders ans Herz. Diese Zeilen sind nur für die Götter bestimmt, nicht für die Menschen!"

Einen Augenblick schwankte Thutmosis zwischen Erstaunen und Zorn, dann siegte sein Zorn.

„Es ist jetzt gut, Teje! Du hast den Willen deiner Herrin erfüllt. Um alles Weitere werde ich mich kümmern. Geh jetzt!", herrschte er die Dienerin an.

Doch Teje blieb unbeeindruckt. Ruhig entgegnete sie: „Majestät, Ihr habt das erste Siegel aufgebrochen und die Zeilen gelesen, die Nenefer den Göttern schrieb. Das entsprach nicht dem Wunsch meiner Herrin. Ich flehe Euch an, Herr. Legt den Papyrus in die Truhe zurück und schließt sie. Ich bitte Euch, stört die Ruhe der Toten und Eure eigene nicht durch diesen Frevel!"

Einen Augenblick lang war Thutmosis von den Worten Tejes so beeindruckt, dass er willens war, sich zu beugen. Doch gleich darauf glomm der Zorn erneut in ihm auf. Er, der Pharao Ägyptens, musste sich von niemandem sagen lassen, was er zu tun und zu lassen hatte.

„Geh jetzt, Teje, oder ich lasse dich in Ketten legen!", herrschte er die Dienerin an.

Ehrfürchtig verneigte Teje sich vor dem Pharao und wandte sich zum Gehen, blieb an der Tür aber noch einmal stehen und sagte: „Ich bin nur eine einfache Sklavin und muss gehorchen, Majestät. Ihr seid der Pharao und entscheidet. Trotzdem muss ich Euch warnen. In der Rolle, deren Siegel Ihr aufgebrochen habt, liegt eine zweite Rolle, die ebenfalls versiegelt ist. Dieses Siegel hat die edle Nenefer mit einem Fluch belegt. Wenn Ihr es brecht, wird es Euch kein Glück bringen."

Teje verneigte sich noch einmal und verließ den Raum.

Nachdenklich schaute Thutmosis ihr nach. Die letzten Worte Nenefers kamen ungerufen in sein Gedächtnis zurück.

„Majestät", hatte sie mit gebrochener Stimme geflüstert. „Wägt gut ab, was Recht und was Unrecht ist. Die Götter können mit Euch sein oder gegen Euch. Es liegt ganz bei Euch."

Es war Thutmosis plötzlich, als seien in diese letzten Worte die ganze Weisheit eines langen Lebens eingeflossen.

Dann war sie gestorben, und während die anderen den Leichnam reinigten und aufbahrten, war Thutmosis unruhig im Raum herumgelaufen, von dem Drang getrieben, so schnell wie möglich das Zimmer wieder verlassen zu können. Durch Zufall war dabei sein Blick auf die versiegelte, dicke Papyrusrolle gefallen, die in einem offenen Kästchen lag. Er hatte sie herausgenommen, ohne sich etwas dabei zu denken, nur, um etwas zu tun, damit die Zeit schneller verging. Beiläufig hatte er die Aufschrift der Rolle gelesen - „Mein Totenbuch" -. Plötzlich war in ihm das Interesse erwacht. Alle waren noch immer mit der Toten beschäftigt gewesen, keiner hatte ihn beachtet. Von einem unbändigen Verlangen getrieben, hatte Thutmosis das erste Siegel aufgebrochen und zu lesen begonnen.

„Verzeih mir, Nenefer, aber ich kann nicht anders", flüsterte er.

Dann legte er die erste Rolle beiseite, nahm die zweite an sich und öffnete das Siegel.

Während er die Papyrusrolle vor sich auszubreiten begann, um die zierlichen, mit zittriger Hand geschriebenen Hieroglyphen zu entziffern, lief ein Schauer über seinen Rücken. Erschreckt fragte er sich, ob das Siegel, das er eben aufgebrochen hatte, wirklich mit einem Fluch belegt war, wie die alte Nubierin Teje es behauptet hatte. Jeder am Hof, so musste er sich eingestehen, wusste, dass seine Tante eine große Zauberin und Magierin gewesen war, die über göttliche

Kräfte verfügte. Könnte es sein, dass ihr Zauber auch über ihren Tod hinauswirkte?

Ärgerlich über sich selbst verscheuchte Thutmosis seine Furcht. Er, der große Feldherr, Bezwinger der Feindlande, Pharao von Ägypten, durfte vor nichts Angst haben.

Und doch, so ging es ihm durch den Sinn, war Nenefer zu ihren Lebzeiten der einzige Mensch gewesen, vor dem er Furcht empfunden hatte. Allein ihre Gegenwart übte eine Macht auf ihn aus, der er sich nie hatte entziehen können. Ja, diese Frau hatte er ebenso sehr gefürchtet wie bewundert. Nun war sie tot und doch lag noch immer ihr Bann auf ihm, erfüllte ihn mit tiefer Ehrfurcht.

Aber sein Entschluss stand fest.

„Nein, Nenefer", flüsterte er. „Du kannst mich nicht davon abhalten. Ich werde erfahren, was ich immer wissen wollte. Du warst mein einziger Freund in der Not. Du warst mein einziger Widersacher, als ich den Gipfel der Macht erreicht hatte. Und immer warst du stärker als ich. Wenn es mir heute, nach deinem Tod, nicht gelingt, deinen Willen zu brechen, werde ich für den Rest meines Lebens in deinem Schatten stehen. Doch der Pharao Ägyptens muss seinem eigenen Willen folgen".

Thutmosis wandte sich erneut dem Papyrus zu und begann zu lesen. Schon nach wenigen Augenblicken versank er in den Bericht, verließ die Gegenwart und gab sich ganz dem Zauber der Vergangenheit hin. Für Stunden wurde er ein anderer Mensch, lebte ein anderes Leben, dachte andere Gedanken und erlebte die Kräfte des Göttlichen.

Der Thronfolger

Es ist nicht immer leicht, nach dem Willen der Götter zu handeln. Die eigenen Gefühle, Interessen und Wünsche stehen oft im Weg, und es kostet unendlich viel Kraft, dennoch den richtigen Weg nicht zu verlassen.

Wenn ich es trotzdem manchmal tat, so flehe ich die Götter an, mir dies zu vergeben, denn ich wurde als Mensch geboren, mit allen Fehlern und Unzulänglichkeiten eines Menschen. Dass die Götter mir die besondere Gabe verliehen, ihrer Größe näher zu sein als andere Menschen, war mein Schicksal. Ich habe versucht, meiner Aufgabe gerecht zu werden, was mir jedoch nicht immer gelang.

Oft habe ich das Wissen, das ich anderen Menschen voraushatte, nicht als Glück, sondern als Fluch empfunden. Ich hätte gerne gehandelt, wie es meine Gefühle geboten. Aber es sollte mir versagt bleiben, Liebe, Hass, Eifersucht und Kummer auszuleben, denn die Macht des Göttlichen lastete auf meinem Gewissen, beschrieb mir stets klar die Aufgabe, die ich zu erfüllen hatte.

Darum sehe ich meinem Tod dankbar entgegen, denn er wird mir den lang ersehnten Frieden schenken.

Doch ich will nicht klagen. Es gab auch glückliche Tage in diesem zurückliegenden Leben, um derentwillen allein es sich bereits gelohnt hat, die Last zu tragen.

Und so beginne ich von diesem Leben zu erzählen. Und ich werde versuchen, den Pfad der einzigen Wahrheit nicht zu verlassen. Doch wenn mein Gedächtnis mir manchmal vielleicht einen Streich spielen wird, bitte ich die Götter, mir dies nachzusehen. Ich bin alt, und es fällt mir immer schwerer, alles in die richtige Reihenfolge zu bringen. Manche Ereignisse verschwimmen bereits im Nebel der Vergangenheit, während andere noch so lebendig vor mir stehen, als hätte sich alles erst vor ein paar Minuten zugetragen.

Unser Leben ist nicht nur das Ergebnis unseres eigenen Handelns, sondern wird zu einem Großteil von den Ereignissen bestimmt, die an uns herantreten. Weil dies so ist, muss man oft weiter zurückblicken, als man glaubt, um den ganzen Zusammenhang zu erkennen und die richtigen Schlüsse daraus zu ziehen.

Darum werde ich meine Geschichte in jener Zeit beginnen, die für das Land Ägypten wohl die Dunkelste seiner ganzen Vergangenheit ist. Es ist die Zeit, in der Ägypten nicht von Ägyptern regiert wurde, sondern von einem Barbarenvolk, das über das Land herfiel, unsere Götter stürzte, unsere Tempel zerstörte und uns seinen Willen aufzwang. Dieses Volk waren die Hyksos, und sie herrschten fast einhundert Jahre über unser Land, bis es endlich einem thebanischen Fürsten namens

Ahmose gelang, die Barbaren zu vertreiben und der Maat, der Weltordnung der Götter, wieder zu ihrem Recht zu verhelfen.

Jener Ahmose war mein Urgroßvater und der Begründer einer neuen, ägyptischen Dynastie, einer Dynastie der Wiederherstellung des Altbewährten, ebenso wie der notwendigen Erneuerung.

Mein Urgroßvater Ahmose wie auch mein Großvater Amenophis lebten ständig im Krieg. Ihnen war zeit ihres Lebens nichts anderes vergönnt, als die Grenzen Ägyptens zu verteidigen, um dem Reich zu alter Macht und Größe zurück zu verhelfen. Und auch mein Vater, Pharao Thutmosis I., musste einen Großteil seiner Jugend dieser Aufgabe widmen, bis endlich der lang ersehnte Frieden einkehrte.

Pharao Thutmosis I. war ein ebenso großer wie geschickter Feldherr, wie er auch in allen innenpolitischen Angelegenheiten eine glückliche Hand zeigte. Er festigte das Reich von innen und außen und begann das vom Feind zerstörte wiederaufzubauen. Er hätte mit seinem Werk zufrieden sein können, doch mit zunehmendem Alter lastete eine große Sorge auf ihm. Seine Jugend hatte er durch Krieg weit entfernt von Theben an den Grenzen Ägyptens verbringen müssen und nun, daheim, im Alter, schien es ihm nicht vergönnt zu sein, einen Erben für das Reich zu bekommen. Aber gerade diesen Erben brauchte Ägypten zu jener Zeit dringend, denn ein nach Thutmosis Tod ausbrechender

Kampf um die Nachfolge hätte das Reich erneut geschwächt und alles Erreichte in Frage gestellt.

Thutmosis und seine Gemahlin Ahmose beteten zu den Göttern und brachten viele Opfer dar, bis es der großen königlichen Gemahlin schließlich doch vergönnt war, von Pharao zu empfangen.

Die Königin kam nach einer schweren Geburt, die sie fast das Leben gekostet hätte, mit einem Mädchen nieder, das den Namen Neferubity erhielt. Die Hoffnung des Reichs auf einen gesunden Thronfolger sank. Verzweifelt griff Thutmosis zu der letzten noch bleibenden Möglichkeit und nahm sich eine zweite, jüngere Frau namens Mutnofret. Und Mutnofret gelang es tatsächlich, dem Pharao einen Sohn zu schenken, der nach seinem Vater ebenfalls Thutmosis genannt wurde. Zwar starb Mutnofret wenige Tage nach der Geburt im Kindbett, doch Ägypten atmete auf, denn die Sorge um einen Thronfolger schien erledigt. Oberflächlich betrachtet war dies auch so, doch je älter Thutmosis wurde, umso deutlicher zeigte sich, dass er nicht die Veranlagungen besaß, die von einem Pharao erwartet wurden. Das Kind war kränklich, fettleibig und verweichlicht. Immer öfter fragte sich Pharao Thutmosis, ob er seinen Sohn am Ende nicht sogar noch überleben würde.

Da endlich wendete sich noch einmal das Geschick, denn Königin Ahmose verkündete vor Glück strahlend, dass sie wieder guter Hoffnung sei. Bestärkt wurde das neue Hochgefühl von einem Traum, den Ahmose kurz vor der Geburt ihres zweiten Kindes hatte.

Amun selbst kam in diesem Traum zur Königin und gab ihr zu verstehen, dass er der Vater ihres Kindes sei. Er nahm den Säugling auf den Arm als Zeichen dafür, dass er das Kind zum neuen Horus erhob.

Pharao und Oberpriester waren sich bei der Deutung des Traums einig, das Kind, das geboren werden würde, sollte nach dem Willen der Götter den Thron besteigen.

Die Stunde der Geburt rückte näher, und Ahmose schenkte einem Mädchen das Leben, das den Namen Hatschepsut erhielt. Und wieder waren König und Königin einer Hoffnung beraubt. Ein Mädchen konnte den Thron nicht besteigen. Der Traum der Königin musste falsch gedeutet worden sein.

Pharao Thutmosis war bereit, sich mit seinem Nachfolger, dem Sohn Mutnofrets, abzufinden. Doch da wurde das Kind ernstlich krank, sodass die Ärzte um sein Leben fürchteten. Darum gab Thutmosis schließlich dem Drängen seiner Berater nach, noch einmal zu versuchen, einem gesunden Thronfolger das Leben zu schenken, und er vermählte sich auf Rat der Priester mit der zweiten Priesterin der Hathor, einer Frau namens Meryet. Die Ehe wurde im Tempel der Fruchtbarkeitsgöttin vollzogen und durch die Schwangerschaft Meryets gekrönt. Diesmal waren sich alle Priester einig. Die Schwangerschaft stand unter einem guten Stern. Der ersehnte Thronfolger würde geboren werden. Umso größer war die Enttäuschung, als der Pharao hören musste, dass es wieder ein Mädchen war, das das Licht der Welt erblickt hatte.

Da Thutmosis an Meryet nie ein besonderes Interesse gehabt hatte, sondern sie einzig auf Rat der Priesterschaft zu seiner Gemahlin gewählt hatte, wurde die einstige Priesterin der Hathor in die hinterste Ecke des Harems verband, wo sie ihre Tochter großziehen sollte. Der Pharao kam nicht einmal, um das ihm geborene Kind in Augenschein zu nehmen. Er ließ Meryet durch einen Boten ein unbedeutendes Geschenk überbringen und ihr den Namen für das Mädchen mitteilen – Nenefer.

Mutnofrets Sohn erholte sich, und Thutmosis war nun endgültig davon überzeugt, dass er keinen anderen Sohn haben würde. Deshalb ernannte er Mutnofrets Sohn zu seinem Nachfolger und versprach ihm die Erbprinzessin Neferubity zur Frau, damit ihm niemand den Anspruch auf den Thron streitig machen konnte.

Die Frage der Nachfolge schien damit unwiderruflich geregelt. Nach menschlichem Ermessen war dies auch so, doch die Götter wollten es anders. Sie hatten andere Pläne, und ihr Wille geschieht.

Auch meine Geburt, die auf den ersten Blick völlig überflüssig erschien und niemanden besonders erfreute, war ein Teil dieser höheren Fügung. Dies ahnte damals allerdings noch niemand.

Ich wuchs unbeschwert in den Gemächern meiner Mutter auf, weit weg von den kritischen Blicken, die jeden Schritt der anderen beiden Prinzessinnen und des Prinzen verfolgten. Ihre Erziehung unterlag einer strengen Disziplin, die darauf ausgerichtet war, sie zu würdigen Nachfolgern des Horusthrons auszubilden. Für mich hingegen war in diesem Erziehungsplan kein Platz vorgesehen, und so war ich in den ersten neun Jahren meines Lebens allein der Aufsicht meiner Amme und der meiner Mutter unterstellt.

Neun Jahre. Ja, ich erinnere mich noch genau daran, dass es neun Jahre waren, in denen mein Vater meine Existenz und die meiner Mutter einfach übersah. Für mich bedeutete dies wenig, denn da ich meinen Vater nie zu Gesicht bekommen hatte, vermisste ich ihn auch nicht. Doch für meine Mutter waren es neun schwere Jahre. Ihr anfänglicher Gram verwandelte sich langsam in Zorn, und aus ihrem Zorn wuchs ein überwältigender Hass auf den Mann, der ihre Unterwerfung unter seinen Willen mit ihrer Verbannung belohnt hatte. Sie, die stolze Priesterin der Hathor, früher stets im Mittelpunkt des gesellschaftlichen Lebens, schien dazu verurteilt, den Rest ihres Daseins in der Abgeschiedenheit ihrer Gemächer fristen zu müssen. Wie anders wäre es ihr doch ergangen, hätte sie dem Pharao den Sohn geboren, der von ihr erwartet worden war. Dies hielt sie sich gewiss oft vor Augen, und eigentlich wäre es nur natürlich gewesen, wenn sie die Schuld für ihr Unglück bei mir gesucht hätte. Doch dies tat sie nicht – im Gegenteil. Sie brachte mir all die Liebe entgegen, die eine Mutter zu geben in der Lage ist. Ich wurde der Mittelpunkt ihres Lebens, ihr einziger Trost und mit der Zeit auch ihre Hoffnung.

Meine Mutter war keine schöne, doch eine sehr kluge Frau, die durch ihre Ausbildung und Arbeit im Tempel der Göttin Hathor nicht nur umfangreiches Wissen erworben, sondern auch die Fähigkeit zur Selbstdisziplin und zum Warten erlernt hatte.

Nachdem ihr klar geworden war, dass der Pharao nach meiner Geburt von ihr nichts weiter erwartete, als ihm in Zukunft nicht mehr unter die Augen zu treten, nahm sie dies schweigend zur Kenntnis. Eine andere Frau hätte zornentbrannt nach Gerechtigkeit gerufen. Doch meine Mutter war zu klug, um eine solche Dummheit zu begehen. Eine Auflehnung gegen den Willen Pharaos hätte bei Thutmosis nur noch härtere Maßnahmen gegen sie und mich zur Folge gehabt. So akzeptierte meine Mutter die unausgesprochenen Bedingungen des Pharaos. Sie lebte zurückgezogen in ihrer Ecke des Palasts und wartete ab, was die Zukunft bringen würde. Denn wenn meine Mutter auch nicht, so wie ich, die Gabe besaß, in die Zukunft zu blicken oder anderer Leute Gedanken lesen zu können, so spürte sie doch, dass dies nur eine vorübergehende

Gefangenschaft war, dass der Tag kommen würde, an dem sich ihre Situation verändern und sie sich für die zugefügte Schmach und Ungerechtigkeit rächen würde. Nie kam ein Wort des Unwillens oder des Zorns über ihre Lippen. Nach außen hin trug sie Gleichgültigkeit zur Schau. Doch im Innern wuchs ihr Hass gegen meinen Vater ins Unermessliche.

So wuchs ich umsorgt von meiner Mutter und meiner Amme Nut heran, und wenn meine Welt sich auch auf die Gemächer meiner Mutter und den dazugehörigen Garten beschränkte, so empfand ich doch weitaus mehr Zufriedenheit als meine Geschwister. Meine Mutter schenkte mir ihre ganze Aufmerksamkeit und Liebe und versuchte stets, ihren eigenen Kummer vor mir zu verbergen. Anfänglich gelang ihr dies auch gut, doch mit zunehmendem Alter spürte ich immer häufiger, dass ihr Herz in einem seltsamen Widerspruch zu ihrem Erscheinen stand. Da meine Mutter die Hauptperson in meinem Leben war, bereitete mir dies bald meine ersten Sorgen. Ich wollte nicht, dass sie unglücklich war, und wusste doch nicht, was ich dagegen tun konnte. Hilflos bewahrte ich mein Wissen in meinem Innern und hoffte auf eine Wende. Doch die Zeit verging und der Zustand meiner Mutter verschlimmerte sich, ohne dass ich den Grund dafür erfuhr.

So rückte mein neunter Geburtstag heran und damit der Tag, an dem es mir gelingen sollte, das Geheimnis meiner Mutter zu lüften.

Der Tag verlief zuerst wie jeder andere Geburtstag vorher. Meine Mutter verwöhnte mich, indem sie mich reich beschenkte, mir meine Lieblingsspeisen kommen ließ und sich den ganzen Tag über Zeit für mich nahm. Doch die Harmonie des Tages litt unter dem verborgenen Kummer meiner Mutter. Äußerlich merkte niemand etwas davon. Doch mir gelang es wie nie zuvor, hinter ihre Maske zu blicken. Was ich dort entdeckte, erschreckte und verwirrte mich gleichermaßen. Eine Hoffnung glomm in ihrem Herzen, die mit fortschreitendem Tagesverlauf immer mehr grenzenloser Wut und Enttäuschung wich. Und dann bemerkte ich plötzlich, was mir vorher nie aufgefallen war – der Blick meiner Mutter, der häufig auf die in der Nische stehende Statue fiel, die Statue des Pharaos, meines Vaters. Mit einem Mal war mir klar, dass er die Ursache für die merkwürdigen Gefühle meiner Mutter war.

Aber warum?

Meine Mutter hatte mir schon früh erzählt, dass mein Vater, der Pharao, der Herrscher über unser Land Ägypten war. Sie hatte mir auch gesagt, dass ich auf diesen Vater stolz sein könne. Auf meine Frage, warum er uns nie besuchen komme, erhielt ich die Antwort, dass der Pharao ein viel zu beschäftigter Mann sei, um sich um die Erziehung seiner Kinder zu kümmern. Dies glaubte ich auch, denn über ein so großes Land wie Ägypten zu herrschen, war gewiss mit viel Arbeit verbunden. Darum hatte ich nie weiter nach meinem Vater gefragt und mich damit abgefunden, dass er für mich unerreichbar war.

Doch in jenem Augenblick wurde mir bewusst, dass etwas zwischen meinem Vater und meiner Mutter nicht stimmte. Dieser Vater, den ich nie gesehen hatte, trug Schuld am Kummer meiner Mutter.

Diese Feststellung überraschte mich nicht nur, sondern sie weckte auch meine Neugier. Ich beschloss, der Angelegenheit auf den Grund zu gehen, und dabei weckte ich zum ersten Mal gezielt jene außergewöhnlichen Kräfte, die mir die Götter bei meiner Geburt geschenkt hatten.

Es ist nicht einfach, über das zu sprechen, was sich dem menschlichen Verstand entzieht. Die Macht der Götter ist für uns Menschen zu geheimnisvoll, um sie zu beschreiben. Und doch will ich versuchen, es zu erklären.

Die Gabe des Gesichts war das Erste, das sich bei mir einstellte, auch wenn ich es damals noch nicht bewusst wahrnahm. Doch seit frühester Kindheit wusste ich bereits, wer sich mir näherte, lange bevor ich ihn sehen konnte. Nie stellte ich eine Frage nach dem Essen. Ich wusste, was es geben würde, lange bevor die Köchin ihre Töpfe über das Feuer hängte. Von den Überraschungen, die meine Mutter mir kaufen ließ, hatte ich bereits vorher gewusst. Sie überraschten mich nicht, auch wenn ich die Überraschte spielte, weil ich spürte, dass das von mir erwartet wurde.

Dies alles waren nur Kleinigkeiten gewesen und waren nie jemandem aufgefallen. Und so schien auch mir nichts Besonderes daran zu sein. Doch an diesem Tag wurde das anders. Ich kann nicht behaupten, dass in jenem Augenblick eine Energie, die bis dahin in mir geruht hatte, freigesetzt wurde und mir die Macht gab, Dinge zu vollbringen, die anderen unmöglich sind. Nein, so war es ganz und gar nicht. Trotzdem spürte ich plötzlich in mir die Kraft, die mich befähigte, in Geschehnisse einzugreifen und sie nach meinem Willen zu verändern. Diese Kraft war noch nicht ausgereift, nicht geschult. Ja, eigentlich entsprang mein erster Versuch, die Dinge zu beeinflussen, mehr meinem Instinkt als irgendeinem Wissen. Es sollte noch Jahre brauchen, mir darüber klar zu werden, was für Kräfte in mir ruhten, warum die Götter mir diese verliehen hatten und wie ich damit richtig umgehen musste.

Doch will ich nichts vorwegnehmen und zu meinem neunten Geburtstag zurückkehren. Er endete mit jener Entdeckung, die ich bereits erwähnte. Ich wusste jetzt, worum es ging, und in meinem kindlichen Eifer reifte in mir der Entschluss, etwas zu unternehmen. Die zunehmende Traurigkeit und der sich immer stärker anstauende Hass meiner Mutter ließen mich über ihr Problem einfach nicht hinwegsehen. Ich liebte meine Mutter zu sehr, um nicht unter ihrem in sich vergrabenen Kummer mit zu leiden. Aber was konnte ich tun?

Im ersten Augenblick des Erkennens war ich versucht, meine Mutter einfach zu fragen. Aber im nächsten Moment verwarf ich diesen Einfall wieder. Meine Mutter würde sicher alles abstreiten, denn sonst hätte sie nicht versucht, das, was sie bewegte, vor allen, sogar vor mir, verborgen zu halten. Darum schwieg auch ich und wartete, bis alle schlafen gegangen waren. Was dann geschah, lässt sich nicht erklären. Ich folgte einfach einem Impuls, der mir sagte, was ich zu tun hatte.

Leise, um niemanden zu wecken, stand ich aus meinem Bett auf und schlich in den Raum, in dem die Statue meines Vaters stand. Vor ihr ließ ich mich nieder und betrachtete das vom Mondschein erleuchtete Gesicht. Es war ein ebenmäßiges, harmonisch geschnittenes Gesicht, das der Bildhauer in den schwarzen Granit gemeißelt hatte. Ich hatte es schon oft betrachtet und immer schön gefunden. Doch in dieser Nacht fielen mir zum ersten Mal zwei Dinge auf, die ich vorher nie beachtet hatte. Zum einen war da die Nase meines Vaters, die überdimensional aus dem Gesicht hervortrat, und zum andern ein harter, energischer Zug um den Mund. Beides zusammen gab dem Ganzen einen Ausdruck von Willensstärke, die mir im ersten Moment Furcht einflößte. Trotzdem blieb ich vor dem Bildnis sitzen und starrte es weiter an.

Ich weiß nicht mehr, wie lange ich dort saß, aber irgendwann in dieser Nacht nahm die Statue für mich menschliche Gestalt an, und es gelang mir, das wahre Gesicht meines Vaters vor mir zu sehen. Ich erblickte ihn vor mir, wie er wirklich war, und auch er sah mich in jener Nacht zum ersten Mal, denn ohne zu ahnen, was ich tat, drängte ich mein Bild in seinen Geist und raubte ihm damit die Ruhe dieser Nacht.

Manche mögen dies bezweifeln und mir mit meinen neun Jahren die Fähigkeit, auf diese Weise mit meinem Vater Kontakt aufzunehmen, abstreiten. Trotzdem sage ich, dass es so war. Mein Vater selbst erzählte mir später, dass sich in der Nacht, die meinem neunten Geburtstag folgte, in seinen Geist plötzlich das Bild eines kleinen Mädchens drängte, das er nie vorher gesehen hatte und von dem er auch nicht wusste, wer es war. Aber es war da und sollte ihn von da an geraume Zeit verfolgen.

Erst in der Morgendämmerung riss ich mich von dem Bildnis los. Frierend und zitternd ging ich zurück in mein Bett und begann zu fiebern. Nut ließ sofort meine Mutter rufen, und diese schickte nach dem Arzt.

Der Arzt kam, besah den Fall und wirkte recht ratlos. Weder er noch andere fanden eine Erklärung für diese Krankheit, die mich so plötzlich befallen hatte.

Eine Woche lang lag ich mit hohem Fieber nieder, und meine Mutter befürchtete bereits das Schlimmste.

Doch dann besserte sich mein Zustand langsam, und schließlich genas ich völlig.

Heute weiß ich, wie gefährlich das gewesen ist, was ich damals tat. Eigentlich war ich noch zu jung, zu ungeübt und nicht kräftig genug, eine solch starke, geistige Verbindung herzustellen. Es hätte mich das Leben kosten können. Ich hatte aus Unerfahrenheit zu viel Energie darauf verwandt, meinen Willen durchzusetzen. Dadurch war mein Körper völlig erschöpft worden. Dass ich trotzdem überlebte, verdankte ich vielleicht allein der Tatsache, dass ich ein Kind der Götter war. Ich hatte eine Aufgabe zu erfüllen. Vermutlich gab mir das die Kraft, die Krise zu überstehen.

In dieser einen Woche meiner Krankheit, in der jeder glaubte, ich würde den Verstand verlieren, weil ich, von Bildern geplagt, laut fantasierte und für jeden anderen zusammenhangloses Zeug redete, riss der Kontakt zu meinem Vater nie ab. Ich hatte seinen Geist zu stark heraufbeschworen, und erst als die Verbindung langsam abflachte, die freigesetzte Energie verebbte, sank auch das Fieber. Doch davon ahnte niemand etwas. Ich sprach auch später mit keinem Menschen über das, was ich in dieser Zeit erlebt hatte, sondern bewahrte dies tief in meinem Herzen. Mein Instinkt riet mir, mich niemandem anzuvertrauen, niemandem zu erzählen, dass ich während jener Krankheit die erste Schwelle zu einer höheren Ebene überschritten hatte.

Aber mir war es bewusst geworden, und diese neue Erkenntnis erfüllte mich zugleich mit Stolz und Furcht.

Wie ich bereits erwähnt hatte, bestand während der ganzen Zeit meiner Krankheit die geistige Verbindung zu meinem Vater weiter. Mein Geist war in seinen eingedrungen, hatte ihn beobachtet und gesehen, wie ihn sonst kein Mensch sehen konnte. Ich erkannte seine Fehler und Schwächen, seine Stärken, seine Größe und auch seine Ängste. Ich erblickte sein Herz, seine Gefühle und vor allem seine tiefe Einsamkeit. Nur deshalb konnte ihn später kein Mensch so gut verstehen wie ich, mit einer Ausnahme – Hatschepsut. Was ich durch meine Fähigkeiten erkundete, fühlte sie durch ihre starke Liebe zu ihm im Herzen.

Ja, ich lernte meinen Vater in jener Zeit wirklich gut kennen, auch wenn ich mein erworbenes Wissen damals noch nicht voll erfassen und auswerten konnte, denn dazu war ich einfach noch zu jung. Zwar war ich schon damals Gleichaltrigen von meinen Fähigkeiten her weit voraus, ein frühreifes Kind, wie man sagte, was wohl daherkam, dass ich nie mit anderen Kindern zusammengekommen war, sondern von klein auf in die Welt der Erwachsenen hineingewachsen war. Trotzdem verstand ich keinesfalls alles, was ich damals in Erfahrung brachte. Nur an so viel erinnere ich mich heute noch genau. Nachdem ich meine Krankheit überwunden hatte und das Erlebte zu verarbeiten begann, empfand ich trotz all der widersprüchlichen

Gefühle tiefe Ehrfurcht vor dem Mann, der mein Vater war, auch wenn ich es nicht fertigbringen konnte, ihn zu mögen oder gar zu lieben, wie Hatschepsut dies tat. Dies war mir schon deshalb unmöglich geworden, weil ich mehr über ihn und sein Verhältnis zu meiner Mutter in Erfahrung gebracht hatte, als eigentlich gut für mich war.

Auch er hatte an meinem Geburtstag an meine Mutter und mich gedacht. Er hatte keinesfalls vergessen, dass wir existierten. An meine Mutter verschwendete er nur wenige Gedanken. Ihr gegenüber empfand er nichts als Gleichgültigkeit. Doch mir gegenüber hegte er ein anderes Gefühl. Ich verstand damals nicht warum, aber Thutmosis betrachtete meine Existenz als eine Bedrohung. Und das wiederum, das ahnte ich schon damals, konnte für mich gefährlich werden. Ich versuchte verzweifelt zu verstehen, warum mein Vater mir so feindlich gegenüberstand. Doch alles, was als Antwort vor meinem geistigen Auge erschien, waren drei Kinder, meine Geschwister. Ja, auch sie lernte ich damals kennen, ohne sie jemals zuvor gesehen zu haben.

Da war Neferubity, ein sehr schönes, blasses, feingliedriges Mädchen von fünfzehn Jahren, welches sich ihrer Schönheit und Stellung bei Hof nur allzu bewusst war. Schon jetzt ließ sich erkennen, dass sie einmal eine selbstsüchtige, arrogante und eingebildete Königsgemahlin werden würde. Sie würde stets ihr eigenes Wohl über das Ägyptens stellen. Dazu kam, dass sie keinen allzu großen Weitblick besaß. Ich konnte weder Achtung noch Sympathie für sie empfinden, und ich stellte bald fest, dass mein Vater sie ebenfalls nicht sehr schätzte.

Dann war da der dreizehnjährige Thutmosis, dick, schlaff und verweichlicht. Seine große Leidenschaft war es, sich mit Süßigkeiten vollzustopfen, während er die täglichen militärischen Übungen, die zu seiner Ausbildung gehörten, verabscheute. Für ihn empfand ich nicht Verachtung, wie mein Vater, sondern tiefes Mitleid. Er würde nie werden, wie Pharao es wünschte. Dessen war Thutmosis sich auch bewusst, und er litt darunter.

Schließlich gab es da noch ein kleines, zierliches elfjähriges Mädchen von außerordentlicher Intelligenz, großer Schönheit und einer wilden Entschlossenheit. Sie war der Sonnenschein des Pharaos, sein auserkorener Liebling. Überhaupt gab es für Pharao nur zwei Dinge, die ihm wirklich wichtig waren – Ägypten und Hatschepsut.

Auch ich muss gestehen, dass Hatschepsut die einzige von meinen drei Geschwistern war, die ich aufrichtig mochte. Doch was hatten diese drei Kinder mit mir und der Einstellung meines Vaters mir gegenüber zu tun? Auf diese Frage fand ich damals noch keine Antwort.

Was geschah nun nach meiner Genesung? Äußerlich änderte sich im ersten Augenblick eigentlich nichts, und doch war für mich vieles anders geworden. Ich wusste jetzt, dass ich Fähigkeiten besaß, die mir ganz neue Möglichkeiten eröffneten. Aber ich hatte auch erfahren, dass es gefährlich sein konnte, diese Fähigkeiten zu gebrauchen. Darum dauerte es einige Zeit, bis ich erneut den Mut fand, wieder mit Pharao in Verbindung zu treten. Doch als ich es schließlich versuchte, fiel es mir viel leichter als beim ersten Mal, und mit der Zeit benötigte ich nicht einmal mehr die Statue, um mich zu stimulieren. Wann und wo immer ich es wollte, gelang es mir, in den Geist von Thutmosis einzudringen, seine Gedanken zu lesen und mein Bild in seinen Kopf zu drängen. Ich wusste, ich beunruhigte ihn damit, denn er spürte nur zu deutlich die Kraft, die sich seiner immer wieder bemächtigte. Doch so sehr er sich auch bemühte, er schaffte es nicht, mich aus seinem Kopf zu drängen. Und so plagte ihn immer häufiger die Frage, wer oder was es war, das von seinem Geist Besitz ergriff. Doch diese Frage beantwortete ich ihm nicht. Für mich wurde es fast zu einem Spiel, Thutmosis durch meine Macht zu beunruhigen. Es war meine kindliche Art, an meinem Vater Rache zu nehmen.

Bald beobachtete ich nicht nur meinen Vater und meine Geschwister aus der Ferne, sondern auch alle, von denen sie umgeben waren, kannte ich genau. In der Mittagshitze, in der jedes Leben im Palast erlosch und Ruhe in die Räume einkehrte, erkundete ich die entlegensten Ecken und Nischen darin, sodass ich mich bald besser als irgendjemand sonst in dem Labyrinth der Gänge auskannte, obwohl ich bis dahin nie einen Schritt über die Schwelle unserer Gemächer gesetzt hatte. Dabei beachtete ich jedoch nicht, dass die anderen mein Verhalten mit der Zeit seltsam fanden. Im Gegensatz zu früher war ich ruhig, verschlossen, oft in meine Gedanken versunken und merkwürdig abwesend.

Es dauerte nicht lange, und man führte die Veränderung in meinem Wesen auf meine Krankheit zurück. Ich wurde als schwachsinnig bezeichnet. Nur meine Mutter und Nut glaubten nicht, dass ich verrückt geworden sei. Doch dass ich mich verändert hatte, mussten auch sie sich eingestehen, und eine Erklärung dafür ließ sich nicht finden.

Meine Mutter versuchte durch lange Gespräche mit mir herauszufinden, was diesen Wandel meines Wesens bewirkt haben könnte, doch ich wich ihren Fragen aus und ließ sie ratlos zurück. Niemand, nicht einmal sie, sollte wissen, was ich wusste. Warum, das kann ich nicht erklären. Ich spürte einfach, dass ich mein Geheimnis noch einige Zeit bewahren musste. Sollten sie mich ruhig für schwachsinnig halten, mich störte das nicht.

Das Rad der Zeit dreht sich. Jeden Tag umrundet Re in seiner Barke die Welt und bringt uns dadurch am Tag das Licht. Und mit jedem neuen Tag treten

Veränderungen in unser Leben, gewünschte und ungewünschte, erwartete und unerwartete, gute sowie schlechte. Auch mir standen Veränderungen bevor, das ahnte ich. Doch das Wie überraschte mich dann doch.

Es war der dritte Monat des Schemu. Die drückende Mittagshitze hatte alles Leben zum Erliegen gebracht. Jeder im Palast döste vor sich hin und wartete auf die angenehmeren Abendstunden, um die verbliebene Arbeit zu erledigen. Auch ich hatte mich hingelegt, um die heißesten Stunden des Tages zu verschlafen. Aber ich fand keine Ruhe, und so ließ ich meine Gedanken durch den Palast schweifen. Doch auch hier konnte ich nichts entdecken, das mein Interesse weckte. Jeder gab sich der erquickenden Mittagsruhe hin. So landete ich schließlich in dem Arbeitszimmer meines Vaters, der, in eine Papyrusrolle vertieft, an seinem Schreibtisch saß. Amüsiert stellte ich fest, dass er wahrscheinlich der Einzige war, der zu dieser Stunde arbeitete, und wollte mich gerade unbemerkt davonschleichen, damit er meine geistige Anwesenheit nicht bemerkte. Doch in diesem Moment öffnete sich die Tür und Imhotep, der Wesir Oberägyptens und erste Erzieher der Prinzessinnen und des Prinzen, trat ein.

Thutmosis blickte kurz auf. Als er Imhotep erkannte, lehnte er sich in seinem Sessel zurück und wartete, bis dieser die Tür geschlossen hatte und zu ihm getreten war.

Niemand hatte Imhotep beim Eintreten gehindert, also hatte der Pharao ihn erwartet, schoss es mir durch den Kopf. Auch fiel mir jetzt auf, dass niemand, kein Leibwächter, nicht einmal ein Sklave, in dem Raum war, was mir mehr als ungewöhnlich erschien. Etwas Geheimnisvolles lag in der Luft, und so verblieb mein Geist in dem Zimmer, gespannt darauf zu erfahren, was hier beraten und beschlossen werden sollte.

„Nun", fragte Thutmosis, nachdem Imhotep sich vor ihm verneigt hatte. „Was hast du in Erfahrung gebracht?"

Mir fiel jetzt auf, dass der Pharao müde und abgespannt wirkte. Etwas bedrückte ihn, doch ich wagte in diesem Moment nicht, in seine Gedanken einzudringen, denn dies hätte er sofort bemerkt. Deshalb wartete ich ab in der Hoffnung, mehr zu erfahren. Imhotep ließ sich auf einen Wink Pharaos auf einem Stuhl nieder. Es dauerte einige Zeit, bis er wieder das Wort ergriff. Man sah ihm an, dass er nach den passenden Worten suchte.

„Eure erste Befürchtung betreffend, Majestät, kann ich Euch beruhigen. Es gibt nicht das geringste Anzeichen dafür, dass Meryet an dem Mordversuch beteiligt war. Es kann sogar mit Sicherheit ausgeschlossen werden, dass sie etwas davon wusste. Sie lebt unter völligem Verschluss, gut bewacht von treuen Dienern, die ihre gesamten Verbindungen kontrollieren."

„Bist du dir da ganz sicher?", fragte Thutmosis gereizt.

„Ja, Majestät", erwiderte Imhotep. „Doch", fuhr er dann zögernd fort, „wenn Ihr wünscht, Ihr wisst, dass das Untersuchungsergebnis auch anders ausfallen kann. Es lassen sich leicht Zeugen finden, die etwas anderes aussagen."

„Ich begreife es nicht", sagte Thutmosis grübelnd und überging damit Imhoteps letzte Bemerkung. „Warum erträgt sie alles? Warum unternimmt sie nicht irgendetwas? Es kann doch nicht sein, dass sie sich damit abgefunden hat, für den Rest ihres Lebens eingesperrt zu bleiben?"

Fragend blickte er Imhotep an. Dieser antwortete ernst: „Nein, sie hat sich bestimmt nicht damit abgefunden. Aber Meryet ist viel zu klug, um eine Unüberlegtheit zu begehen. Sie weiß genau, dass jeder ihrer Schritte von Euch überwacht wird. Ich glaube, sie wartet ganz einfach ab und hofft."

„Worauf?", fuhr Thutmosis ärgerlich auf. „Dass ich sterbe? Noch heute verfluche ich den Tag, an dem ich mich von den Priestern zu dieser Torheit habe überreden lassen."

Eine Weile herrschte Schweigen. Der Pharao hing seinen Gedanken nach, und Imhotep wagte nicht, ihn zu stören.

„Und das Kind?", fragte Thutmosis schließlich.

Imhotep zuckte bedauernd mit den Schultern.

„Es scheint sich tatsächlich so zu verhalten, wie die Diener es behaupten. Die Kleine ist schwachsinnig."

Einen Augenblick lang herrschte verhängnisvolle Stille.

„Trotzdem", fuhr Imhotep dann eisig fort, „ist sie eine Gefahr. Es gibt genügend Leute, die liebend gerne eine Schwachsinnige auf dem Thron sehen würden. Sie und Euer Sohn Thutmosis wären eine ideale Verbindung für viele."

„Das mag sein", stimmte Pharao zu. „Aber sie ist ein kleines Kind, und zwischen ihr und dem Horusthron stehen Neferubity und Hatschepsut."

„Das ist es ja gerade", stieß Imhotep hervor. „Neferubity ist sicher nicht das, was Ihr Euch als nächste große königliche Gemahlin gewünscht habt, aber sie ist Euer und Ahmoses Kind. Göttliches Blut fließt in ihren Adern, und darum müsst ihr sie schützen. Und der beste Schutz für sie wäre, wenn es niemanden gäbe, der für viele als Thronfolgerin interessanter sein könnte als sie. Ihr wisst so gut wie ich, es wäre nicht das erste Mal, dass jemand von königlichem Geblüt plötzlich auf unerklärliche Weise stirbt. Sicher", fügte er hinzu, „auch in diesem Kind fließt Euer Blut. Auch wenn Ihr sie nie gesehen habt, und davon habe ich Euch wohlweißlich immer abgeraten, hielt Euch immer diese Tatsache davon ab, den Befehl zu erteilen. Ich weiß, es ist nicht leicht für Euch, aber wenn sie, wie man sagt, schwachsinnig ist, dann…"

„Was sagen die Astrologen dazu?", forschte Thutmosis vorsichtig, um zu vermeiden, sogleich eine Entscheidung treffen zu müssen.

„Die Astrologen!", stöhnte Imhotep. „Ich weiß schon lange nicht mehr, inwieweit man ihnen Glauben schenken darf. Sie haben schon so viel prophezeit, und nichts davon ist eingetroffen."

„Haben sie nicht auch schon oft die Wahrheit vorhergesehen? Haben sie nicht vorausgesagt, dass Neferubity in Gefahr schwebt? Es ist doch letztendlich nur ihnen zu verdanken, dass die Prinzessin dem Giftanschlag entgangen ist."

„Ja", gab Imhotep zu. „Aber sie haben Neferubity auch schon bei ihrer Geburt ein kurzes Leben vorausgesagt. Wenn das zutrifft, dann bleibt Euch nur noch Hatschepsut."

Thutmosis blickte auf und sah Imhotep direkt in die Augen.

„Als Vater würde ich das nie sagen, doch als Pharao von Ägypten glaube ich, dass Hatschepsut als große Königsgemahlin ohnehin besser geeignet wäre als Neferubity. Hatschepsut hat all die Vorzüge, die eine Herrschergattin braucht. Als Vater darf ich diesen Gedanken nicht einmal in Erwägung ziehen. Und nun gibt es da noch dieses schwachsinnige Kind, von dem die Astrologen behaupten, es würde überdurchschnittlich begabt sein und sehr alt werden. Wenn Neferubity wirklich stirbt, weil es der Wille der Götter ist, ist Nenefer dann tatsächlich eine Gefahr für Hatschepsut? Du behauptest es, und auch Ahmose liegt mir mit ihren Befürchtungen ständig in den Ohren. Wenn es so ist, dann muss es verhindert werden."

Es entstand eine Pause. Grübelnd sank Thutmosis in sich zusammen.

„Was würdest du an meiner Stelle tun?", fragte er schließlich.

„Bei den Göttern, Majestät", entfuhr es Imhotep. „Ich bin nicht an Eurer Stelle, und ich möchte es gewiss auch nicht sein. Aber es ist nun eben leider eine Tatsache, dass Nenefer zu einer großen Gefahr für die Thronerben werden kann. Ihr dürft diese Gefahr auf keinen Fall unterschätzen."

Unwillig schüttelte der Pharao den Kopf.

„Du hattest recht, mir bis heute davon abzuraten, mich mit dem Anblick dieses Kindes zu belasten. Nur so ist es mir heute möglich, meine Urteilskraft frei von irgendwelchen Sentimentalitäten zu halten. Du sagst, dass man schon jetzt sieht, dass sie weder schön noch klug wird. Was also hat der Horusthron durch sie gewonnen? Je länger ich darüber nachdenke, umso sicherer bin ich, dass du recht hast, wenn du mir vorwirfst, dass ich bis heute versucht habe, dem Problem aus dem Weg zu gehen. Doch nach diesem Giftanschlag auf Neferubity bleibt mir wohl nichts anderes übrig, als die Sache zu Ende zu bringen. Veranlasse also das Nötige, und sieh zu, dass es hinterher kein unnützes Gerede gibt. Wir werden ja sehen", sprach er mehr zu sich selbst weiter, „ob die Astrologen recht behalten werden. Die Götter mögen mir vergeben, aber um Hatschepsuts Willen muss ich es tun."

Imhotep verneigte sich vor dem Pharao, um dann den Raum zu verlassen. Aber ein schmerzerfüllter Schrei des Pharaos hielt ihn zurück. Als er aufsah, erblickte er Thutmosis, der mit schmerzverzerrtem Gesicht dasaß und sich mit beiden Händen den Kopf hielt. Kurz darauf brach er in seinem Sessel zusammen.

Entsetzt rannte der Wesir zur Tür, riss sie auf und befahl einer Wache, sofort den Leibarzt des Pharaos zu holen.

Weinend, von Entsetzen gepackt, lag ich in meinem Bett. Mit zunehmender Erregung hatte ich den Verlauf des Gesprächs verfolgt und mich schließlich bei meinem Todesurteil, gefällt von meinem eigenen Vater, nicht mehr länger beherrschen können und Enttäuschung, Wut, Angst und Kummer geballt wie einen Blitzschlag in den Kopf von Thutmosis gesandt, um gleich darauf meinen Geist aus dem unseligen Raum zurückzuziehen.

Nun lag ich zitternd, von Angst und Zorn gleichermaßen gepeinigt, auf meinem Bett. Mein Schicksal war besiegelt worden, und ich sah keine Möglichkeit, ihm zu entkommen.

Ich begann zu überlegen, auf welche Art man mich wohl aus dem Weg räumen würde. Gift, Ertrinken, ein Sturz vom Dach, ein herabfallender Stein? Es gab so viele Möglichkeiten, unauffällig beseitigt zu werden, ohne Verdacht zu erregen. Meine Mutter würde es vielleicht besser wissen, aber wer würde ihr schon glauben, ihr Gehör schenken? Der Wille des Pharaos war Gesetz, ihm allein oblag es, Leben zu geben und zu nehmen. Und so würde meine Mutter mich nicht schützen können, auch wenn sie es wollte. Sie war nichts weiter als eine Gefangene des Pharaos, ebenso wie ich. Wir waren ihm völlig ausgeliefert. Für einen Augenblick schoss mir ein Hoffnungsfunke durch den Kopf – Flucht! Ich würde meiner Mutter erzählen, was ich wusste, und mit ihr fliehen. Doch gleich darauf verwarf ich diesen Gedanken wieder. Es war unmöglich, aus dem Harem zu entkommen. Jeder Schritt meiner Mutter wurde überwacht. An eine Flucht war nicht zu denken. Nein, so musste ich mir eingestehen, ich durfte ihr nicht einmal etwas von meinem Wissen erzählen, denn das würde sie ebenfalls in Gefahr bringen und ihr unnötige Sorgen und Ängste bereiten.

Ich weiß nicht mehr, wie lange ich noch grübelte, bevor mich endlich erlösender Schlaf übermannte und mich von meinen Ängsten für einige Zeit befreite. Als ich schließlich wiedererwachte, war es bereits dunkel geworden. Nut saß neben mir am Bett und schaute mich besorgt an.

„Fühlst du dich nicht wohl, mein Kätzchen?", forschte sie bang. „Du hast dich so unruhig im Bett hin und her geworfen. Ich befürchtete schon, du hättest wieder Fieber bekommen. Doch als ich deine Stirn berührte, war darauf nur kalter Schweiß."

„Oh", erwiderte ich von einer seltsamen Ruhe erfasst. „Ich fühle mich sehr wohl, Nut. Mir geht es gut. Ich habe durch die Hitze nur furchtbaren Durst bekommen. Holst du mir etwas zu trinken?"

„Natürlich, mein Kätzchen", erwiderte die Nubierin und ging sichtlich beruhigt hinaus.

Während ich ihr nachblickte, zog mein eben erlebter Traum noch einmal an mir vorbei. Und je mehr ich mir davon noch einmal ins Gedächtnis zurückrief, umso ruhiger und gefasster wurde ich. Nein, es war mehr als ein Traum, es war eine Vision gewesen. Und mit dieser Vision hatte ich die nächste Schwelle zu einer höheren Ebene überschritten.

Amun selbst hatte mich im Schlaf an die Hand genommen und mir einen Blick in die Zukunft gewährt. Er hatte mir seinen Schutz prophezeit, mir den vergifteten Becher gezeigt, vor dem ich mich hüten musste, und mir den Ausweg aus der Situation gewiesen. Der Traum gab mir die Gewissheit, dass ich nicht sterben würde, und von einer überwältigenden Dankbarkeit erfasst, stand ich auf, ging zu dem kleinen Tisch hinüber, öffnete den darauf stehenden Schrein, in dem ein Abbild von Amun verwahrt war, kniete vor ihm nieder und dankte inständig.

Nut, die mir frisch gepressten Orangensaft brachte, blieb einen Augenblick verwundert stehen, stellte dann den Saft ab und entfernte sich schweigend aus dem Zimmer.

Von nun an begann für mich eine unerträgliche Zeit des Wartens. Ich hoffte auf ein Zeichen, das mir bewies, dass mein Traum nicht nur ein Trugbild meiner gesteigerten Ängste gewesen war, sondern wirklich ein Wink Amuns. Doch sollten zwei Wochen vergehen, ohne dass sich irgendetwas ereignete. Ich begann bereits, an meiner Vision zu zweifeln, da endlich, eines Abends, reichte man mir den Becher, der mich töten sollte. Er unterschied sich in nichts von den Bechern, die man mir die Abende zuvor gereicht hatte und doch, in dem Moment, in dem ich ihn in die Hand nahm, fühlte ich, dass er vergiftet war. Dennoch setzte ich den Becher an die Lippen und tat, als ob ich davon trank, denn ich ahnte, dass ich beobachtet wurde. Heimlich jedoch leerte ich den Inhalt in eine Ziervase und ließ mich bald darauf von Nut zu Bett bringen. Aufgeregt lag ich im Bett und wartete darauf, dass alle schlafen gehen würden. Dann schlich ich mich zurück zur Vase, schüttete den Inhalt der Vase in eine kleine Schale und setze diese einer herumstreuenden Katze vor. Kaum hatte das Tier von dem Inhalt getrunken, wurde es von Krämpfen geschüttelt und verendete.

Das war für mich die letzte Bestätigung. Ich hatte nicht nur geträumt. Amun hatte zu mir gesprochen und mir den Weg gewiesen. Solange ich hierblieb, würde es immer neue Anschläge auf mein Leben geben. Ich konnte mich keinen Augenblick mehr sicher fühlen. Deshalb musste ich fort, allein und ohne jemandem vorher etwas davon zu erzählen.

Wohin ich gehen sollte, das wusste ich nicht. Doch ich ahnte schon damals, dass am Ende meines Wegs ein Mensch auf mich warten würde – Hatschepsut. Ihr und mein Leben waren durch Amuns Willen miteinander verknüpft. Und Amuns Macht ist allmächtig.

Um aus den Gemächern meiner Mutter zu entkommen, gab es nur eine Schwierigkeit. Ich musste den vor unseren Gemächern stehenden Wächter überlisten. Einen Augenblick überlegte ich, prüfte noch einmal meinen Plan, dann wusste ich, es würde mir gelingen, ihn von der Tür wegzulocken. Amun war mit mir. Er gewährte mir seinen Schutz.

Beherzt ging ich auf die Tür zu, öffnete sie, blickte einen Augenblick in das aufgedunsene Gesicht unseres

Wärters, um gleich darauf zu schwanken und dann wie bewusstlos zu Boden zu fallen. Im nächsten Augenblick spürte ich den erstaunten Blick des Mannes auf mir ruhen. Dem Erstaunen folgte sogleich Unsicherheit. Der Mann zögerte. Er wusste offensichtlich genau, was hier gespielt wurde, wusste von dem Gift in meinem Becher. Schließlich war er seit Jahren der beste Spion des Pharaos, der jeden Schritt meiner Mutter überwachte. Doch in diese Situation zu kommen, hatte er nicht vorausgesehen. Da lag ich nun vor ihm, aller Wahrscheinlichkeit nach dahingerafft von dem Gift, das man mir gegeben hatte. Und er war mit mir, dem Opfer eines Mordanschlags, allein.

Ich fühlte, wie seine Unsicherheit sich in panische Angst verwandelte und sich in seinem Kopf der Gedanke formte, mich so schnell wie möglich wieder in mein Bett zurückzubringen, bevor jemand etwas von dem Zwischenfall bemerkte. Nur so konnte er nicht in den Verdacht geraten, mit meinem Tod in Verbindung zu stehen. Lautlos stieg er über meinen Körper hinweg und schlich in meine Gemächer, um nachzusehen, ob alles schlief. In dem gleichen Moment, in dem er in der Tür verschwunden war, rannte ich los. Ich wusste, ich hatte nicht viel Zeit, es würde nicht lange dauern, bis der Wächter zurückkommen und mein Verschwinden bemerken würde. Bis dahin musste ich mein Ziel erreicht haben. Dieses Ziel hatte ich in meinem Traum gesehen. Es war eine kleine Kammer unweit unserer Gemächer, in der Körbe mit schmutziger Wäsche gesammelt wurden, um sie von Dienerinnen am Nil waschen zu lassen. Ich fand diese Kammer schnell und sicher, ohne von jemandem gesehen zu werden. Es war alles genauso, wie ich es vorher geträumt hatte. Ich öffnete einen der Binsenkörbe und versteckte mich darin zwischen der Wäsche. Hier würde ich nun warten müssen, bis die Körbe zum Nil getragen wurden.

Es war eng und stickig zwischen der Wäsche, und das Atmen fiel mir schwer. Dazu kam noch die Angst, dass man mich finden würde. Mein Herz drohte mir fast zu zerspringen. Nur langsam gelang es mir, ruhiger zu werden. Doch dann spürte ich deutlich, dass ich nichts anderes tat, als Amuns Willen zu erfüllen. Das schenkte mir schließlich sogar Trost und Zuversicht.

Es war geschehen, und kein Weg führte mehr dorthin zurück, woher ich gekommen war. Die Geborgenheit meiner Kindheit lag hinter mir. Was vor mir lag, das wusste ich nicht.

Ich konzentrierte mich auf den Wächter und sah ihn bald vor mir. Er hatte die Tür wieder geschlossen und stand nun auf seinem alten Platz, fest dazu entschlossen, den kurzen Zwischenfall einfach zu vertuschen. Nur so konnte ihm niemand den Vorwurf machen, einen Fehler begangen zu haben.

So kam es, dass mein Verschwinden erst am nächsten Morgen bemerkt wurde, als Nut in mein Zimmer kam, um mich zu wecken. Doch da war ich bereits in einem der Körbe unterwegs zum Nil, weit außerhalb des Palastbezirks. Obwohl ich für mein Alter recht klein und zierlich war, hatten die beiden Wäscherinnen, die den Korb trugen, in dem ich mich versteckt hielt, schwerer zu tragen als die anderen. Bald stöhnten sie unter der Last, und schließlich setzten sie den Korb ab, um nach Luft zu ringen und einen Schluck Wasser zu trinken. Dadurch blieben sie hinter den anderen zurück.

All das hatte ich durch das Flechtwerk beobachtet. Nun war die Gelegenheit zu entkommen günstig. Nur die beiden Frauen würden mich bemerken, doch das ließ sich nicht vermeiden.

Flink warf ich den Deckel des Korbs zurück, sprang mit einem Satz heraus und begann zu laufen, so schnell ich nur konnte. Hinter mir hörte ich den entsetzten Aufschrei einer der Wäscherinnen und gleich darauf ihren flehentlichen Ruf nach Amuns Beistand. Keine Frage, sie hielt mich für einen bösen Geist.

Ohne mich auch nur einmal umzuschauen, lief ich weiter, so weit fort, wie nur irgend möglich.

Schließlich kam ich an den Nil, wo ich mich in einem Schilfdickicht verbarg. Erschöpft spähte ich durch die Schilfhalme, doch ich konnte niemanden entdecken. Wenn ich überhaupt verfolgt worden war, so war ich entkommen.

Hustend, nach Luft ringend, warf ich mich auf den ausgetrockneten Lehmboden und streckte Arme und

Beine von mir. Es dauerte einige Zeit, bis mein Puls sich normalisierte und ich wieder ruhig und regelmäßig atmete. Von Angst geplagt, versuchte ich mich zu konzentrieren, versuchte, die beiden Wäscherinnen mit meinem geistigen Auge zu erreichen. Doch es gelang mir nicht. Ich war zu übermüdet, um die nötige Energie aufzubringen, und so schlief ich kurze Zeit später ein.

Die erbarmungslos herunterbrennende Mittagssonne weckte mich schließlich. Verwirrt schaute ich mich um. Es dauerte einige Augenblicke, bis die Geschehnisse, die mich hierhergebracht hatten, in mein Gedächtnis zurückkehrten. Mit der Erinnerung kam die Verzweiflung. Ich war allein in einer mir völlig fremden, feindlich anmutenden Welt. Was wusste ich vom Leben außerhalb der schützenden Palastmauern – nichts! Was sollte, was würde jetzt aus mir werden? Bisher hatte mich meine Inspiration geleitet. Doch hier endete meine Vision, und nur Ratlosigkeit blieb zurück. Einzig der Name Hatschepsuts spukte weiter in meinem Kopf umher. Aber würde ich diese jemals erreichen können? Würde sie etwas mit mir anfangen können? Ich wusste es nicht.

Ich war entkommen, aber man suchte gewiss schon nach mir. Wie sollte ich meine Verfolger abschütteln? Und selbst wenn sie mich nicht finden würden, wie sollte ich mein Leben fristen? Woher sollte ich Essen und Trinken bekommen, wo schlafen?

Panische Angst packte mich bei diesen Fragen und trieb mir Tränen in die Augen. Einen Moment lang versuchte ich, dagegen anzukämpfen, doch dann gab ich mich ganz meiner Verzweiflung hin.

Als ich mich schließlich ausgeheult hatte, wurde ich ruhiger. Die Tränen hatten die Angst mit sich genommen und nur meinen Lebenswillen zurückgelassen.

Noch immer brannte die Sonne erbarmungslos am Himmel. Mein Durst trieb mich ans Wasser. Gierig schöpfte ich es mit den Händen aus dem Nil und trank. Dann schaute ich mich um. Einige Dhaus schwammen mit schlaffem Segel auf dem Fluss. Ihre Besatzungen lagen dösend an Deck. Sonst war alles wie ausgestorben. In der Ferne, doch von meinem Platz aus gut zu erkennen, lagen die ersten prachtvollen Villen der Reichen und Adligen. Sie umringten den Palastbezirk wie Bienen die Wabe. Jeder wollte so nah wie möglich bei Pharao wohnen, um am Glanz des Hoflebens teilhaben zu können.

Weiter unten, auf dieser Seite des Flusses, erstreckte sich die Stadt Theben mit ihren Lehmhäusern, Spelunken und Märkten. Entsetzliche Gerüche entströmten der Stadt, die bei dieser Hitze meist bis zum Palastbezirk vordrangen und allzu häufig in den Sommermonaten den Missmut der Palastbewohner erweckten. Diese waren denn auch gewiss ein Grund dafür, dass der Pharao, sooft es seine Pflicht zuließ, in den Sommermonaten den Hof in das kühlere Memphis verlegte.

Ich schaute mich weiter um und entdeckte nicht weit von mir die Prozessionsstraße, die sich auf der anderen Seite des Flusses fortsetzte und dort zur Totenstadt führte, während sie auf dieser Seite des Flusses direkt beim Amuntempel enden musste.

Meine Mutter hatte mir oft von diesem Tempel erzählt, der an Pracht und Größe alle anderen Tempel Ägyptens in den Schatten stellte. Von ihr wusste ich auch, dass dort, im Allerheiligsten, das nur der Pharao und der Oberpriester betreten durften, das Zentrum der Kraft Amuns wohnte.

Plötzlich fühlte ich, dass ich dort hinmusste, in das Haus Amuns. Es war kein Zufall, dass ich hier gelandet war. Amun hatte mich nicht verlassen. Er wies mir weiterhin den Weg. Ich musste nur Vertrauen und Glauben bewahren.

Ich fiel auf die Knie und begann Amun um Weisung zu bitten. Und es dauerte nicht lange, bis sich in meinem Kopf eine klare Vorstellung davon einstellte, was ich zu tun hatte. Vor allem musste ich bis zum Einbruch der Dunkelheit warten. Nur sie konnte mir gewährleisten, nicht entdeckt zu werden.

So zog ich mich wieder ins Schilf zurück. Ich legte mich hin, um zu dösen. Doch es wollte mir nicht wirklich gelingen, Ruhe zu finden. Ungerufen drangen Bilder auf mich ein. Ich sah meine weinende, völlig verzweifelte Mutter und Nut, die Verwünschungen ausstoßend, ziellos durch unsere Gemächer lief. Ihr Wortschwall wurde nur gelegentlich durch ein lautes Schluchzen unterbrochen. Ich sah den Wächter, dem ich entkommen war, der aber sein Wissen für sich behielt aus Angst, schwer bestraft zu werden, denn er wusste nur zu genau, dass er einen Fehler begangen hatte. Und ich erblickte Imhotep, der grimmig schaute. In seinem Innern hegte er Verdacht gegen meine Mutter. Er war davon überzeugt, dass sie mich aus dem Palast geschmuggelt hatte, weil ihr von dem Mordanschlag auf mich zu Ohren gekommen war. So ließ er alle Diener verhören, die Zutritt zu den Gemächern meiner Mutter hatten. Der ganze Palast wurde durchsucht und alle Ausgänge kontrolliert. Doch alle Bemühungen Imhoteps, Licht in das Dunkel zu bringen, waren bislang ohne Ergebnis geblieben. Meine Mutter hingegen beschuldigte lauthals die Diener des Pharaos, mich bei Nacht fortgeschleppt und mir etwas angetan zu haben. Aber mehr, als ihre Befürchtungen laut zu äußern, vermochte sie nicht zu tun.

Ich begann mich zu fragen, wie wohl mein Vater mein Verschwinden aufnahm. Seitdem er an jenem Mittag den Befehl gegeben hatte, mich töten zu lassen, hatte ich es absichtlich vermieden, mit meinen Gedanken seinen Weg zu kreuzen. Heute, da ich ihm entkommen war, dürstete es mich plötzlich danach mitzuerleben, wie er die Nachricht aufnahm. So sandte ich meine

Gedanken durch den Palast. Ich fand Thutmosis in seinem Schlafgemach, umsorgt von Königin Ahmose und seinem Leibarzt Nachmet. Bleich und sichtlich geschwächt lag er auf seinem Ruhebett.

Entsetzen packte mich, denn in dem Augenblick, in dem ich ihn da liegen sah, wusste ich, dass ich die Ursache seiner Krankheit war. Mein Zorn war es gewesen, der ihn aufs Krankenlager geworfen hatte. Ich konnte es kaum fassen, ich verstand nicht, wie es geschehen war. Trotzdem gab es für mich keinen Zweifel. Ich allein trug die Schuld daran. Zum ersten Mal in meinem Leben begann ich, mich vor mir selbst zu fürchten, vor der Kraft, die in mir war und mit der ich unbewusst solchen Schaden anrichten konnte. Auch wenn er mich töten wollte, so bedauerte ich doch zutiefst, ihm dies angetan zu haben. Er war der Pharao, er war ein guter Pharao, und er war trotz allem mein Vater.

Gerade als die Furcht vor dem Unbekannten mich zu überwältigen drohte, sah ich, wie Thutmosis sich entsetzt an den Kopf griff. Er war sich meiner Anwesenheit bewusst geworden.

- Geh weg, böser Dämon, geh weg - dieser Gedanke des Pharaos erfüllte den Raum, verzerrte schmerzerfüllt sein Gesicht.

„Was ist, mein Gemahl?"

Besorgt beugte Ahmose sich über Pharao. Dieser starrte sie mit weit aufgerissenen Augen an und seine Lippen formten bereits Worte, doch sogleich besann sich Thutmosis eines Besseren, und er schwieg. Wer oder was immer es war, was sich seiner Gedanken bemächtigte, so ging es ihm durch den Kopf, Ahmose würde es gewiss nicht verstehen. Darüber mit irgendjemandem zu sprechen, konnte zur Folge haben, dass er, Pharao, für wunderlich, wenn nicht gar für verrückt gehalten wurde. - Nein - fluchte Thutmosis in sich hinein - diesen Kampf muss ich allein bestehen, und niemand darf jemals etwas davon erfahren. Wer oder was immer es ist, das der Gott Seth mir schickt, ich werde es mit Amuns Hilfe besiegen. Keine Kraft ist so stark, den Horus Ägyptens in die Knie zu zwingen. Ich bin der starke Falke, der mächtige Stier...-.

„Horus!"

Ahmose schaute Thutmosis noch immer besorgt an.

„Imhotep war heute bereits mehrmals hier und bat, vorgelassen zu werden. Ich ließ ihn von den Wachen zurückweisen, um dich ausschlafen zu lassen. Doch wie ich vermute, muss die Angelegenheit von großer Wichtigkeit sein, denn sonst würde Imhotep nicht so drängen, dich zu sprechen. Schließlich weiß er, wie geschwächt du noch immer bist."

„Imhotep", flüsterte Thutmosis.

Bei dem Gedanken an Imhotep verstärkte sich das Gefühl des Unbehagens in ihm. Hatte er seinen Befehl ausgeführt, war Nenefer tatsächlich tot? Nun, dann war daran nichts mehr zu ändern. Aber ein Verdacht plagte Thutmosis seit dem Augenblick, da er das Todesurteil über seine Tochter gesprochen hatte. Hatten ihn diese schrecklichen Schmerzen nicht in dem Augenblick erfasst, da er...? Sollten am Ende die Götter ihn für diese Tat verflucht haben? War es ein Fehler gewesen, diesen Befehl zu erteilen? Diese Fragen beschäftigten ihn fortwährend und trieben ihm auch jetzt wieder den Schweiß auf die Stirn.

- Es ist getan und nichts und niemand kann es mehr ändern - versuchte er sich zu beruhigen.

Noch immer blickte Ahmose Thutmosis an, dessen Gesicht noch eingefallener und bleicher geworden war.

„Was ist mit dir, Horus?"

„Nichts", flüsterte Thutmosis, „gar nichts. Lass Imhotep rufen, und dann lasst uns alle allein, ganz allein."

Noch einen Moment zögerte Ahmose, dann erhob sie sich, um Thutmosis Befehl auszuführen. Ob es gut war, Imhotep kommen zu lassen, bezweifelte sie zwar. Der Gesundheitszustand des Pharaos war zu besorgniserregend, um neue Aufregungen verkraften zu können. Doch andererseits hätte sie es nie gewagt, Thutmosis Imhoteps Wunsch nach einer Audienz zu verschweigen, ebenso, wie sie es jetzt nicht wagte, dem Horus gegenüber ihre Bedenken zu äußern.

So schickte Ahmose einen königlichen Herold zu Imhotep, gab den Sklaven, die im Raum waren, einen Wink sich zu entfernen und verließ dann ebenfalls mit Nachmet das Zimmer.

„Oh, ihr Götter", hörte ich Thutmosis raunen, während er sich den Schweiß von seinem kahl geschorenen Schädel wischte, „ich flehe euch an, vergebt mir!"

Ich sah dies alles deutlich vor mir, als wäre ich selbst in diesem Zimmer anwesend, und eigentlich hätte ich jetzt triumphieren können. Doch ich empfand nichts als tiefes Bedauern. Warum, so fragte ich mich, hatte es so kommen müssen?

Imhotep kam, und einen Augenblick schauten sich Pharao und Wesir in die Augen, bevor Imhotep sich vor seinem Herrn verneigte.

„Und?", raunte Thutmosis, während er Imhotep mit der Hand gebot, sich wiederaufzurichten. „Ist es geschehen?"

Imhotep zögerte mit der Antwort. Den ganzen Tag über hatte er sich bereits überlegt, wie er Pharao den Misserfolg seiner Mission schonend beibringen sollte. Immerhin beruhigte es ihn nun, dass Thutmosis noch nicht wusste, was den ganzen Palast inzwischen mit

Klatsch erfüllte. So würde der Pharao es wenigstens von ihm erfahren.

Die letzten Erkenntnisse, die er aus dem wirren Gerede zweier Wäscherinnen entnehmen konnte, die am Nachmittag vom Fluss zurückgekehrt waren, ließen keinen anderen Schluss zu, als dass Nenefer entkommen war. Wie und wann, das wusste er noch nicht, aber er würde es herausbekommen und die Schuldigen bestrafen. Er würde nicht ruhen, bis er alles ans Licht gebracht hatte.

Als er seinen Bericht von den Ereignissen beendet hatte, blickte er vorsichtig auf. Der Gesichtsausdruck des Pharaos verriet keine Regung, und Imhotep fragte sich bereits, ob Pharao überhaupt mitbekommen hatte, was er erzählte. Doch in diesem Augenblick veränderten sich die Gesichtszüge des Pharaos. Die blutunterlaufenen Augen traten noch stärker hervor, und ein höhnisches, verzerrtes Lachen erfüllte den Raum, ein Lachen, das an das eines Wahnsinnigen erinnerte.

Besorgt um Pharao und zugleich von Angst um sein eigenes Leben erfüllt, wartete Imhotep geduldig, bis Thutmosis sich wieder beruhigt hatte.

„Du verstehst nicht, warum ich gelacht habe?"

Thutmosis war wieder ganz ruhig und gefasst. Nichts erinnerte mehr an den wilden Gefühlsausbruch vor wenigen Augenblicken.

„Hör zu, Imhotep", fuhr der Pharao fort, denn jetzt wusste er ganz genau, was er zu tun gedachte. „Für deinen Misserfolg könnte ich dich schwer bestrafen. Aber ich werde es nicht tun. Doch einen weiteren Misserfolg werde ich nicht hinnehmen. Du bekommst jetzt einen klaren Befehl, und ich erwarte, dass du ihn unverzüglich ausführst. Finde das Kind so schnell wie möglich, und bringe es zu mir. Ich muss sie sehen, und zwar lebend. Hast du verstanden?"

Imhotep schluckte, doch er wagte nicht, Thutmosis zu widersprechen. Die Autorität, die hinter diesem Befehl steckte, ließ keinen Widerspruch zu. Er verneigte sich tief vor Pharao und verließ rückwärts den Raum.

„Sie lebt!", raunte Thutmosis. „Ihr Götter, ich beuge mich eurer Macht."

Von einem überwältigenden Gefühl ergriffen, ließ ich meine Gedanken zu mir zurückkehren. Ich fühlte mich leicht und beschwingt. Thutmosis war ins Grübeln geraten. Er war sich seiner selbst nicht mehr sicher. Ich glaubte und hoffte, wenn wir uns erst einmal begegnen würden, dann würde es zwischen uns keine Missverständnisse und keine Feindschaft mehr geben.

Durch die Aussagen der beiden Wäscherinnen konnte man sich nun aber denken, wo ich mich aufhielt, und darum musste ich unbedingt fort. Ich musste zum Tempel. Dies befahl mir meine innere Stimme. Nur dort konnte ich meine wahre Bestimmung finden.

Der Abend dämmerte bereits und kleidete den Himmel in das herrlichste Rot. Die Wüstenberge am Horizont hüllte die untergehende Sonne in sanfte Brauntöne. Ich schlich am Ufer entlang, bis ich zwischen dem Schilf den Liegeplatz mehrerer kleiner, vertrauter Boote fand. In eines von ihnen legte ich mich hinein, versteckte mich unter einer darin liegenden Reisigmatte und wartete auf den Einbruch der Dunkelheit. Aus der Ferne drangen Geräusche zu mir, Schritte näherten sich mir, Stöcke fuhren durch das Schilf. Sie kamen näher und verschwanden wieder. Niemand fand mich, denn Amuns Schutz umgab mich.

Gegen Mitternacht, als das Leben am Fluss fast völlig zum Erliegen gekommen war, kroch ich aus meinem Versteck hervor und begann meine Wanderung auf der Prozessionsstraße, dem Heiligtum von Karnak entgegen. Aus der Ferne, aus Theben, drangen aus den Tavernen des Hafens undeutlich noch einige Geräusche herüber, und die Lichter der Wirtshäuser erleuchteten noch einige Zeit das Flussufer. Doch schon bald wies mir nur noch der volle Mond den Weg.

Mit jedem Schritt, mit dem ich meinem Ziel näherkam, verstärkte sich in mir ein Gefühl der Erregung und Freude und ließ mich alle Gefahren vergessen. Ich war auf dem Weg, das zu finden, was meine Bestimmung war. Ich war auf dem Weg nach Hause in den Tempel, denn dort gehörte ich hin. Ich wusste nicht, was mich dort erwartete. Ich wusste nicht, was ich dort tun sollte, doch ich war mir meiner Sache ganz sicher. Amun lenkte meinen Weg. Er hatte mich bis hierher geleitet, er würde mich auch weiterführen. Nichts konnte meinen Glauben an den Gott erschüttern.

Endlich entdeckte ich in der Ferne, erleuchtet von Fackeln, die Pylonen des Hauptportals, zu dem eine mit Widdern gesäumte Allee hinaufführte. Majestätisch hob sich der hellbraune Stein vom schwarzen Hintergrund ab. Ich ging näher heran und sah, dass das Hauptportal von mehreren Tempelwächtern kontrolliert wurde. So bog ich in einen Seitenweg ein, der vorbei an Kornspeichern, Küchen, Dienerunterkünften und Vorratshäusern führte. An einem Nebeneingang stand nur ein Wächter. Geduldig wartete ich auf einen günstigen Moment, in dem der Wächter seinen Posten verließ, um seine Notdurft zu verrichten. Blitzschnell schlüpfte ich an dem engen Wachhäuschen vorbei in den Tempelbezirk hinein.

In dem Durcheinander der vielen Gebäude hatte ich mich jedoch bald restlos verirrt. Ich hatte nicht mehr die geringste Ahnung, wo ich mich befand und wie ich weitergehen sollte. Und doch trieb mich etwas vorwärts, weiter durch das Labyrinth von Gängen, bis Müdigkeit und Erschöpfung mich übermannten und ich mich in eine Nische hockte, um einige Minuten auszuruhen. Ich zog meine vom Wasser durchnässten Ledersandalen aus, legte sie neben mich, um sie trocknen zu lassen und schlief schließlich ungewollt ein.

Der Morgen dämmerte bereits, als grobe Hände mich in die Höhe zogen und zwei kalte, dunkle Augenpaare mich zornig anstarrten. Zwei Tempelwächter hatten mich auf ihrem Rundgang entdeckt.

„Wie kommst du hierher? Was hast du hier zu suchen?"

Vom Schlaf noch völlig benommen, blickte ich die beiden Männer verwirrt an.

„Nun sprich schon!", schnauzte mich einer der beiden an. „Was hast du hier gestohlen?"

Ihre groben Hände tasteten meinen Kittel ab. Als sie nichts finden konnten, fing der eine erneut an zu fragen:

„Also, nun sag schon, was wolltest du stehlen?"

„Nichts!", stieß ich hervor. „Ich wollte nichts nehmen!"

„Das kennen wir", höhnte der andere der beiden. „Nun, du wirst es uns schon noch sagen."

Jeder der beiden packte einen Arm von mir, und gemeinsam zogen sie mich mit sich fort, weiter durch ein unendliches Gewirr von Gängen. Verzweifelt versuchte ich mich aus den harten Griffen zu befreien, doch das hatte zur Folge, dass die beiden mich nur noch fester hielten und schneller vorwärts eilten.

Aus Angst und Verzweiflung begann ich zu weinen, zu bitten, zu flehen, doch die beiden ließen sich durch nichts erweichen. Schließlich kamen wir vor einem kleinen, unscheinbaren Gebäude an, in dem der Oberaufseher der Tempelwächter sein Quartier hatte. Gerade wollten die beiden eine grobe Holztüre öffnen und mich hineinzerren, da stießen sie mit einem jungen Mann unsanft zusammen.

„Verzeiht, Herr, es tut uns leid", bat einer meiner beiden Peiniger, während sie sich beide vor dem jungen Mann respektvoll verneigten.

Lachend hob dieser sein heruntergefallenes Wurfholz auf und wollte gerade weitergehen, da blieb sein Blick an mir hängen.

„Was habt ihr denn da mitgebracht?", fragte er, während sein Blick mich durchdringend maß.

„Eine kleine Diebin, die wir hinter den Kornspeichern erwischt haben", bemerkte einer der Tempelwächter, mich gleich darauf wieder in seine Richtung ziehend.

Mein Blick blieb wie gebannt an dem jungen Mann hängen, der außer einem kurzen, weißen, säuberlich gefalteten, von einem goldenen Gürtel gehaltenen Lendenschurz und ein paar einfachen Ledersandalen nichts trug. Auch er wandte seine Augen nicht von mir ab. Wie von einer fremden Kraft gelenkt schaute er mich erst kritisch, dann verwundert an.

„Wartet!", gebot er schließlich mit einer Stimme, die es gewohnt war, Befehle zu erteilen. Die beiden blieben augenblicklich stehen und hörten auf, an mir zu ziehen.

„Was hat sie gestohlen?"

„Wer kann das sagen, Herr? Sie wird schon reden, wenn wir sie lange genug befragen. Ihr wisst selbst, dieses Bauernvolk wird immer dreister. Um sich den Bauch zu füllen, schreckt es nicht einmal mehr davor zurück, Amuns Vorratskammern zu plündern."

Der junge Mann schüttelte unwillig den Kopf.

„Aber das, was ihr da vor euch habt, ist kein Fellachenkind. Oder habt ihr schon einmal ein Bauernkind mit Goldfäden im Leinenkittel und mit einer Jugendlocke auf dem Kopf gesehen?"

Er griff nach meinem langen, schweren Zopf, der von meinem sonst kahl geschorenen Schädel herunterfiel und sah mich abermals prüfend an. Plötzlich veränderte sich der Ausdruck auf seinem Gesicht. Das Erstaunen wich ernstem Interesse.

„Lasst sie los", befahl er, und die beiden gehorchten widerwillig. Freundlich streckte der junge Mann mir die Hand entgegen.

„Komm mit", meinte er, und wie unter einem Zwang stehend, ergriff ich seine Hand und folgte ihm.

In dem Augenblick, in dem sich unsere Hände berührten, lief ein Schauer durch meinen ganzen Körper. Der erstaunte, fragende Blick meines Gegenübers verriet mir, dass auch er die Kraft spürte, die die Berührung unserer Körper hervorgerufen hatte. Ich ahnte, dass es kein Zufall war, dass wir uns trafen, sondern eine Fügung der Götter. Und was die Götter zusammenfügen, das soll der Mensch nicht trennen. Wie viel Weisheit doch in dieser Erkenntnis liegt.

„Eigentlich wollte ich auf die Jagd gehen, doch ich vermute, ich habe mit dir einen viel besseren Fang gemacht."

Widerspruchslos folgte ich ihm, denn zum einen war ich noch völlig verstört von meiner Festnahme, zum anderen aber ging von diesem Unbekannten etwas aus, das mir Vertrauen einflößte.

Wir gingen verschlungene Wege entlang, durch unzählige Räume und Hallen, bis wir schließlich in ein Zimmer kamen, das auf der Rückseite nur von Säulen begrenzt wurde, durch die man in einen Garten treten konnte. Die Wände waren mit Opferszenen für Amun geschmückt, und es standen mehrere Stühle und Schemel herum. In der Mitte des Zimmers befand sich ein großer, schwerer Holztisch.

„Setz dich, Kleine!"

Ich gehorchte, noch immer nicht fähig, einen klaren Gedanken zu fassen. Der Fremde rief einen Sklaven herbei und befahl ihm, Essen und Wasser mit Wein zu bringen. Dann wandte er sich wieder mir zu.

„Wer bist du, Kleines? Und wie bist du in die Tempelstadt gelangt?"

Langsam begann ich mich von meinem Schreck zu erholen und ruhiger zu werden. Obwohl von dem Unbekannten eine beruhigende Wirkung ausging, beschloss ich, ihm nichts zu erzählen.

„Eine Diebin bin ich nicht", erwiderte ich daher mit Nachdruck.

„So", meinte er, „aber was um alles in der Welt wolltest du dann zu dieser frühen Stunde im Tempel?"

„Beten wollte ich", antwortete ich.

„Betet man hinter den Kornspeichern zu Amun?"

„Ich habe mich verlaufen!"

Er sah mich abermals prüfend an, sodass ich glaubte, unter dem Druck seines Blicks zusammenzuschmelzen. Doch schließlich begann es mich wütend zu machen, mich immer weiter in die Ecke gedrängt zu fühlen, mir immer kleiner und erbärmlicher vorzukommen. Zorn flammte in mir auf, lud meinen Körper mit Energie, die sich in meinen Augen widerspiegelte. Im gleichen Moment fuhr sich der Fremde mit der Hand an die Schläfe, von einem plötzlichen starken Schmerz gepeinigt. Ich bemerkte es und erstarrte. Die

Erinnerung an meinen Vater tauchte in mir auf und sogleich verminderte meine Furcht vor dieser unbekannten Macht meinen Zorn. Ich wollte niemandem Schaden zufügen, ganz gewiss nicht, und darum wandte ich meine Augen von ihm ab.

Der Sklave kam mit Honigkuchen, Melonenscheiben und gewässertem Wein zurück. Er stellte das kleine Tischchen mit den Speisen und Getränken vor seinem Herrn ab, verneigte sich und ging dann wieder hinaus.

„Iss, wenn du hungrig bist", forderte der junge Mann mich auf, während er noch immer eine Hand an seine Schläfe hielt.

Beim Anblick des Essens wurde mir bewusst, wie leer mein Magen war, und mit Heißhunger griff ich zu.

Der Fremde beobachtete mich dabei. Den langsam abklingenden Schmerz verbarg er hinter einem Lächeln.

Als ich fertig gegessen und mir die Finger in der silbernen Wasserschale gereinigt hatte, begann er nochmals zu fragen: „Wer bist du? Sag mir deinen Namen und wo deine Eltern wohnen. Ich bringe dich nach Hause."

Ich tat, als hörte ich seine Frage nicht, und schenkte mir aus dem Silberkrug den gewässerten Wein in einen Becher ein.

„Es wäre besser, du würdest meine Frage beantworten, denn sonst wird mein Vater dir Fragen stellen. Ich bin sicher, es dauert nicht mehr lange, bis er in seinen Arbeitsraum kommt."

„Verrate mir zuerst, wer du bist", erwiderte ich misstrauisch.

„Das geht dich eigentlich nichts an. Aber ich will es dir trotzdem verraten. Ich bin Hapuseneb, der Sohn des Hohenpriesters des Amun."

Ich setzte den Becher ab und sah ihn an. Wieder griff Hapuseneb sich an die Schläfe, und schließlich murmelte er leicht verwirrt: „Was ist das nur? Wenn du mich ansiehst, ist mir, als würde mir der Kopf zerspringen."

Ich lächelte ihn mitleidig an und erwiderte leichthin: „Wie kann ich dir helfen? Soll ich wegschauen, während wir uns unterhalten?"

Wie benommen begegnete Hapuseneb meinem Blick. In seinen Gedanken las ich, wie Unbehagen und Schrecken sich in ihm mehrten. Er fühlte instinktiv, dass er nicht mit mir allein im Raum war. Eine fremde, allumfassende Macht war anwesend, doch diese vermochte er sich nicht zu erklären. Nur dass ich es war, die diese Kraft anzog und an meine Umgebung weiterzuleiten vermochte, ahnte er unklar. Erschreckt stellte ich fest, dass er in der kurzen Zeit unserer Bekanntschaft mehr über mich in Erfahrung gebracht hatte, als sonst irgendein Mensch von mir vorher erspürt hatte. Ich wandte meinen Blick von ihm ab und entließ ihn dadurch aus dem Bann.

Gerade hatte Hapuseneb sich von seinem Schreck erholt und wollte auf mich zukommen, da öffnete sich die schwere Holztüre und Menech, der Oberpriester des Amun, trat ein.

„Oh, Hapuseneb, gut, dass du noch da bist. Der Pharao will heute Morgen selbst in den Tempel kommen und Amun ein Opfer darbringen. Ich glaube, er sucht nach Amuns Erleuchtung. Wir müssen uns beeilen, damit…"

Da plötzlich entdeckte Menech mich.

„Nenefer! Wie kommst du hierher?"

Der Oberpriester des Amun starrte mich nun ebenso verdutzt an wie zuvor sein Sohn.

Ich kannte Menech gut. Er war früher, vor der Heirat meiner Mutter mit dem Pharao, ein guter Freund von ihr gewesen und hatte ihr auch nach ihrem Fall weiter die Treue gehalten. Er war einer der wenigen, die von Zeit zu Zeit bei meiner Mutter vorgelassen wurden und ihr unbedeutende Neuigkeiten von den Geschehnissen außerhalb des Palastes berichten durfte. Stets war bei diesen Gesprächen ein treuer Diener des Pharaos zugegen, der hinterher Imhotep Bericht erstatten musste. So konnte bei diesen Zusammentreffen nie etwas Bedeutendes gesagt werden. Doch die Besuche vermittelten meiner Mutter trotzdem das Gefühl, nicht ganz vergessen zu sein.

„Du kennst die Kleine?", fragte Hapuseneb überrascht.

„Sicher kenne ich sie", erwiderte Menech. „Du stehst vor Ihrer Hoheit, Prinzessin Nenefer, die seit gestern spurlos aus dem Palast verschwunden ist. Ganz Theben sucht nach ihr."

An mich gewandt fuhr er fort: „Wie konntest du das nur tun, Nenefer? Weißt du überhaupt, was für Ängste deine Mutter deinetwegen aussteht? Ich muss sofort einen Boten in den Palast schicken."

„Nein!", schrie ich entsetzt auf. „Bitte nicht, Menech."

Verwundert sahen Vater und Sohn mich an.

„Bitte!", bat ich flehend, und fast wäre ich gewillt gewesen, Menech die ganze Wahrheit zu erzählen, dass ich nicht freiwillig den Palast verlassen hatte, dass man mich vergiften wollte. Doch es gibt Dinge, die sollten besser stets ungesagt bleiben.

„Bitte, Menech", bettelte ich noch einmal. „Es gibt einen wichtigen Grund dafür, dass ich weggelaufen bin, aber ich kann ihn weder dir noch sonst jemandem sagen. Lass mich mit Pharao sprechen, wenn er im Tempel vor dem Schrein Amuns sein Opfer darbringt. Du warst stets ein Freund meiner Mutter, und darum bin ich sicher, dass du mir helfen wirst."

Einen Augenblick zögerte der Oberpriester. Er wusste, dass dieses Handeln ihm große Schwierigkeiten mit Pharao einbringen konnte. Jedem war bekannt, dass Thutmosis seine jüngste Tochter nicht zu sehen wünschte. Doch andererseits war er es damals gewesen, der Meryet und Thutmosis zu einer Verbindung geraten hatte. Und noch heute war er davon überzeugt, dass die damalige Verbindung unter einem guten Stern gestanden hatte. Vielleicht konnte er heute durch eine entschlossene Handlungsweise günstig in die Angelegenheit eingreifen. Lange genug hatte er schließlich versucht, den Pharao im Fall meiner Mutter umzustimmen. Doch stets war Imhotep als Sieger aus dem Gefecht hervorgegangen. Und hinter Imhotep stand die große königliche Gemahlin Ahmose, die versuchte, die Interessen ihrer beider Töchter, Neferubity und Hatschepsut, zu wahren.

„Gut, Nenefer, ich will es tun, auch wenn es mich in Ungnade bei Pharao stürzen kann."

Dankbar lächelte ich ihn an.

„Es wird dir nicht schaden. Glaub mir, ich weiß ganz genau, was ich tue."

Diese Worte mochten aus dem Mund eines Kindes lächerlich klingen, doch aus meinem Mund klangen sie überzeugend und unumstößlich. Die Kraft, die hinter mir stand, war Amuns Kraft, mein Wissen war sein Wissen, mein Wille war sein Wille. Ich wusste in diesem

Augenblick ganz genau, was getan werden musste, welcher Weg einzuschlagen war, um Amuns Willen zu verwirklichen.

Einen Augenblick zögerte Menech noch, dann gab er Hapuseneb einen Wink.

„Führe sie bis vor das Allerheiligste des Tempels. Verstecke dich dort, Nenefer, und warte, bis der Pharao kommt." Mehr zu sich selbst murmelte er weiter: „Amun möge uns beistehen und Pharaos Herz erleuchten."

Auch Hapuseneb zögerte einen Augenblick. Ihm war ebenso wie Menech bewusst, dass dies ein großes Wagnis war. Wie viele waren schon wegen weit weniger weitreichenden Dingen bei Pharao in Ungnade gefallen? Doch die jugendliche Abenteuerlust in ihm besiegte schließlich seine Vorsicht. Er ergriff meine Hand, und gemeinsam gingen wir abermals durch unendlich viele Gänge, bis wir beim Heiligen See Amuns aus dem Labyrinth herauskamen. Dahinter erstreckte sich der eigentliche Tempel in seiner ganzen Pracht. Die mit Elektrum überzogenen Pylonen, eine Mischung aus Gold und Silber, ragten glänzend gegen den Himmel, als wollten sie eine Verbindung zu Re herstellen. Überwältigt von der Schönheit und dem Reichtum von Amuns Tempel blieb ich wie angewurzelt stehen, um das Bild in mir aufzunehmen. Doch Hapuseneb drängte zum Weitergehen.

„Wir haben nicht viel Zeit, Hoheit. In wenigen Augenblicken wird sich der Vorhof mit Priestern füllen, die den Pharao willkommen heißen wollen. Dann würden wir beide gewiss auffallen, und ich glaube, es ist besser, wenn man uns nicht zusammen sieht."

Willig ließ ich mich von ihm weiterführen. Bald erreichten wir den großen Vorhof des Tempels, in dem sich unzählige Gläubige versammelt hatten, um Amun ihre Huldigung und ihr Opfer darzubringen. Wir durchquerten den Hof und betraten das Innere des Tempels, einen großen, mit Lotossäulen geschmückten Saal, von dem aus wir in einen langen, breiten Gang abbogen, der vor einer großen, schweren, mit Elfenbein verzierten Tür endete. Hapuseneb öffnete die Tür, und wir traten gemeinsam in eine dunkle, nur von Öllampen erleuchtete Halle, in der unzählige Nischen waren, die je einen Schrein Amuns enthielten. Vor jedem Schrein standen Speisen, Wein und ein brennendes Weihrauchgefäß.

„Dies ist ein geheiligter Ort, den nur die obersten Priester und die königliche Familie betreten dürfen. Dort", Hapuseneb deutete auf eine an den Raum grenzende Tür aus reinem Gold, „ist das Allerheiligste, in dem die goldene Statue Amuns aufbewahrt wird. Nur der Pharao und geweihte Priester dürfen den Raum betreten. Warte hier und sei still, damit dich keiner entdeckt."

Hapuseneb wandte sich ab und verschwand durch die große Elfenbeintür. Ich nahm sein Verschwinden kaum noch wahr. Der Zauber des geheiligten Orts hielt mich bereits fest umfangen. Ergriffen von der Allmacht Amuns, die ich noch nie so deutlich gespürt hatte wie hier und jetzt, sank ich auf die Knie und begann zu beten.

Wie lange ich kniete, vermag ich nicht mehr zu sagen. Überhaupt kann ich mich an nichts mehr erinnern, was dort um mich herum geschah, denn Amun öffnete in jenem Augenblick eine bisher verschlossene Tür meines Geistes und ließ mich flüchtig meine wahre Bestimmung erkennen, eine Bestimmung, die den weiteren Verlauf meines Lebens völlig verändern sollte.

Als ich aus meiner Trance erwachte, lag ich auf einem Ruhebett in Menechs Arbeitszimmer. Unzählige Priester standen um den schweren Holztisch herum und debattierten aufgeregt über irgendetwas, während sie immer wieder auf Papyrusrollen deuteten, die auf dem Tisch ausgebreitet lagen. Ich sah mich weiter um. Etwas zog meinen Blick magisch an, eine Kraft, der ich bis dahin noch nie gegenübergestanden hatte, erfüllte den Raum und erweckte in mir ein beklemmendes Gefühl. Stirnrunzelnd, auf einem breiten Stuhl, seinen Blick in die Ferne gerichtet, als könnte er dort etwas sehen, was den anderen verborgen blieb, saß er - Pharao -, ein mächtiger Stier, dessen Ausstrahlung den gesamten Raum durchdrang. Meine Beklemmung wich Furcht. Ich versuchte mich zu erinnern, was passiert war, wie ich hierhergekommen sein mochte. Doch in meinem Kopf war nur gähnende Leere.

Ich beobachtete, wie sich Menech von den anderen Priestern löste und auf den Pharao zutrat. Das Leopardenfell, das er als Zeichen seiner Oberpriesterstellung angelegt hatte, verlieh ihm eine vorher nicht dagewesene Autorität und Würde.

„Es ist, wie ich vermutet habe. Die Sterne lügen nie. Sie verrieten mir schon damals, was sich heute bewahrheitet hat. Nur damals vermochte ich sie nicht richtig zu deuten. Ich sah zwar, dass zur Stunde von Nenefers Geburt die Sterne in einer ganz außergewöhnlichen Konstellation standen, doch die Bedeutung konnte ich nicht herauslesen. Heute, da wir beide Zeuge dieses Phänomens im Tempel wurden, ist es mir klar geworden. Ich habe die Konstellation ihrer Sterne zur Geburtsstunde mit der anderer von den Göttern Erleuchteter verglichen, und jetzt besteht kein Zweifel mehr. Eure Tochter, Majestät, verfügt über außergewöhnliche Kräfte. Sie ist von den Göttern gesegnet."

Ungläubig schüttelte Pharao den Kopf. Sein Gesicht verfinsterte sich.

„Aber das ist unmöglich, Menech", sagte er, während er gleichzeitig mit einer Handbewegung zu verstehen gab, dass sich die anderen entfernen sollten, damit er mit dem Hohenpriester allein sprechen konnte.

„Noch nie ist es vorgekommen, dass ein königliches Kind über solche Kräfte verfügt."

„Nun ist es geschehen, Majestät, und es ist sicher nicht ohne Grund geschehen. Die Götter verschenken besondere Gaben nur, wenn sie etwas bewirken wollen."

„Und was, Menech, wünschen die Götter?"

Bedauernd hob Menech die Schultern.

„Sie haben sich mir nicht offenbart, Majestät. Aber Nenefer offenbaren sie sich. Sie weiß, was Amun wünscht. Nur ist es fraglich, ob sie es jetzt schon erkennt oder erst irgendwann in ihrem Leben auf ihre Bestimmung stoßen wird. Aber es besteht kein Zweifel darüber, dass sie mit ihren neun Jahren bereits über ein ungewöhnliches Potential an außergewöhnlichen Kräften verfügt. Ganz sicher erscheint mir, dass sie nahe Ereignisse voraussehen kann und in den Gedanken anderer Menschen zu lesen vermag. Das ist nichts Ungewöhnliches für ein Kind mit seherischen Fähigkeiten. Wie weit ihre Kräfte jetzt schon darüber hinausgehen, kann ich nicht sagen."

Die Hände von Thutmosis verkrampften sich, sein Gesicht wurde zur steinernen Maske.

„Hat sie dir irgendetwas gesagt, als du sie in deinem Arbeitszimmer gefunden hast? Oder hat sie Hapuseneb etwas erzählt?", forschte Thutmosis, ohne den steinernen Ausdruck seines Gesichts zu verändern.

Nachdenklich schüttelte Menech den Kopf.

„Nichts, das erwähnenswert wäre. Sie bat mich, ihr zu helfen, Euch zu sprechen. Und ich muss gestehen, hinter ihrem Wunsch stand eine Kraft, die es mir unmöglich machte, diese Bitte abzuschlagen. Mir schien es so, als wüsste sie ganz genau, was sie tut."

Ich lag noch immer auf meinem Ruhebett, geistig völlig anwesend, doch von Furcht gelähmt. Dort stand er, jener Mann, der mein Vater war, jener Mann, der den Befehl erteilt hatte, mich zu töten. Er kannte jetzt mein Geheimnis, ebenso wie es die Priester des Tempels kannten. Doch was würde jetzt weiter geschehen? Noch nie hatte ich bei einem Menschen so viel Kraft gespürt wie bei Pharao. Das Volk verehrte ihn als Gott und das gewiss nicht ohne Grund. Aber wo stand ich? Würden meine Kräfte ausreichen, gegen Pharao zu bestehen?

Ich schloss meine Augen, sammelte einen Augenblick lang meine Kräfte und erhob mich dann. Ruhig nahm ich zur Kenntnis, dass die Blicke der beiden Männer zu mir herüberflogen. Doch dann begegnete ich den Augen Pharaos, und ein Schauer durchdrang mich. Meine Beine drohten zu versagen. Nackte Angst lief mir den

Rücken herunter. Die grauen, glanzlosen Augen des Herrschers durchbohrten mich in einem Augenblick der Erkenntnis. Und im selben Moment wusste ich, dass er erst jetzt das ganze Ausmaß unserer bisherigen Beziehung erfasste. Sein Gesicht blieb zwar ausdruckslos, aber hinter der aufgesetzten, steinernen Maske seines Gesichts erkannte ich plötzlich auch bei ihm Furcht. Dieses Wissen gab mir meine Sicherheit zurück. Ich fiel auf die Knie, wie das Zeremoniell es erforderte. Einen Augenblick lang zauderte Thutmosis. Auch er versuchte, seine Kräfte zu sammeln.

„Steh auf, Nenefer, und sieh mich an."

Ich gehorchte, erhob mich und blickte ihm ins Gesicht. Unsere Augen schätzten einander ab. Der stechende, kalte Blick von Thutmosis bedrohte mich für einen Moment. Doch dann setzte sich bei ihm die Erkenntnis durch, dass ich von den Göttern gesegnet war. Selbst für einen Pharao wäre es ein Frevel, sich gegen einen von den Göttern Erleuchteten zu wenden.

Ermattet ließ Thutmosis sich in seinen Sessel zurückfallen. Die eben noch vorhandene Kraft, die den Raum erfüllt hatte, verebbte langsam. Der Pharao hatte seine lange Krankheit noch nicht vollends überwunden.

Ich drang in seine Gedanken ein, und er ließ mich gewähren.

„Ich bin Pharao. Ich bin stark und mächtig. Ganz Ägypten liegt vor mir auf den Knien und verehrt mich als Gott. Doch du, mein eigenes Fleisch und Blut, meine ungeliebte Tochter, du bist stärker. Du hast die Götter hinter dir, und ich habe ihren Fluch auf mich gezogen."

Obwohl Thutmosis kein Wort sprach, wusste er, dass ich ihn hörte.

„Es gibt Dinge, Majestät", begann ich gedanklich zu erwidern, „die sind geschehen. Nichts kann sie mehr ungeschehen machen. Kein einziger Gedanke, der einmal gedacht wurde, kann sich je wieder in Nichts auflösen, denn die Kraft eines Gedankens durchdringt Zeit und Raum. Ich glaube, es gibt nichts zwischen uns, was einer Erklärung bedarf. Wir beide wissen, was uns trennt. So soll es auch bleiben. Aber es ist nicht Amuns Wille, dass wir uns in Feindschaft und Furcht begegnen. Und Amuns Wille ist unumstößlich. Ich bitte um Frieden, Majestät."

Ich sandte ihm diese Gedanken, und der Blick meines Vaters verriet mir, dass er verstand.

„Nun, du bist also Nenefer", sagte er laut, und ich antwortete ebenso laut: „Ja, Majestät."

Beide wurden wir uns wieder Menechs Anwesenheit bewusst. Der Schein musste gewahrt bleiben, nichts von unserem Geheimnis sollte nach außen dringen.

„Sag mir, was hat dich veranlasst, in den Tempel zu kommen?", fragte Thutmosis.

„Ich weiß es nicht genau. Jedenfalls kann ich es nicht erklären", erwiderte ich ehrlich. „Das Wissen, was ich zu tun habe, ist plötzlich einfach da, und ich muss gehorchen."

Menech nickte stumm.

„Und wie lange leitet dich diese innere Stimme schon? Wer weiß davon?", forschte Thutmosis.

„Bis heute wusste niemand außer mir davon. Ich selbst nahm diese merkwürdigen Fähigkeiten bewusst zum ersten Mal an meinem neunten Geburtstag wahr. Ich bediente mich ihrer und wurde krank. Doch nachdem ich meine Krankheit überwunden hatte, wurde alles sehr einfach. Ich sah, was ich wollte, wo und wann immer ich es wollte. Die Gedanken der anderen lagen offen vor mir. Und dann, eines Tages, gelang es mir, nicht nur das zu sehen, was gerade geschah, sondern auch das, was geschehen würde. Und gestern", flüsterte ich, mich mit Schrecken daran erinnernd, „entdeckte ich, dass mein Zorn in der Lage ist, einem anderen Schmerz zuzufügen."

Ich stockte. Es war mir unmöglich, weiter zu sprechen.

„Und vorhin im Tempel, Nenefer, was ist da geschehen?", fragte Menech.

„Ich weiß es nicht mehr. Ich kann mich so gut wie an gar nichts mehr erinnern. Ich spürte nur plötzlich Licht und Wärme, die mich umgaben. Und dann sah ich dieses Bild."

„Welches Bild?"

„Ich kann mich nur undeutlich erinnern. Alles liegt noch so weit entfernt. Aber ich sah jemanden, der den Horusthron bestieg und sich die Kronen Ober- und Unterägyptens auf das Haupt setzte. Amuns Segen umgab diesen neuen Pharao."

„Wen sahst du?"

Pharaos Stimme war scharf geworden. Die alte Feindschaft drohte erneut aufzuflammen.

„Wer trug die Krone, Nenefer? Warst du es?", forschte Menech, sichtlich ruhiger als Pharao, weiter.

„Nein", entgegnete ich lachend, während ich krampfhaft versuchte, die Erinnerung zurückzuerlangen. „Ich war es nicht, denn ich stand vor dem Altar und erflehte Amuns Schutz für den neuen Horus. Aber an die Gestalt des Pharaos kann ich mich nicht erinnern."

Menech sah mich nachdenklich an. Schließlich sagte er: „Ich würde deine Vision so deuten, dass du dazu ausersehen bist, die Verbindung zwischen dem neuen Pharao und den Göttern zu sein. Das ist deine Bestimmung."

„Aber warum sollte der neue Pharao eines Sehers bedürfen?", erwiderte Thutmosis kritisch. „Der letzte Seher, der geboren wurde, war Anen. Er war von den Göttern dazu bestimmt, den Pharao dabei zu unterstützen, die Hyksos aus dem Land zu vertreiben und die Maat wiederherzustellen. Damals bedurfte Ägypten der Hilfe der Götter. Heute ist Ägypten stark. Die Maat wird eingehalten. Weshalb also bräuchte ein Pharao einen Seher?"

„Vielleicht", wandte Menech ein, „weil er ein schwacher Pharao ist? Vielleicht droht Ägypten Krieg? Kann das sein, Nenefer?"

Ich schüttelte den Kopf.

„Nein, Menech, das ist nicht der Grund."

„Aber was dann?", brauste Thutmosis auf.

„Das wird sie wissen, wenn die Zeit kommt", entgegnete Menech besänftigend. „Wir sollten nicht versuchen, weiter in sie zu dringen. Eins jedoch scheint mir gewiss. Was immer Amun wünscht, es muss sehr viel sein. Noch nie habe ich davon gehört, dass ein seherisch begabtes Kind bereits über so ausgeprägte Fähigkeiten verfügte, wie Nenefer sie schon heute besitzt."

„Nun gut", gab Thutmosis missmutig nach. „Für heute ist genug geschehen. Was weiter zu geschehen hat, muss gut durchdacht werden. Gehen wir in den Palast zurück, Nenefer."

„Nein!", stieß ich entsetzt hervor. „Nein, Majestät, ich flehe Euch an, bringt mich nicht dorthin zurück. Ich gehöre hierher, in den Tempel. Hier ist mein Platz, nur hier. Bitte, Majestät, lasst mich hierbleiben und die heiligen Gesetze des Tempels, die alten Riten und die geheimen Mysterien kennenlernen. Ich weiß genau, nur hier kann ich das nötige Wissen erwerben, das mir fehlt, um das Licht Amuns zu sehen und seinen Weg zu gehen."

„Ja", unterstützte Menech meinen Wunsch. „Auch ich glaube, dass es am besten ist, wenn Nenefer hierbleibt und die Geheimnisse des Tempels kennenlernt. Sie verfügt über ungewöhnliche Kräfte, und nur im Tempel kann sie lernen, diese Kräfte im Sinne ihrer Bestimmung zu verwenden. Sie braucht die richtige Leitung und die Nähe der Götter, um ihre ungewöhnlichen Gaben im Sinne der Maat zu gebrauchen."

Thutmosis überlegte einen Augenblick. Er wollte die Kontrolle über mich nicht verlieren, mich weiterhin streng überwacht wissen. Daher erschien es ihm nur zu verlockend, mich hierzulassen. So konnte er einer häufigen Begegnung mit mir aus dem Weg gehen und doch sicher sein, dass ich streng überwacht wurde, dass ich beschäftigt war mit Dingen, die mit der Macht nichts zu tun hatten. Zu gut wusste Thutmosis, dass nach dem heutigen Tag nichts mehr so sein konnte wie vorher. Es war ihm unmöglich geworden, mich weiterhin im Palast einzusperren wie bisher, denn dies bedeutete, den Zorn der Götter herauszufordern. Andererseits erschreckte Thutmosis der Gedanke, mich mit Neferubity, Thutmosis und Hatschepsut zusammen erziehen zu lassen. Sie waren seine Kinder. Ich hingegen war eine Fremde für ihn, die noch dazu etwas Unheimliches umgab, das selbst die Macht des Pharaos übertraf. Und noch immer glaubte er, seine Kinder schützen zu müssen, jetzt sogar mehr denn je.

„Gut", antwortete Thutmosis, eine gewisse Erleichterung nicht verbergend. „Ich vertraue sie dir und Amuns Tempel an. Pass gut auf sie auf, und unterrichte mich über ihre Fortschritte."

An mich gewandt fügte er hinzu: „Es ist alles so neu für mich, Nenefer, dass ich nicht weiß, was ich glauben soll. Ich vermute, ich kann vor dir nichts verbergen, und darum bedarf es wohl auch keiner Erklärung. Vielleicht wirst du mich irgendwann einmal verstehen. Ich hoffe es. Kann ich noch irgendetwas für dich tun?"

„Ja", antwortete ich zögernd, von einem unguten Gefühl beschlichen. „Ich bitte Euch, Majestät, lasst meine Mutter frei. Gesteht ihr die Rechte zu, die ihr als Königsgemahlin gebühren."

Mein Herz schlug plötzlich schneller, das ungute Gefühl in mir verstärkte sich. Das bringt nichts Gutes, warnte eine Stimme in mir. Aber die Liebe zu meiner Mutter war letztlich stärker als meine Vorahnung.

Thutmosis überlegte kurz, dann nickte er.

„Ich werde deine Bitte in Erwägung ziehen", sagte er, wandte sich ab und ging.

Menech begleitete Pharao durch den Tempel. Gemeinsam schritten sie durch das Hauptportal, wo Soldaten und Sänfte auf Pharao warteten. Menech folgte der Sänfte Pharaos die Prozessionsstraße entlang. Menschen säumten jetzt die Straße, jubelten Thutmosis zu und erflehten Amuns Segen. Noch einmal beugte Pharao sich aus der Sänfte und wandte sich an Menech.

„Pass gut auf sie auf, Menech. Und unterrichte mich über alles, was geschieht, was du von ihr oder über sie erfährst. Ich muss alles wissen."

Der Hohenpriester nickte.

„Ich werde Majestät ständig berichten. Doch ich bitte Euch stets an eins zu denken. Nenefer gehört den Göttern und somit dem Tempel, nicht der Maat, nicht dem Thron. Sie wird nie die Hand nach dem Horusthron ausstrecken, denn das ist nicht ihre Bestimmung. Ein Seher kann Macht geben und nehmen, aber nie selbst haben. Das ist ein altes Gesetz. Glaubt mir, Majestät, was immer geschehen wird, Eure Tochter ist nichts weiter als ein Werkzeug Amuns. Und ich beneide sie darum nicht."

Abwesend nickte Thutmosis Menech zum Abschied zu, während er sich unter dem Baldachin seiner Sänfte in die Kissen zurücklehnte, gefesselt von Menechs letzten Worten - Sie kann Macht geben und nehmen -. Ja, letztlich ist sie mächtiger als Pharao und darum gefährlich. Ich darf sie mir nicht noch mehr zur Feindin machen.

In diesem Augenblick reifte wohl in ihm der Entschluss, meine Mutter aus der Gefangenschaft zu entlassen.

Kurz nachdem Menech und Pharao gegangen waren, schlüpfte Hapuseneb ins Zimmer. Einen Augenblick lang sahen wir uns forschend an, dann begann Hapuseneb ungläubig den Kopf zu schütteln.

„Wie kann das sein?", fragte er. „Ich verstehe es nicht. Und doch, dass etwas an dir besonders ist, habe ich im ersten Moment gespürt, als ich dir begegnete."

Fragend erwiderte ich seinen Blick.

„Was ist denn im Tempel geschehen? Ich kann mich an nichts mehr erinnern."

„Aber das gibt es doch nicht!"

„Bitte, sag mir, was geschehen ist, Hapuseneb. Ich muss es wissen."

„Als Pharao, Vater und ich den heiligen Raum betraten, wehte uns, als wir die Tür öffneten, ein heftiger Wind entgegen, obwohl das eigentlich unmöglich ist. Wie sollte in diesem von draußen völlig abgeschlossenem Raum eine Luftbewegung entstehen können? Du knietest noch immer an der Stelle, an der du warst, als ich dich verlassen habe. Doch die immer fest verschlossene Flügeltür zum heiligen Raum, in dem Amuns goldene Statue steht, stand offen, und es war, als ob von der Statue ein Lichtstrahl ausging, der auf dich fiel. Dann erlosch der Strahl, die Tür schloss sich von selbst, und der Wind legte sich. Du brachst besinnungslos zusammen, und wir trugen dich in Vaters Arbeitszimmer."

„Ich kann mich an gar nichts mehr erinnern", antwortete ich. „Aber ich habe Angst, furchtbare Angst. Ich weiß manchmal nicht mehr, was mit mir geschieht. Wie soll, wie kann das alles enden?"

Ich sank auf einen Stuhl und begann zu weinen. Die Lücke in meinem Gedächtnis, die Begegnung mit meinem Vater, überhaupt war in den letzten Tagen so viel geschehen, dass ich glaubte, all das nicht mehr verkraften zu können.

Hapuseneb sah einen Augenblick zögernd auf mich herunter, dann neigte er sich nieder, nahm mich schützend in den Arm und sagte: „Nicht weinen, Hoheit. Es gibt keinen Grund. Alles wird gut. Du bist hier, und du hast hier Freunde. Nichts wird dir geschehen."

„Mir nicht, aber vielleicht anderen. Oh, Hapuseneb, ich wünschte, ich bräuchte mich nicht zu fürchten, aber ich habe allen Grund", erwiderte ich verzweifelt.

Von der Berührung seines Körpers ging eine Ruhe aus, die die Spannung allmählich von mir nahm.

„Willst du mein Freund sein, Hapuseneb?"

„Ja", antwortete er fest, und ich wusste sicher, ich würde für den Rest meines Lebens auf ihn zählen können.

Die Wochen und Monate, die nun folgten, waren wohl die wichtigsten und glücklichsten meines Lebens. Ich lebte im Tempel und widmete meine ganze Zeit und Aufmerksamkeit dem Lernen. Nichts konnte mich mehr faszinieren als das Studieren alter Schriftrollen, und ich dachte dabei oft voller Dankbarkeit an meine Mutter, die sich so viel Mühe gegeben hatte, mir das Lesen und Schreiben beizubringen. Ich konnte nicht oft genug an den geheiligten Riten und Zeremonien zu Ehren der Götter teilnehmen und erkannte auch mit der Zeit die Hintergründe der heiligen Mysterien. Ich lernte die einzelnen Götter kennen und verehren, Amun, den Hauptgott, Osiris, den Totengott, seine treue Gattin, Isis, den verschlagenen Seth, die gehörnte Hathor, den ibisköpfigen Thot, Anubis, Horus, Sachmet und Re. Ich kannte ihre Macht und ihre Bedeutung für die Menschen. Ich lernte, mich ihrer Hilfe zu versichern, ebenso wie ihren Willen zu erkunden. Doch vor allem näherte ich mich Amun. Sein Wille speiste meinen Geist und ließ mich Dinge verstehen, die für andere im Dunkeln lagen. Ich lernte unter priesterlicher Anleitung meine Kräfte kennen, ausweiten und kontrollieren. Ich wusste bald ganz genau, was mir möglich war und wo meine Grenzen lagen. Ich übte mich in Selbstdisziplin, Geduld und Entsagung. Ich lernte Tränke und Mittel bereiten, die die unterschiedlichsten Wirkungen hervorriefen, die bei richtiger Dosierung den Geist erweiterten, bei falscher hingegen verheerende Folgen haben konnten. Ich lernte die Gesetze der Maat kennen und mein Leben der Einhaltung der Gesetze der Götter zu weihen. All das erfüllte meinen Geist so sehr, dass ich über Jahre hinweg meinen Blick von den Geschehnissen um mich herum abwandte. Ich lebte, um zu lernen, und alles andere interessierte mich nicht. Die Menschen um mich herum verschwanden im Nebel meines Wissensdurstes.

Es kümmerte mich nicht weiter, dass die Menschen begannen, mir aus dem Weg zu gehen und sich fürchteten, mir in die Augen zu sehen, aus Angst, ich könnte sie allein mit meinem Blick verhexen. Es störte mich auch nicht, dass sich die einfachen Bediensteten und Sklaven, mit denen ich zu tun hatte, mit Amuletten ihrer Lieblingsgötter behängten und um deren Schutz flehten. Die dunkelsten Gerüchte und Geschichten woben sich bald um mich, und der Ruf, eine Hexe zu sein, umgab mich. Doch auch das bedrückte mich nicht weiter. Im Stillen lächelte ich über die Dummheit und Unwissenheit, über das Nichtverstehen der göttlichen Kraft und widmete mich weiter meinen Studien.

Nur ein Ereignis schreckte mich für kurze Zeit aus meinem inneren Frieden. Es war der Tod Neferubitys. Sie starb kurz nach ihrem achtzehnten Geburtstag. Dieses Ereignis kam für alle ebenso plötzlich wie unerwartet – nur für mich nicht. Ich wusste bereits lange vorher, dass sie sterben würde. Es war Amuns Wille, und daher fragte ich nicht nach dem Wie und Warum. Ich verschwendete keinen Gedanken daran, herauszufinden, wer ihr das Gift gab, das sie dahinraffte. Doch dass sie vergiftet wurde, wusste ich genau. Auch Pharao wusste es, und obwohl er aufrichtig um seine Tochter trauerte, erkannte ich tief in seinem Innern doch eine gewisse Erleichterung. Nun würde Hatschepsut große Königsgemahlin werden. Sie würde genügend Kraft besitzen, die Unzulänglichkeiten seines Sohns Thutmosis auszugleichen.

Es war eigentlich auch nicht die Tatsache, dass Neferubity starb, die mich aus dem gewohnten Alltag schreckte, sondern die damit verbundene Zeit der Trauer bis zu ihrem Begräbnis.

Siebzig Tage lang wurde der Körper der Erbprinzessin im Haus des Todes auf das Begräbnis vorbereitet. Er wurde in Natronlauge gelegt, die Körperhöhlungen wurden mit Harz ausgestopft und der Leib dann mit Leinenbinden umwickelt. Unterdessen arbeiteten die

Handwerker der Nekropole fieberhaft, um das Grab der Prinzessin fertig zu stellen. Während der ganzen siebzig Tage wurden bei Hof keine Feste gefeiert, noch waren andere unterhaltende Veranstaltungen erlaubt. Die Schulen wurden geschlossen, die Arbeiten an den meisten Bauwerken eingestellt. Das ganze Land trauerte um die Erbprinzessin.

In dieser Zeit musste ich als Mitglied der königlichen Familie in den Palast zurückkehren. Ich zog wieder in die Gemächer meiner Mutter, die sich nun frei bewegen konnte und zu allen königlichen Festlichkeiten zugelassen war. Ihr standen alle Rechte und Ehren einer Königsgemahlin zu. So erwartete ich, sie glücklich und zufrieden vorzufinden. Aber ich musste bald feststellen, dass dem nicht so war. Der giftige Stachel in ihrem Herzen saß tief. Pharaos Einsicht war zu spät gekommen, um den Hass auszumerzen, der in ihr brodelte. Sie hasste Pharao ebenso sehr wie Ahmose und deren Kinder. Der Schrein der lieblichen Göttin Hathor war aus ihren Gemächern verschwunden. An dessen Stelle war der Schrein des hinterhältigen Gottes Seth getreten, der seinen Bruder Osiris ermordet hatte.

Ich hatte meine Mutter in den letzten drei Jahren, seit meiner Übersiedlung in den Tempel, kaum gesehen. Ihre Besuche bei mir waren stets kurz und nichtssagend verlaufen. So hatte ich mich auf das Zusammensein mit ihr gefreut. Doch das änderte sich nun sehr schnell. Nur zu deutlich spürte ich die bösen Gedanken, die mich in ihrer Gegenwart umgaben. Sie hatten noch kein Ziel, und doch wuchsen sie zu etwas heran, das nichts Gutes ahnen ließ. Es galt zu verhindern, was hier reifte. Doch wie? Welchen Einfluss konnte ich nehmen? Manchmal überkam mich der Gedanke, zu Pharao zu gehen und mit ihm über meine Mutter zu sprechen. Doch diesen Gedanken fegte ich, jedes Mal wütend über mich selbst, wieder hinweg. Was hätte ich ihm sagen sollen und warum? Ging hier nicht die Saat auf, die er selbst gesät hatte? Nein, ich würde schweigen, gelobte ich mir. Und das tat ich auch. Und doch plagte mich hin und wieder mein Gewissen, denn Amun hatte mir die Kraft verliehen, das Böse zu sehen.

Deshalb war ich froh, als der Tag des Begräbnisses kam. Schon früh am Morgen versammelten sich die Trauergäste vor dem Palast, um den Schlitten, auf dem Neferubitys Sarg stand, in die Nekropole zu begleiten. Vor den Schlitten waren vier Ochsen gespannt. Um ihn herum standen Priester, die Weihrauchgefäße schwenkten. Vier Sklaven standen hinter dem Schlitten. Jeder von ihnen trug ein Kanopengefäß aus Alabaster, in denen die Organe der Prinzessin aufbewahrt wurden. Dahinter formierten sich allmählich andere Sklaven, die Gewänder, Schmuck, Geschirr und von Neferubity einst benutztes Mobiliar zum Grab der Prinzessin tragen sollten. Selbst das Spielzeug, das sie einst als Kind benutzt hatte, wurde ihr mitgegeben.

Auch Mutter und ich mussten auf Wunsch Pharaos am Begräbnis teilnehmen. Dies sollte meine erste Begegnung mit der königlichen Familie werden. Als wir zu dem Versammlungsplatz kamen, waren die meisten der Trauergäste bereits anwesend. Gleich hinter den Sklaven, die dem Sarg unmittelbar folgten, standen Thutmosis, Ahmose und Hatschepsut bereit. Ihnen folgte in der nächsten Reihe der junge Thutmosis, dem Mutter und ich uns zugesellten. Dahinter formierten sich die Adligen und Würdenträger des Reichs zusammen mit Klagefrauen und Priestern. Auf ein Zeichen Menechs, der vor dem Sarg herging, setzte sich der Trauerzug in Bewegung.

Die Priester stimmten ihr Klagelied an, die Klagefrauen hoben Erde vom Boden auf, die sie sich auf den Kopf streuten. Die Ochsen zogen den schwankenden Sarg, dem der ganze Zug bis zum Eingang des Grabs folgte.

Ich spürte die neugierigen Blicke des neben mir gehenden Thutmosis während des gesamten Wegs auf mir ruhen. Auch Hatschepsut wandte sich kurz nach mir um, und für einen Augenblick trafen sich unsere Blicke. Sie war strahlend schön mit ihren vierzehn Jahren, das musste ich neidlos zugeben. Die Trauer und der Schmerz, die ihr Gesicht zeichneten, vervollkommnet diese Schönheit eher noch. Voll Bewunderung lächelte ich ihr zu, und sie erwiderte mein Lächeln flüchtig, bevor sie sich wieder dem Sarg zuwandte. Gerade in diesem Augenblick sah ich plötzlich wieder jene Vision vor mir, die ich einst im Allerheiligsten von Amuns Tempel gehabt hatte. Nur dass ich jetzt das Gesicht des gekrönten Horus deutlich vor mit sah – es war ihr Gesicht. Entsetzt von diesem Gedanken blieb ich stehen, bis ich von dem hinter mir Gehenden weitergeschoben wurde.

Mutter hatte mein plötzliches Zaudern bemerkt und fragte mich besorgt:

„Ist dir nicht gut?"

„Doch, es ist nichts", antwortete ich ruhig und ging weiter.

Das Bild verschwamm wieder vor meinen Augen, und ich beruhigte mich damit, dass ich mich getäuscht haben musste. Hatschepsut konnte den Thron niemals besteigen. Das verstieß gegen die Maat. Und doch, überlegte ich. Ich war Hatschepsut und dem jungen Thutmosis heute zum ersten Mal begegnet. Wandte ich mich Thutmosis zu, spürte ich deutlich die Vergänglichkeit seines Seins, während Hatschepsut eine Aura von Kraft und Stärke umgab. Auch sie war von Amun gesegnet, nur anders als ich. Diese Tatsache würde uns einander näherbringen. Das spürten wir beide an diesem Tag.

Am Eingang des Grabs kam der Leichenzug zum Stehen. Der Sarg wurde vom Schlitten gehoben und auf den Boden gesetzt. Die Sklaven begannen unter

Anleitung der Priester die Habseligkeiten Neferubitys in den schmalen, in den Felsen gehauenen Gang des Grabs zu tragen, während andere Priester Trankopfer darbrachten, Weihrauch verbrannten und monotone Totenlieder sangen.

Die Trauergäste begaben sich in die für sie bereitgestellten Zelte. Drei Tage würden sie hier verbringen, bis der Sarg endgültig in das vorbereitete Grab gebracht werden würde.

Auch Mutter und ich suchten unser Zelt auf, in dem Nut bereits mit Wasser, sauberem Leinen und frischen Gewändern auf uns wartete, denn der Weg hierher war staubig und anstrengend gewesen. Nachdem wir etwas Honigkuchen und Wein zu uns genommen hatten, dämmerte es bereits. Es war Winter. Die Nächte waren kühl. Nut zündete das Feuer im Kohlebecken an, und wir hüllten uns in warme Wollumhänge. Von draußen drang das summende Gemurmel der Sem-Priester in unser Zelt.

„Lass uns schlafen gehen, Nenefer", schlug meine Mutter vor. „Morgen früh bei Sonnenaufgang wird es mit den Zeremonien weitergehen. Menech wird die Mundöffnung an der Leiche Neferubitys vollziehen. Da müssen wir ausgeruht sein."

„Leg dich nur schon hin, Mutter. Ich werde noch einen kurzen Abendspaziergang machen und dann ebenfalls schlafen gehen", entgegnete ich, stand auf, zog den

Umhang fester um meinen Körper und trat aus dem Zelt. Ein kühler Lufthauch traf mich beim Hinausgehen und verscheuchte die aufgekommene Müdigkeit. Fröstelnd ging ich los, denn etwas rief mich, wartete auf mich. Ohne darüber nachzudenken, wohin ich ging, lief ich immer weiter in die uns umgebende Wüste hinein, gelenkt von etwas, das mir den Weg wies. Bald hatte ich das Lager weit hinter mir gelassen. Stein und Geröll erschwerten jetzt meinen Weg, der einen schmalen Bergpfad hinaufführte. Von oben hatte ich einen herrlichen Blick auf das Tal, das durch die Feuer der Zeltstadt erhellt wurde. Für einen Augenblick hielt ich inne, um nach Luft zu ringen, dann setzte ich meinen Weg fort. Er führte nun immer gerade aus. Bald wurde er schmal und eng, und die gähnende Tiefe neben mir hatte etwas Bedrohliches an sich. Nur die unzähligen Sterne am Himmel leuchteten mir. Trotzdem drängte es mich weiter. Ich wusste, ich hatte ein Ziel. Der Weg wand sich jetzt um den Berg herum. Von den Lagerstädten war nichts mehr zu sehen. Und plötzlich, vom Licht von tausend Sternen erleuchtet, lag ein anderes Tal zu meinen Füßen, dessen Zauber mich für einen Augenblick völlig umfangen hielt.

Und dann sah ich sie, zusammengekauert, zitternd vor Kälte, vom gleichen Anblick gefangen wie ich – Hatschepsut. Sie sah mich im gleichen Moment wie ich sie, und ein schwaches Lächeln umspielte ihren Mund.

„Ich habe gewusst, dass du kommen würdest, Nenefer", sagte sie.

„Woher?", fragte ich.

„Wenn du wirklich Gedanken lesen kannst, wie alle es behaupten, dann musst du meinen Ruf gehört haben."

Ja, ich hatte ihren Ruf gehört, klar und deutlich.

„Und warum hast du mich gerufen? Was wünscht du von mir?"

Sie lächelte erneut, und ihr Zauber umfing mich.

„Alle sagen, du könntest Amuns Willen erkunden. Ich finde das wunderbar, denn so kann ich dich jetzt fragen, was du von diesem Tal hältst?"

Ihre Hand deutete hinunter auf das vor uns liegende, vom Sternenlicht schwach erleuchtete Tal zu unseren Füßen.

„Ich habe es auf der Suche nach einer geeigneten Stelle für mein Grab entdeckt und hatte sofort die Idee, hier einen Tempel für Amun zu errichten. Meinst du, er wird diesen Ort gutheißen?"

Ich schloss meine Augen, horchte für einen Moment in die Dunkelheit, und dann sah ich ihn vor mir, den Tempel, der, in den Fels gehauen, Amuns Göttlichkeit pries, hörte den Gesang der Priester bei der Morgenandacht und roch den Duft von Weihrauch und Myrrhe.

„Ja", erwiderte ich fest, „ja, Hoheit, dieser Ort ist heilig. Amun bekundet sein Wohlgefallen."

Ich öffnete die Augen, um Hatschepsut wieder anzublicken und erstarrte. Auf dem Kopf meiner Halbschwester sah ich die Kronen Ober- und Unterägyptens aufleuchten. Ich sah sie so deutlich, dass ich fast glaubte, nur die Hand danach ausstrecken zu müssen, um sie zu berühren. Und doch wusste ich genau, dass sie nicht wirklich da waren.

„Was hast du, Nenefer? Du zitterst plötzlich?"

„Es ist nichts, Hoheit", erwiderte ich und hoffte inständig, die Vision würde vorübergehen. Aber sie blieb.

„Weißt du", fuhr Hatschepsut unbekümmert fort, „jetzt, da Neferubity tot ist, werde ich Thutmosis heiraten müssen. Aber ich will nicht, Nenefer. Ich kann ihn nicht ausstehen. Er ist träge, faul und noch dazu dumm. Aber Vater sagt, ich muss es tun. Für Ägypten. Ich habe keine andere Wahl. Weißt du eigentlich", plauderte sie unbeschwert weiter, „dass Thutmosis sich vor dir fürchtet? Er ist dumm. Er spürt Amuns göttliche Kraft, die dich umgibt, nicht."

„Ja", antworte ich ernst. „Und darum solltest du dir wegen Thutmosis auch nicht allzu viele Gedanken machen. Amun ist allwissend. Er wird das Richtige tun."

Das Lächeln verschwand aus Hatschepsuts Gesicht.

„Ja", flüsterte sie betroffen. „So wie bei Neferubity. Sie ist tot, und ich weiß, sie ist vergiftet worden. Alle wissen es, doch niemand tut etwas, um das Verbrechen aufzuklären. Niemand, denn im Grunde sind alle froh, dass sie tot ist, außer mir und Mutter."

Ein leises Schluchzen durchdrang die Dunkelheit.

„Weißt du, Nenefer, Neferubity mag viele Fehler gehabt haben. Aber zu mir war sie immer gut. Ich vermisse sie. Jetzt bin ich allein mit Thutmosis. Ich weiß nicht, wie ich das aushalten soll."

Ich wünschte mir, sie trösten zu können, doch ich wusste nicht wie.

„Wir sollten zurückgehen, eh man uns sucht", sagte ich.

Einen Augenblick schwieg Hatschepsut, hing ihren Gedanken nach, dann erwiderte sie ruhig: „Ja, du hast recht. Es wird Zeit zurückzugehen."

Gemeinsam machten wir uns auf den Weg, der wegen der Dunkelheit nicht ungefährlich war. Wir tasteten uns vorsichtig an den Felsen entlang, und es dauerte geraume Zeit, bis wir in der Ferne die Lichter des Lagers erblickten.

Erleichtert atmeten wir auf, denn nun konnte es nicht mehr weit sein. Ich wollte gerade weitergehen, da hielt mich Hatschepsuts Hand fest.

„Sei meine Freundin, Nenefer. Ich weiß, ich brauche dich. Als ich dich heute Morgen zum ersten Mal sah, fühlte ich, dass wir zusammengehören."

„Ich bin deine Freundin, Hoheit, und wenn die Zeit kommt, in der du mich brauchst, werde ich bei dir sein. Das verspreche ich", entgegnete ich.

Noch einmal sah ich die Krone auf ihrem Haupt, und ich wusste jetzt genau, was Amuns Wille war, wie unmöglich dies auch immer sein möchte.

Als wir im Lager ankamen, verabschiedeten wir uns wortlos voneinander. Ich wusste, seit heute verband uns etwas, das keiner Worte bedurfte. Müde, vor Kälte zitternd, ging ich zu meinem Zelt und legte mich auf mein Lager, froh darüber, dass Mutter und Nut bereits schliefen und mir so keine unnützen Fragen nach meinem langen Fortbleiben gestellt wurden. Aber trotz meiner Müdigkeit konnte ich keinen Schlaf finden. Ich war innerlich viel zu aufgewühlt. Ein Gedanke jagte den anderen, und am Ende wusste ich, ich musste zu Pharao gehen. Mit wem, wenn nicht mit ihm, konnte ich über das sprechen, was mich bewegte. Und ich musste mit jemandem darüber sprechen. Die Bedeutung dessen, was ich in der Zukunft gesehen hatte, war zu groß, um es allein mit mir herumzutragen. Zwar fürchtete ich mich davor, Thutmosis anzusprechen, aber ich musste es trotzdem tun.

Ich hatte ihn seit jenem Morgen im Tempel nur bei Feierlichkeiten und religiösen Zeremonien aus der Ferne gesehen und nie wieder ein Wort mit ihm gewechselt. Doch ich wusste, dass er sich bei Menech oft nach mir erkundigt hatte und auch, dass er Hapuseneb, der zu meinem besten Freund geworden war, nach mir gefragt hatte. Das genügte Pharao. Er hatte nie die geringste Lust verspürt, mich wiederzusehen. Und ich muss gestehen, dass es mir ebenso ergangen war.

Doch nun war etwas geschehen, das es erforderlich machte, die einmal gesteckten Grenzen zu überschreiten. Ich hatte Hatschepsut auf dem Horusthron gesehen, klar und deutlich, und ich war ganz sicher, dass es in der Zukunft so kommen würde. Trotzdem überstieg diese Vision das eigentlich Mögliche. Es verstieß gegen die Maat, dass eine Frau den Horusthron bestieg. Es war seit jeher von den Göttern bestimmt, dass die Frauen königlichen Geblüts die Träger des heiligen Blutes waren. Nur durch sie konnte das göttliche Blut an die Kinder weitergegeben werden. Und darum musste jeder Pharao, selbst wenn seine Mutter königliches Blut besaß, wieder eine Frau von königlichem Blut heiraten, um rechtlichen Anspruch auf den Thron zu haben und legitime Erben zu zeugen. So übertrug die Maat den Frauen die Macht, einen Mann zum Pharao zu machen, doch sie versagte es ihnen, selbst Macht auszuüben. Dies alles war klar und eindeutig seit Generationen geregelt. Doch meine

Vision stellte dies alles plötzlich in Frage. Wer außer Pharao konnte darauf eine Antwort finden?

Mit den ersten Sonnenstrahlen wurde der Gesang der Priester lauter und eindringlicher. Das Lager erwachte zu neuem Leben. Sklaven liefen umher, um für ihre Herrschaft das Frühstück zu bereiten oder das nötige Wasser für die Morgentoilette zu bringen. Eile war geboten, denn schon bald sollte die Zeremonie der Mundöffnung beginnen.

Auch meine Mutter und ich ließen uns von Nut wieder in die blauen Trauergewänder kleiden und frisches Obst zum Frühstück bringen, bevor die Trommeln der Priester die Trauergäste erneut zusammenriefen. Gemeinsam vollzogen Pharao und Menech die vorgeschriebenen Riten an der Verstorbenen, während die übrigen Versammelten das Geschehen aus respektvoller Entfernung verfolgten und nur gelegentlich in Gebete und Gesänge mit einstimmten.

Gegen Mittag schließlich löste sich die Versammlung langsam auf, froh darüber, etwas Warmes zu essen zu bekommen, denn die Luft war an diesem Morgen klar und kalt. Viele der Anwesenden begannen bereits, sich nach den Annehmlichkeiten ihres Hauses zu sehnen.

Auch Mutter zog sich fröstelnd in ihr Zelt zurück, während ich wartend stehen blieb. Bald waren außer der königlichen Familie und Menech alle verschwunden.

Dies war der Augenblick, auf den ich gewartet hatte. Ich nahm all meinen Mut zusammen und drang in die Gedanken Pharaos ein, etwas, das ich seit drei Jahren, seit jenem Tag im Tempel, nicht mehr getan hatte. Der Blick, den Pharao mir zuwarf, bedeutete mir, dass er meine Botschaft verstanden hatte. Ich sah, wie er sich Ahmose zuwandte und hörte, wie er sie bat, mit Thutmosis und Hatschepsut vorauszugehen. Dann kam er mit weiten Schritten auf mich zu. Sein missbilligender Blick verriet mir seinen Zorn. Auch er sehnte sich nach heißem, gewürztem Wein und Gänsebraten, die in seinem gut beheizten Zelt für ihn bereitstanden.

Unmittelbar vor mir blieb er stehen. Er ließ mir nicht einmal die Zeit, mich zu verbeugen, sondern donnerte mich mit seiner kräftigen Stimme sofort an: „Nun, was gibt es so Dringendes, dass du mich sprechen willst? Ich hoffe, du hast einen guten Grund mich heute und hier, während der Trauerfeier, zu stören."

„Ich bitte Eure Majestät um Verzeihung", brachte ich stammelnd hervor, denn noch immer empfand ich große Furcht vor dem bulligen, mächtigen Mann. „Ich bedaure sehr, Euch zu stören, aber ich glaube, dass es wirklich wichtig ist, was ich Eurer Majestät zu sagen habe."

„Nun", fuhr Thutmosis mich ungehalten an, „dann sage es, damit ich in mein Zelt komme."

Einen Augenblick lang war ich wie erstarrt. Der Gedanke kam mir, dass es vielleicht doch nicht so wichtig sein könnte, was ich zu sagen gedachte. Das würde Pharao gewiss noch wütender machen. Doch jetzt konnte ich nicht mehr zurück. Ich musste ihm sagen, was ich gesehen hatte. Nur, würde er mir glauben?

„Eure Tochter Hatschepsut wird den Thron des Horus besteigen und als Pharao herrschen. Das ist alles, was ich Euch zu sagen habe, Majestät", platzte es aus mir heraus, und schon verneigte ich mich vor Pharao, um fortzulaufen.

Thutmosis erriet wohl meine Gedanken, denn seine Hand griff blitzschnell nach meinem Arm und hielt ihn fest. Als ich ängstlich zu ihm aufblickte, war der Zorn aus seinen Gesichtszügen verschwunden. Aber auch die von mir eigentlich erwartete Verwunderung fand ich nicht in seinem Gesichtsausdruck. Seine Gesichtszüge waren völlig entspannt. Die Müdigkeit war von ihm abgefallen. Seine funkelnden Augen verrieten mir, dass er angestrengt nachdachte.

Einen Augenblick lang schauten wir uns forschend an, dann begann Thutmosis zu lächeln, etwas, das Pharao sonst so gut wie nie tat.

„Komm mit, Nenefer", sagte er, während er meinen Arm losließ. „Wir werden zusammen essen, und dabei kannst du mir genau erzählen, was du gesehen hast."

Seine Stimme klang jetzt warm und freundlich, und ich spürte plötzlich, dass der Augenblick gekommen war, der vielleicht endgültig Misstrauen und Feindschaft zwischen uns begraben konnte.

Gehorsam folgte ich Pharao zu seinem Zelt. Die Sklaven warteten bereits ungeduldig auf das Eintreffen ihres Herrn, denn alles war vorbereitet. In jeder Ecke des Zelts brannte ein Feuer in einem Kohlebecken. Kleine Tische standen bereit, um mit Speisen und Wein gefüllt zu werden. Ahmose, der junge Thutmosis und Hatschepsut hatten sich bereits auf Sitzkissen niedergelassen und erwarteten Pharao ebenso ungeduldig wie die Sklaven.

Als Thutmosis, gefolgt von mir, eintrat, herrschte einen Augenblick lang Schweigen. Ahmose und der junge Thutmosis musterten mich eindringlich, die Königin feindlich, der junge Thutmosis mit ängstlicher Neugier.

„Du kennst Nenefer noch nicht", wandte Pharao sich an Ahmose. Ich verneigte mich ehrerbietig vor der großen Königsgemahlin, die meinen Gruß mit einem kühlen, steifen Kopfnicken erwiderte. Eine drückende Spannung erfüllte das Zelt. Doch Pharao ließ sich davon nicht beeindrucken.

„Ich möchte euch bitten, Nenefer und mich allein zu lassen. Ich möchte etwas mit ihr besprechen."

Neugierig schauten Hatschepsut und ihr Bruder mich an, während sie sofort aufstanden und hinausgingen. Auch Ahmose erhob sich wortlos, um dem Befehl des Pharaos zu folgen, doch der Blick, der mich beim Hinausgehen traf, offenbarte mir ihren Zorn. Nur ihn laut vor Pharao zum Ausdruck zu bringen, wagte sie nicht.

Thutmosis ließ sich auf ein Kissen fallen und wies mir mit der Hand ebenfalls einen Platz zu. Auf einen Wink Pharaos brachten Diener Wein und Speisen auf großen Tabletts herein. Pharao befahl, die Tabletts abzustellen und schickte die Diener dann ebenfalls alle hinaus. Nun waren wir allein. Ich beobachtete Pharao, wie er sich seinen Teller mit Gänsebraten, Rindfleisch und gefüllter Gurke füllte. Auch ich griff eifrig zu, denn ich merkte beim Anblick der Speisen, wie hungrig ich war. Als wir gegessen und heißen, gewürzten Wein getrunken hatten, forderte Pharao mich auf, zu erzählen. Ich berichtete ihm von dem Abend, den ich mit Hatschepsut verbracht hatte und der Vision, die mich plötzlich dabei überwältigt hatte. Pharao hörte mir aufmerksam zu. Nachdem ich geendet hatte, herrschte eine Zeit lang Schweigen. Thutmosis dachte angestrengt nach, doch ich wagte nicht, in seine Gedanken einzudringen. Ich hatte im Tempel gelernt, mit meinem Können vorsichtig umzugehen und erkannt, dass es keinesfalls immer gerechtfertigt war, die Gedanken eines anderen zu erkunden. Daher wartete ich geduldig, bis Thutmosis sich mir wieder zuwandte.

„Es ist unglaublich, Nenefer, ganz unglaublich. Und trotzdem bin ich davon überzeugt, dass es so kommen wird, wie du es prophezeist. Hatschepsut besitzt alle Voraussetzungen, ein guter Pharao zu werden. Sie ist begabt, strebsam, geschickt, ganz anders als Thutmosis. Ihr den Thron zu hinterlassen, würde mich beruhigen. Aber ich sehe keinen Weg, wie mir das im Einklang mit der Maat gelingen könnte. Trotzdem weiß ich schon lange, dass meine Tochter etwas Besonderes ist, dazu ausersehen, Großes zu vollbringen."

Thutmosis schwieg einen Moment. In seine Augen trat plötzlich ein merkwürdiges Leuchten.

„Weißt du, dass Ahmose kurz vor Hatschepsuts Geburt den Traum hatte, dass Amun selbst das Neugeborene auf seinen Arm nahm, als ein Zeichen dafür, dass es der neue Horus sein würde. Ich hatte es völlig vergessen, doch jetzt erinnere ich mich wieder genau. Wir waren sicher, dass uns ein Sohn geboren werden würde. Doch dass Amun damit meinte, ein Mädchen solle den Thron besteigen, daran habe ich bis heute nie gedacht. Aber langsam, Nenefer, langsam sehe ich klar. Es ergibt plötzlich alles einen Sinn."

Er sah mir jetzt direkt in die Augen, sodass ich in seinem Gesicht lesen konnte. Ein verklärter Glanz erhellte seine dunklen Augen, ein Glanz, der das menschliche Auge nur erhellen kann, wenn es die Größe der göttlichen Macht erkennt.

„Ja, Nenefer, ich weiß jetzt, dass nichts ohne Grund geschieht. Wie viele Jahre bin ich blind gegenüber dem Geschenk gewesen, das mir Amun machte. Er schenkte mir Hatschepsut und dich, und das ist mehr wert, als alle Söhne der Welt es sein können. Amuns Weisheit ist oft zu groß für uns Menschen. Darum laufen wir an einer göttlichen Fügung vorbei, ja, durch unsere eigene Dummheit zerstören wir sogar beinahe, was Amun uns schenkte. Genau das hätte ich fast getan. Ich wollte dich töten lassen, weil ich in dir eine Gefahr für Hatschepsut sah. Und nun muss ich erkennen, dass du der Schlüssel zu Hatschepsuts Schicksal bist. Du bist die Verbindung zwischen Amun und Hatschepsut. Nur mit dir, mit deiner Hilfe, kann geschehen, was so unmöglich scheint. Und all das begreife ich erst jetzt. Doch nun", er blickte mich forschend an, und als ich seinen Blick erwiderte, trat Wehmut in seine Augen, „nun ist es für uns beide zu spät, nicht wahr, Nenefer? Zwischen uns kann es nie so sein, wie es zwischen Vater und Tochter sein sollte?"

Einen Augenblick lang schwieg ich betroffen. Es tat mir fast leid, und doch wusste ich genau, dass ich ihm nie würde verzeihen können.

„Nein, Majestät", flüsterte ich. „Sowie zwischen Vater und Tochter wird es zwischen uns nie sein können. Es wäre eine Lüge, zu behaupten, ich könnte vergessen.

Aber ich glaube, darauf kommt es eigentlich nicht an. Die Zuneigung, die wir beide für Hatschepsut empfinden, ist das Einzige, das wirklich zählt. Sie ist die Gemeinsamkeit zwischen uns, die stark genug ist, alles andere beiseite zu schieben."

Pharao sah mich verwundert an.

„Du bist wirklich von den Göttern gesegnet, denn du besitzt schon jetzt mehr Weisheit und Einsicht als viele Erwachsene am Ende ihres Lebens aufweisen können. Du und Hatschepsut, ihr werdet nebeneinander wohnen und euch dadurch besser kennenlernen. Und ich hoffe, dass ihr bald die Zuneigung zueinander empfinden werdet, die Geschwistern eigen sein sollte."

Erschreckt blickte ich Pharao an.

„Ich bitte Euch, Majestät, jetzt noch nicht. Ich gehöre in den Tempel. Es gibt noch so viel, was ich lernen muss. Wenn die Zeit gekommen ist, ihn zu verlassen, wird Amun es mich wissen lassen. Doch das ist jetzt bestimmt noch nicht."

Einen Augenblick lang schwieg Pharao. Zorn zeichnete sich erneut auf seinen Gesichtszügen ab. Ich wusste, es war ungehörig gewesen, sein großzügiges Angebot auszuschlagen. Doch ich fühlte genau, dass mein Platz nach wie vor im Tempel war. Schließlich entspannte sich Pharaos Gesicht wieder, und er antwortete:

„Ich werde deine Entscheidung hinnehmen, auch wenn sie mir nicht unbedingt gefällt. Doch trotz allem werde ich die Gemächer im Palast für dich herrichten lassen. Wann immer du in den Palast kommen willst, werden diese Zimmer und Sklaven für dich bereitstehen. Und jetzt habe ich noch einen Wunsch, Nenefer. Niemand soll etwas von dem erfahren, was wir beide heute besprochen haben. Niemand, Nenefer, nicht einmal Hatschepsut. Versprichst du mir das?"

„Ja, Majestät, Ihr habt mein Wort."

Die Audienz war vorüber. Ich stand auf, verneigte mich und verließ das Zelt. Die beiden Leibwächter Pharaos, die vor dem Ausgang des Zelts standen, salutierten, als sie mich erblickten. Einen Augenblick blieb ich ratlos neben den beiden stehen. Wie sollte ich den Rest des Tages verbringen? In mein Zelt wollte ich auf keinen Fall zurückkehren, denn dort wartete meine Mutter, und ihre Gegenwart bedrückte mich. So wanderte ich durch die Zeltstadt, bis ich schließlich zufällig Hapuseneb begegnete, den wohl die gleiche Langeweile plagte und der deshalb beschlossen hatte, in der Umgebung nach Wild Ausschau zu halten. Als er mich sah, blieb er sofort stehen.

„Nenefer", begrüßte er mich mit strahlendem Blick.

Ich erwiderte seinen Gruß mit einem Kopfnicken und fragte: „Nimmst du mich mit auf die Jagd? Ich fühle mich zwischen all den fremden Menschen hier ziemlich verlassen und weiß nicht recht, was ich mit meiner Zeit anfangen soll."

Er lachte kurz auf.

„Dir fehlen deine alten Schriften, nicht wahr. Ohne sie kommt dir dein Leben leer vor. Oh Nenefer, hast du denn keinen Blick für all das Schöne um dich herum? Was bist du nur für ein merkwürdiges, kleines Mädchen? Für dich scheint das Leben allein aus verstaubten, alten Papyrusrollen zu bestehen. Und dabei übersiehst du völlig, was im Leben wirklich wichtig ist. Nun gut, komm mit."

Schweigend gingen wir eine Weile nebeneinander her, bis der Weg steil anstieg und wir nur noch hintereinander gehen konnten. Behände wie eine Katze kletterte Hapuseneb über Felsen und Geröll hinweg, sodass ich schon bald Mühe hatte, ihm zu folgen. Von Zeit zu Zeit blieb er darum stehen, sah sich um und wartete dann, bis ich wieder zu ihm gestoßen war. Einmal meinte er sogar scherzend, nachdem er wieder lange Zeit auf mich hatte warten müssen: „Du liest zu viel und bewegst dich zu wenig. Sieh dir deine Schwester Hatschepsut an. Sie wäre schon längst außer Sicht, und ich wäre es, der Mühe hätte, ihr zu folgen."

Ich erwiderte nichts, denn ich wusste, dass er die Wahrheit sagte. Doch zum ersten Mal in meinem Leben spürte ich einen Stich in meinem Herzen. Ich sah mich, und ich sah Hatschepsut. Dem Vergleich mit ihr würde ich nie in meinem Leben standhalten können. Ich ahnte schon damals, dass ich auf ewig dazu verdammt sein würde, in ihrem Schatten zu stehen, verdunkelt durch das Licht, das sie ausstrahlte und das mich ins Abseits zwang. Doch ich verscheuchte diesen trüben Gedanken sofort wieder und setzte meinen Weg entschlossen fort.

Ich weiß nicht mehr, wie lange wir noch gingen, doch der Weg kam mir unendlich lang vor. Fast bereute ich es, dass ich mich Hapuseneb angeschlossen hatte, denn ich vermutete zu Recht, dass es ihm Freude bereitete, mich über schmale, steile Pfade zu jagen. Dann endlich erblickten wir in einiger Entfernung Steinböcke. Hapuseneb deutete mit der Hand an, dass ich zurückbleiben und auf ihn warten solle, während er mit dem Speer in der Hand vorwärts schlich. Ich setzte mich erschöpft auf einen Stein, froh darüber, etwas ausruhen zu dürfen. Doch meine Müdigkeit hielt nicht lange an. Eine Ahnung beschlich mich plötzlich. Ein Bild tauchte vor meinen Augen auf, das mich vor drohender Gefahr warnte. Wie von Sinnen sprang ich auf und folgte Hapuseneb. Die aufsteigende Angst beschleunigte meinen Schritt. Ich hastete voran, achtete nicht mehr auf Steine und Geröll, die meine Füße zerkratzten, sondern sah nur noch Hapuseneb vor mir und die Gefahr, die ihm drohte. Ich wollte schreien, ihn zurückrufen, doch die Panik, die mich überfiel, erstickte meinen Ruf in meiner Kehle.

„Nein, Vater Amun", murmelte ich vor mich hin, „lass es nicht zu, dass Osiris die Hand nach ihm ausstreckt."

Und ich lief weiter. Dann sah ich ihn vor mir, leichenblass und völlig erstarrt. Unmittelbar vor ihm richtete sich eine Königskobra auf, zu nah, um noch abgewehrt werden zu können und bereit, jede Sekunde zum tödlichen Biss anzusetzen.

Hapuseneb hatte sich zu sehr auf seine Beute konzentriert und dabei zu wenig auf den Weg geachtet. So war er direkt in das Revier der Schlange gelaufen, ein Vergehen, das die heilige Schlange mit einem tödlichen Biss bestrafen würde.

Als ich angehetzt kam, richtete sie ihren Blick für einen Moment auf mich, den Eindringling, der sie bei der Erledigung ihrer Beute störte, um sich dann gleich wieder ihrem Opfer zuzuwenden, so, als wolle sie mir zeigen, dass ich zu spät kam. Hapuseneb gehörte ihr.

„Nein, großer Amun, nein", flehte ich fast heulend, „bitte besänftige die Lebensgöttin. Lass es nicht zu, dass sie sich ihn nimmt."

Auch Hapuseneb, auf dessen Stirn sich trotz der Kühle Schweißperlen gebildet hatten, hatte mich nun bemerkt.

„Bitte, geh weg, Nenefer, bleib nicht hier."

Die Schlange antwortete mit einem Zischen, und ich glaubte schon, sie würde jetzt beißen, doch sie wartete noch immer. Es schien ihr zu gefallen, die Todesangst ihres Opfers zu beobachten.

„Bitte, Amun!", bettelte ich noch einmal.

Und dann hörte ich plötzlich ganz laut und deutlich Amuns Antwort in mir.

„Fürchte nichts, Nenefer. Du hast die Kraft, sie zu bezwingen."

Ich brauchte noch einen Augenblick, um meinen Mut zusammenzunehmen, dann legte ich mein Leben in Amuns Hand und ging auf die Schlange zu. Einen Moment stutzte diese, als sie mich langsam näherkommen sah, dann schien sie ins Wanken zu geraten, für wen von uns beiden sie sich entscheiden sollte.

Auch Hapuseneb bemerkte, was ich tat.

„Bei Amun und allen Göttern, Nenefer, sie will mich. Misch dich nicht ein. Geh weg."

Ich stand jetzt fast neben Hapuseneb. Die Kobra schien noch immer zu überlegen, was sie tun sollte. Schließlich wandte sie sich von Hapuseneb ab und mir zu.

„Geh!", sagte ich mit Nachdruck. „Ich weiß genau, was ich tue."

Ich spürte, dass Hapuseneb langsam zurückwich, aber sehen konnte ich es nicht. Mein Blick war ausschließlich auf die Kobra gerichtet. Unsere Blicke maßen einander. Jeder versuchte die Stärke des anderen abzuschätzen. Hapuseneb hatte die Schlange bereits völlig vergessen. Sie richtete sich vor mir auf, als könnte sie es immer noch nicht fassen, dass jemand die Dreistigkeit besaß, sich ihr bewusst zu nähern.

Wie lange wir beide einander so gegenüberstanden, weiß ich nicht, denn Zeit existierte für mich auf einmal nicht mehr. Ich spürte Amuns Kraft in mir, die sich maß mit der Kraft der Kobra, der Göttin des Lebens. Und letztendlich trug Amun den Sieg davon. Die Schlange zischte mich noch einmal wütend an, dann rollte sie sich zusammen und schlängelte davon.

Ich atmete tief durch. Amuns Kraft wich langsam aus meinem Körper, und erst jetzt wurde mir bewusst, in welche Gefahr ich mich begeben hatte. Erschöpft, am ganzen Körper zitternd, sank ich zu Boden.

Ich hörte Hapuseneb hinter mich treten, doch er wagte es nicht, mich zu berühren oder anzusprechen, denn zu stark spürte auch er noch die Anwesenheit der göttlichen Kraft.

„Gott Amun", hauchte ich. „Ich danke dir für deinen Beistand."

„Nenefer!"

Allmählich fand Hapuseneb die Sprache wieder. Besorgt sah er zu mir hinunter.

„Ist mit dir alles in Ordnung?"

Ich lächelte ihm schwach zu und nickte.

„Ja, es ist alles gut", brachte ich stockend hervor.

Hapuseneb beugte sich zu mir hinunter. Eine noch nie vorher darin gewesene zärtliche Wärme erfüllte seine Augen.

„Ich verdanke dir mein Leben, Nenefer. Aber wie konntest du nur dein eigenes Leben wagen, um meins zu retten?"

„Du verdankst dein Leben nicht mir, sondern Amun", korrigierte ich ihn. „Er hat mich herbeigerufen und mir die Kraft gegeben, die Schlange in die Flucht zu schlagen. Wir müssen dem Gott ein Opfer darbringen."

Er nickte.

„Wir werden ihm ein Opfer darbringen, du und ich. Und ich werde niemals vergessen, was du für mich getan hast. Denn auch wenn Amun dir die Kraft gab, Nenefer, so war es doch dein Mut, der es vollbrachte. Ich will nicht fragen, wie du es getan hast, denn ich würde es ja doch nicht verstehen. Aber eins sollst du wissen. Von heute an gehört mein Leben dir. Was immer geschieht, du kannst stets auf mich zählen. Das gelobe ich dir vor Amun."

Obwohl ich mich furchtbar erschöpft fühlte, musste ich lächeln. In diesem Augenblick spürten wir beide wieder das Band, das die Götter um uns gewoben hatten, das unsere Schicksale miteinander verknüpfte und uns eine gemeinsame Zukunft wies. Alles schien in diesem Moment klar und eindeutig. Wir gehörten zusammen. Und doch sollten wir dieses Wissen eines Tages achtlos beiseiteschieben und für den Weitblick der Götter blind werden. Es war der Fluch Wadjets, der Schlangengöttin, der uns damals traf, weil sie sich um ein Opfer betrogen glaubte. Wir brachten Amun ein Opfer dar, doch wir vergaßen in unserem jugendlichen Leichtsinn, den Zorn der Kobra durch ein Opfer zu besänftigen. Das verzieh die Göttin nie.

Doch wovon ich eben sprach, lag damals noch in weiter Ferne und soll darum erst zu gegebener Zeit wieder erwähnt werden. An diesem Tag jedenfalls war ich glücklich und zufrieden. Ich hatte es geschafft, mit meinem Vater Frieden zu schließen, und die Freundschaft, die mich mit Hapuseneb verband, war fester denn je. Wir fühlten beide in unseren Herzen die Gemeinsamkeiten, die uns verbanden, und wenn ich damals auch noch zu jung für eine Ehe war, so zweifelte doch keiner von uns beiden daran, dass wir einmal ein Paar werden würden.

Überschattet wurde dieser eigentlich glückliche Tag allein von dem Gift meiner Mutter. Sie sah mich wohl mit Hapuseneb zurück ins Lager kehren. Beim Abendessen meinte sie dann:

„Du und Hapuseneb, ihr seid gute Freunde, nicht wahr? Das ist gewiss nichts Schlechtes, denn er entstammt einer der besten Familien des Landes und wird nach dem Tod seines Vaters dessen Titel und Ämter erben und dadurch nach Pharao einer der mächtigsten Männer des Reichs sein. Du aber, Nenefer, du bist eine Prinzessin. Darum wäre es gut für dich, wenn du dich weniger um Hapuseneb und mehr um den jungen Thutmosis bemühen würdest."

„Ach Mutter", antwortete ich gelangweilt. „Jeder weiß, dass Thutmosis ein Dummkopf ist. Wie kannst du erwarten, dass ich mich mit ihm abgebe?"

„Immerhin", mahnte meine Mutter, „wird er einmal Pharao. Und außer Hatschepsut bist du jetzt die einzige Prinzessin, die noch lebt."

„Aber Mutter, was soll das?", entgegnete ich zornig, und damit war das Thema für mich erledigt.

Doch das Gift, das in den Worten meiner Mutter steckte, blieb auch in ihrem Herzen. Nur wollte ich das damals nicht wahrhaben. Ich war glücklich und wollte es auch bleiben. Darum beschloss ich, nichts zu sehen und nichts zu hören. Aber Glück und Unglück liegen nah beieinander. Oft trennt sie nur ein Atemzug. Ich klammerte mich damals an mein Glück und verschloss bewusst die Augen vor dem drohenden Unglück. Hätte ich gehandelt, wie Amun es mir eingab, vielleicht hätte ich den Fluch der Götter von meiner Mutter abwenden können? Doch ich zog es vor, nichts zu unternehmen.

Am nächsten Morgen wurde der Sarg Neferubitys in den schmalen, in den Fels gehauenen Gang geschoben, der in einer mit vielen heiligen Bildern geschmückten Kammer endete. Hier, auf einem aus Stein gehauenen Podest, sollte die letzte Ruhestätte der Prinzessin sein. Pharao, Ahmose und Hatschepsut folgten mit Blumen in der Hand den Priestern in den langen, stickigen Gang hinunter, während alle anderen davor stehen blieben, um dem Schlachten der Opfertiere beizuwohnen. So war es Sitte. Nur die engsten Familienmitglieder und die Priester durften die Geheimnisse des Grabs kennen.

Gegen Mittag schließlich erloschen die Feuer auf den Steinaltären. Die Priester kamen aus dem Grab zurück. Ihnen folgten nacheinander Pharao, die Königin und schließlich Hatschepsut. Es war vollbracht. Die Prinzessin hatte ihre neue Wohnung bezogen. Alles war ins Grab gebracht worden, was das Ka der Prinzessin benötigte, um jederzeit hierher zurückkehren zu können. Nun war es Sache der Grabarbeiter und Wächter, das Grab so zu verschließen, dass kein Grabräuber den Frieden der Prinzessin je störte.

Der Leichenzug formierte sich ein letztes Mal, um in den Palast zurückzukehren. Dort wartete ein reichliches Mahl auf die Gäste des Pharaos. Die Trauerzeit war vorüber. Das Leben konnte wieder seinen gewohnten

Gang nehmen. Und ich kehrte am darauffolgenden Tag in den Tempel zurück.

Hier war es mir vergönnt, noch weitere drei Jahre glücklich und zufrieden verbringen zu dürfen. Ich lernte, und es bereitete mir Freude, mein Wissen ständig zu vergrößern. Hapuseneb sah ich regelmäßig, und auch Pharao kam, wenn er den Tempel besuchte, gelegentlich bei mir vorbei. Dann berichtete er mir für gewöhnlich von Hatschepsuts Fortschritten in ihrer Ausbildung. Seit ich ihn damals ins Vertrauen gezogen hatte, hatte er sich dazu entschlossen, die Erziehung Hatschepsuts völlig zu verändern. Sie verbrachte nun fast genauso viel Zeit damit, Pharao zu den Regierungsberatungen und Gerichtssitzungen zu begleiten, wie auf dem Exerzierplatz, wo sie bald ebenso gut den Streitwagen lenken konnte, wie mit Pfeil und Bogen schießen. Bei den Göttern, sie entwickelte sich tatsächlich unter Pharaos Anleitung zum perfekten Kronprinzen. Der gesamte Hof schüttelte darüber den Kopf und hielt das Verhalten Pharaos für die Laune eines alternden Mannes. Doch Pharao lächelte wissend und schwieg. Noch immer teilte niemand unser Geheimnis.

Mit dreizehn Jahren feierte ich das Fest meiner Reife. Die Jugendlocke wurde mir abgeschnitten und verbrannt zum Zeichen dafür, dass ich nun heiratsfähig war. Doch ich verspürte noch lange kein Verlangen, mich der Liebe hinzugeben, und Hapuseneb wartete geduldig, ohne zu fragen.

In meinem fünfzehnten Lebensjahr starb die große Königsgemahlin Ahmose. Ihre Dienerinnen fanden sie eines Morgens tot in ihrem Bett liegend vor. Ihr Dahinscheiden traf das Reich unvorbereitet. Doch sie starb eines natürlichen Todes. Ihr Herz hatte einfach aufgehört zu schlagen.

Nachdem sie zu Grabe getragen worden war, erwartete jeder im Land, dass Pharao nun die Vermählung Hatschepsuts mit dem jungen Thutmosis veranlassen würde, um die Thronfolge nach seinem Tod geregelt zu haben. Aber Pharao tat nichts dergleichen, und langsam begann sogar der junge Thutmosis, ungeduldig zu werden. Auch Hatschepsut war schon lange im heiratsfähigen Alter. Was ließ Pharao zögern? Dunkle Gerüchte mehrten sich, doch niemand wusste wirklich etwas.

Und dann kam in meinem sechzehnten Lebensjahr jene Nacht, die noch bis heute einen dunklen Schatten auf mein Leben wirft. Mit ihr ging die geruhsame Zeit im Tempel für mich zu Ende. Amun rief mich zurück in den Lebenskampf und forderte seinen Tribut für mein langes Schweigen.

Der Tag hatte eigentlich wie jeder andere begonnen. Es war Hochsommer. Die Sonne brannte bereits am frühen Morgen erbarmungslos vom Himmel herab. Der fruchtbare, ägyptische Lehmboden war nun ausgetrocknet und rissig. Der Nil war auf seinen tiefsten Stand gesunken. Auf ihm zogen Schwärme von Moskitos dahin, die den Menschen das Leben unerträglich machten. Es war die Zeit der Seuchen und Fieber, und viele im Land erlagen einer der vielen Krankheiten.

Ich war an diesem Morgen bereits früh aufgestanden, geweckt durch die stehende Hitze in meinem Zimmer. Selbst der eingebaute Windfang konnte keine Abhilfe schaffen, denn es bewegte sich draußen kein Lüftchen, das er hätte einfangen können. So aß ich etwas Obst, trank ein Glas Milch und machte mich dann auf den Weg in den Tempel, denn dort, in den hohen Steingewölben der Bibliothek, herrschte den ganzen Tag über angenehme Kühle. Ich setzte mich auf eine Papyrusmatte und ließ mir von dem anwesenden Aufseher die Papyrusrolle reichen, die ich am Tag zuvor nicht zu Ende gebracht hatte. Doch ich vermochte einfach nicht, mich auf das zu konzentrieren, was ich las. Ich musste feststellen, dass ich las, doch hinterher nicht wusste, was ich gelesen hatte. Ärgerlich über mich selbst legte ich die Rolle beiseite, verließ die Bibliothek und wanderte rastlos durch die große Säulenhalle, blieb hier und dort stehen, um die Inschriften zu betrachten. Doch selbst das vermochte mich an diesem Tag nicht zu fesseln. Später war ich mir sicher, dass ich bereits in diesem Augenblick den Frevel spürte, der in der Luft lag, den Zorn Amuns, der sich zu entladen drohte.

Gegen Mittag kehrte ich in mein Zimmer zurück, ließ mir von meiner Dienerin etwas Saft und Fladenbrot bringen und legte mich dann hin, um auszuruhen. Schließlich gelang es mir sogar einzuschlafen. Ich erwachte erst gegen Abend, schweißgebadet und am ganzen Körper zitternd. Ich hatte geträumt, einen merkwürdigen Traum, der mir Angst und Schrecken einjagte. Im Mittelpunkt dieses Traums stand ein Becher, ein schöner, goldener Becher. Und ich wusste genau, wem dieser Becher gehörte. Er trug die Kartusche Hatschepsuts. Ich erinnerte mich, und diese Erinnerung raubte mir fast den Verstand. – Sie trank aus dem Becher, und gleich danach sah ich sie auf das Krankenlager geworfen, bleich und eingefallen, von Krämpfen geschüttelt. –

„Oh Amun!", stieß ich flehend hervor. „Das darf nicht geschehen!" Ich beschloss, am nächsten Morgen zu Pharao zu gehen und mit ihm über meinen Traum zu sprechen. Er würde sicher wissen, wie er Hatschepsut vor der drohenden Gefahr bewahren konnte. Dieser Entschluss beruhigte mich schließlich etwas. Doch eine gewisse Angst blieb trotzdem zurück.

Ich zog das von Schweiß durchnässte Leinentuch zurück, mit dem ich mich zugedeckt hatte, und rief meine Dienerin herein, die mir beim Ankleiden und bei der Toilette behilflich sein sollte. Ich war bei einem der Hohenpriester, der eine kleine Gesellschaft gab, zum Abendessen eingeladen. Mir graute zwar schon allein bei dem Gedanken daran, denn ich fand diese Art von Festlichkeiten stets langweilig, die Leute, die zu kommen pflegten, oberflächlich und ungebildet. Aber ich hatte in den letzten Jahren lernen müssen, dass es sich zu Weilen nicht vermeiden ließ, zu solchen Geselligkeiten zu erscheinen. Es gehörte einfach zu den Verpflichtungen einer Prinzessin. Meistens begleitete mich Hapuseneb zu solchen Anlässen, und seine Gesellschaft erleichterte mir meine Aufgabe stets. Doch dieses Mal würde er mich nicht begleiten können. Pharao hatte ihn vor einigen Wochen auf eine Inspektionsreise in den Norden geschickt. Bis zu seiner Rückkehr würde noch einige Zeit vergehen.

Die kleine Nubierin Teje, die mir mein Vater zu meinem letzten Geburtstag geschenkt hatte, kam auf meinen Ruf hin sofort ins Zimmer gelaufen. Wie gewöhnlich hatte sie bereits alles für mein Bad vorbereitet. Nachdem ich mir im Wasser den Schweiß abgewaschen hatte, ließ ich mich mit duftenden Ölen einreiben und mir eins meiner Festgewänder bringen. Geduldig wartete ich, bis die Kleine mir mit ihren geschickten Händen Henna auf Hände und Füße aufgetragen und meine Augen mit Kohle geschwärzt hatte. Als Schmuck wählte ich ein einfaches Goldpektoral und dazu einige goldene Armreifen. Mein Haar ließ ich, wie es war, denn ich hasste es, bei dieser Hitze eine Perücke zu tragen. Es war, seit ich die Jugendlocke abgeschnitten bekommen hatte, bis zu den Schultern gewachsen und umrahmte nun mein

Gesicht. Ich warf noch einmal einen prüfenden Blick in den Spiegel aus poliertem Kupfer. Dann ging ich zufrieden zu meiner Sänfte.

Es war bereits spät, als ich im Haus Puemres, des zweiten Propheten Amuns, ankam. Fast alle Gäste waren bereits eingetroffen und warteten schon darauf, sich zum Essen niederzusetzen. Geduldig ertrug ich es, mir unbekannte Gäste vorstellen zu lassen und Bekannte zu begrüßen. Doch ich ertappte mich fortwährend dabei, dass meine Gedanken abschweiften, zwangsweise hingetragen wurden zu dem Becher, der das Gift enthielt. So sehr ich auch versuchte, mich von dieser Sorge zu befreien, es wollte mir nicht gelingen. Immer weiter verstrickten sich meine Gedanken in jenes Ereignis, und immer weniger nahm ich die Menschen um mich herum zur Kenntnis. So kam es, dass ich plötzlich allein neben einem jungen Ägypter stand, der mich vorsichtig mit seinem Finger anstieß.

„Ist dir nicht gut, Hoheit? Oder hast du nur keinen Appetit?"

„Doch, doch!", stotterte ich, während ich mich verwundert umblickte.

„Sie sind alle bereits im Speisesaal", erklärte mir der junge Mann. „Doch da man mich heute Abend zu deinem Gesellschafter auserkoren hat, hielt ich es für unhöflich, ohne dich zu gehen."

„Das war nett von dir. Aber ich glaube, wir sollten den anderen jetzt folgen", erwiderte ich noch immer leicht verwirrt.

Ich schaute mein Gegenüber forschend an, und mir wurde bewusst, dass ich ihm mit Sicherheit vorgestellt worden war. Doch ich konnte mich weder an seinen Namen noch an seinen Rang erinnern. Daher betrachtete ich ihn genauer. Sein breitschultriger, durchtrainierter Körper war von der Sonne gebräunt. Seine Hände waren verhornt und schwielig, nicht die Hände eines Edelmanns. Und da ich Puemres Vorliebe für das Heer kannte, seit sein zweiter Sohn von Pharao den Offiziersstab erhalten hatte, schloss ich daraus, dass ich es hier mit einem Soldaten zu tun hatte. Sicher handelte es sich bei ihm um einen jener exerzierenden Emporkömmlinge, der mir vorgestellt und zum Gesellschafter gegeben worden war, um so Beziehungen zum Horusthron knüpfen zu können, um möglicherweise von mir vor Pharao erwähnt zu werden. Diese Vermutung ärgerte mich, denn es gab nichts, was ich mehr hasste, als die Art von Leuten, die versuchten, durch Schmeicheleien und dummes Geschwätz einflussreiche Freunde zu gewinnen, um so schneller Karriere zu machen. So wandte ich mich kurz entschlossen ab und ging, kein weiteres Wort verlierend, in den Speisesaal. Hier saß ich schweigend, ließ die Speisen an mir vorüberziehen, ohne viel davon zu probieren und tat, als ob ich begeistert den Vorführungen der Gaukler, Tänzerinnen und

Musikanten folgte. Doch in Wirklichkeit schweiften meine Gedanken immer wieder ab zu jenem Becher, und mit der Zeit wurde ich immer unruhiger. Gefahr lag in der Luft. Doch wann? So sehr ich mich auch bemühte, ich konnte keinen genauen Zeitpunkt erkennen.

Gelegentlich spürte ich den Blick meines Gesellschafters auf mir ruhen. Doch ich schenkte ihm keine weitere Beachtung.

Nach dem Mahl löste sich die Tafel langsam auf. Die Gäste verteilten sich in der Halle und im Garten.

„Du warst sehr schweigsam, Hoheit", hörte ich den jungen Mann neben mir sagen. „Wenn dir meine Gesellschaft missfällt, ziehe ich mich gerne zurück."

Ich blickte meinem Gegenüber ins Gesicht und bemerkte, dass er eigentlich sehr gut aussah. Sein Gesicht war ebenmäßig geschnitten und strahlte trotz seiner Jugend Autorität aus. Doch das Beeindruckendste an dem Mann waren seine Augen. Als ich in sie blickte, glaubte ich fast zu verbrennen. Das verwirrte mich so sehr, dass ich einen Augenblick lang befürchtete, mich den Ereignissen des Abends nicht mehr gewachsen zu fühlen.

„Willst du mich in den Garten begleiten?", fragte ich, denn ich sehnte mich plötzlich nach frischer Luft.

„Es ist mir eine Ehre, Hoheit", antwortete er.

Wir gingen hinaus und setzten uns auf eine unter einer Platane stehende Bank. Eine ganze Weile saßen wir schweigend nebeneinander. Ich war bereits wieder so in meine Gedanken vertieft, dass ich nicht bemerkte, wie der junge Mann neben mir immer unruhiger wurde.

Schließlich meinte er etwas verlegen: „Verzeih, Hoheit, ich weiß, ich bin kein guter Gesellschafter, aber dass du mich völlig mit Missachtung strafst, verstehe ich nicht. Gewiss fehlt es mir an der nötigen Erfahrung, mit jungen Damen deiner Kreise zu plaudern. Der Ton in den Kasernen ist ein ganz anderer. Wenn ich deshalb etwas falsch gemacht habe, vergib mir. Oder kränkt dich allein die Tatsache, dass es der Sohn eines Bauern ist, der sich vergeblich bemüht, dich zu unterhalten? Dann bitte ich dich inständig, mich zu entlassen."

Unwillkürlich musste ich lächeln. Fast empfand ich jetzt Mitleid mit dem jungen Burschen.

„Mach dir keine Gedanken", tröstete ich ihn. „Es ist nicht deine Schuld. Ich bin es, die sich entschuldigen muss. Aber ich kann heute nicht anders. Etwas beunruhigt mich. Gefahr liegt in der Luft. Doch ich kann den Ursprung nicht erkennen. In meinem Kopf ist eine Mauer, die vor der Wahrheit steht, und ich schaffe es einfach nicht, über sie hinwegzusehen. Aber warum?"

Verwirrt schaute der Mann mich an. Seine Augen schienen für seinen Mund zu sprechen.

- Ich habe schon gehört, dass du sehr wunderlich bist, Prinzessin Nenefer. Aber so schlimm habe ich es mir nicht vorgestellt. - Doch er sagte nichts, lächelte nur etwas gezwungen aus Höflichkeit.

„Wie war doch gleich dein Name?"

„Senmut, Hoheit."

„Ach ja", sagte ich, als erinnerte ich mich. Doch in Wahrheit hörte ich den Namen jetzt zum ersten Mal. „Nun, Senmut, da du selbst siehst, dass ich heute in keiner guten Verfassung bin, wollen wir doch ehrlich zueinander sein. Warum hast du Puemre gebeten, dich zu meinem Gesellschafter zu machen. Was möchtest du von mir?"

Das eben noch verwirrte Gesicht meines Gegenübers bekam plötzlich einen verlegenen Ausdruck. Meine Offenheit bestürzte und beschämte ihn und verwischte sogleich den Eindruck, ich sei verrückt. Fast hellten sich seine Züge nach dem ersten überwundenen Schreck auf. Dies war die Sprache, die er verstand, einfach und direkt, ohne höfische Umschweife.

„Weißt du, Hoheit", begann er stockend. „Ich bin seit acht Jahren in der Armee des Pharaos. Ich habe Pharao immer gut gedient und..."

„Das interessiert mich nicht", wandte ich ein. „Komm zur Sache."

„Du bist doch mit Ineni, dem Baumeister, bekannt. Ich wollte dich bitten..."

„Ruhig!", rief ich plötzlich, von Entsetzen gepackt. Mein Gegenüber verstummte sofort.

Ein entsetzlicher Schmerz durchfuhr meinen Kopf. Er riss die schützende Mauer mit sich fort. Von wahnsinnigen Schmerzen gepeinigt, hielt ich meinen Kopf fest. Fast fürchtete ich, er würde sonst auseinander bersten.

„Oh nein, nein!", entfuhr es mir.

Und plötzlich erkannte ich den Grund dafür, warum ich so lange nicht sehen konnte, was Amun mir zeigte. Meine Gefühle hatten sich geweigert zu sehen. Doch nun schlug der Gott zu. Erbarmungslos und grausam zeigte er mir das ganze Ausmaß der drohenden Katastrophe.

„Oh nein, Amun, nein!", schrie ich wie von Sinnen.

Entsetzt sprang Senmut auf. Gewiss glaubte er, der Wahnsinn hätte mich jetzt endgültig gepackt. Auch ich sprang auf, denn ich wusste, es ging jetzt um jeden Augenblick.

„Ich muss jetzt in den Palast, sofort!", rief ich.

„Ich werde deine Sänfte holen lassen."

„Nein, dafür ist keine Zeit mehr. Ich muss in den Palast, so schnell wie irgend möglich. Hilf mir." Und ahnungsvoll fügte ich hinzu: „Vielleicht meinen die Götter es heute wirklich gut mit dir, nur weißt du es noch nicht."

Ich sah Senmut ins Gesicht, und zum ersten Mal spürte ich deutlich die Faszination, die von ihm ausging. Ein anderer wäre entsetzt zurückgewichen, hätte lange überlegt, gezögert. Doch nicht Senmut. Er spürte stets instinktiv, wann es galt, zu handeln. Und er konnte immer klar seinen Vorteil erkennen. Ohne zu fragen, griff er nach meiner Hand, und gemeinsam rannten wir los. Durch das Haus, hinaus auf die Straße, durch verschlungene, dunkle Gassen, hinein in das Hafengebiet, das ich allein nie zu betreten gewagt hätte, vorbei an schmutzigen Tavernen und Freudenhäusern, bis wir schließlich den Fluss erreichten. Mein Kleid war zerrissen, meine Haare zerzaust, meine Füße brannten in den Sandalen, die nicht für solch einen Lauf gemacht waren, und mein Atem raste. Ich schaute Senmut an, doch dem schien das alles nichts auszumachen.

„Und nun?" fragte ich nach Luft ringend.

„Nun brauchen wir ein Boot. Warte hier. Ich werde den Fluss entlanglaufen und uns eins suchen. Doch es wird schwer sein, jetzt eins zu finden."

„Aber wir haben keine Zeit!", mahnte ich und lief hinter ihm her. Es dauerte tatsächlich eine ganze Weile, bis wir an einem Anlegeplatz ein Boot entdeckten. Ein

Liebespärchen wollte es gerade besteigen, um die Nacht in angenehmer Zweisamkeit auf dem Nil zu verbringen. Ohne zu zögern sprang Senmut auf den jungen Besitzer zu und setzte ihm kurzerhand ein Messer an die Kehle.

„Befiehl deinen Sklaven, dass sie uns zur Anlegestelle des Palasts rudern!"

„Was soll das? Bist du verrückt geworden? Das wird dich teuer zu stehen kommen."

Und schon begann der andere zu versuchen, sich aus Senmuts Griff zu lösen. Doch das konnte ihm nicht gelingen, denn Senmuts Klinge drückte sich gefährlich tief in sein Fleisch. Das Mädchen stand daneben und schrie hysterisch. Schließlich wandte sie sich um und lief, von Angst und Schrecken gepeinigt, davon. Die vier an den Rudern sitzenden Sklaven blinzelten Senmut gefährlich an, doch sie wagten es nicht, einzugreifen, denn sie wollten das Leben ihres Herrn nicht gefährden.

Erst jetzt erreichte auch ich die Rampe. Für einen Augenblick blieb ich bewundernd stehen. Das entschlossene Handeln meines Begleiters imponierte mir. Aber dann musste ich plötzlich lachen. Die Attacke Senmuts erwies sich als völlig überflüssig.

„Lass ihn los, Senmut. Er wird uns sicher zum Palast bringen."

„Nenefer, was machst du denn hier?"

„Das erkläre ich dir später, Usermre. Jetzt muss ich sofort zum Palast. Bitte!"

„Gut. Immer zu deinen Diensten, Hoheit. Aber dieser freche Kerl wird es büßen. So lasse ich mich von einem Bauernjungen nicht behandeln."

„Bitte vergiss es. Er hat es für mich getan. Ich bitte dich. Ich gebe zu, sein Benehmen war ungehobelt. Doch es geschah für eine gute Sache."

In Senmuts Gesicht stand Zorn. Kein Mann, der nach oben strebt, mochte es, an seine Herkunft erinnert zu werden. In Usermres Gesicht zeichnete sich der gleiche Zorn ab, denn kein Adliger vertrug es, sich von einem Bauern derart entwürdigend behandeln zu lassen, ohne dies mit dem Tod des anderen zu vergelten.

„Vergesst es", mahnte ich noch einmal. „Es geht um Wichtigeres. Und wenn wir nicht zu spät kommen wollen, haben wir für diesen sinnlosen Streit keine Zeit."

Widerstrebend folgten die beiden meinem Wunsch. Wir gingen an Deck. Die Sklaven ruderten auf Usermres Anweisung so schnell sie konnten. Usermre und Senmut blickten sich weiterhin feindlich an. Doch irgendwie spürten auch sie instinktiv die Gefahr der Stunde, und so verhielten sie sich ruhig.

„Wohin genau?" fragte Usermre schließlich.

„Zum Kanal, der zur Palastanlegestelle führt. Und schnell, Usermre! Deine Sklaven sollen sich beeilen."

Usermre gab den Sklaven Anweisung und mahnte sie noch einmal zur Schnelligkeit. Dann wandte er sich wieder mir zu.

„Was ist denn nur geschehen, Nenefer? Du zitterst am ganzen Körper. Und wie kommst du zu dieser fragwürdigen Begleitung?"

Einen kurzen Augenblick lang drohte der Streit erneut aufzuflammen. Senmut schien bereit, sich auf Usermre zu stürzen. Doch es gelang mir, rechtzeitig dazwischen zu gehen. Ich kannte Usermre gut. Er war der Sohn des Wesirs des Südens. Und er war einer von Hapusenebs besten Freunden, ebenso wie ein getreuer Gefolgsmann Pharaos.

„Hör zu, Usermre. Wie sehr du dich auch immer durch das Benehmen Senmuts gekränkt fühlen magst, so nimm doch zur Kenntnis, dass es für sein Verhalten einen guten Grund gibt. Ich habe ihn gebeten, ein Boot zu besorgen, und er hat nichts weiter getan, als meinen Wunsch auszuführen. Gib zu, hättest du mich nicht gekannt, du wärst sicher nicht freiwillig bereit gewesen, dein Schäferstündchen gegen eine Bootsfahrt zu tauschen? Und Senmut konnte nicht ahnen, dass wir uns gut kennen."

„Das mag alles richtig sein, Nenefer. Trotz allem verstehe ich es nicht."

„Dann will ich es dir jetzt erklären", knurrte ich. „Jemand versucht gerade in diesem Augenblick ihre Hoheit, die Erbprinzessin Hatschepsut, zu vergiften. Und wir können Amun danken, wenn wir nicht zu spät kommen."

Ich sah die beiden Männer an. Senmut schluckte schwer. Er begriff zwar, aber verstand trotzdem nicht. Usermres Augen weiteten sich vor Entsetzen. Er kannte mich gut genug, um zu wissen, wie ernst die Lage war.

„Und wo ist das Gift?"

„Im Wasserkrug."

„Und wer?"

Ich wandte meinen Blick von den beiden ab und schluchzte lautlos in mich hinein.

„Das, Usermre, geht nur den Pharao etwas an."

Wir waren jetzt in den Palastkanal eingebogen und hielten auf die Anlegestelle zu. Die Palastwächter riefen uns an, und Usermre antwortete ihnen. Die Anlegestelle war mit Fackeln erleuchtet. Nachdem die Wachen uns erkannt hatten, vertäuten sie das Boot an einer Rampe und ließen uns dann ohne Weiteres passieren.

Im Laufschritt eilten Usermre, Senmut und ich durch den Palastgarten. Immer wieder wurden wir von Wächtern aufgehalten, die uns erst weiter ließen, nachdem sie uns erkannt hatten. Schließlich blieb ich nach Atem ringend stehen. Meine Füße schmerzten. Ich konnte nicht mehr.

„In ihren Gemächern", stieß ich hervor. „Sie ist in ihren Gemächern. Beeile dich, Usermre. Sie darf nicht trinken. Und nimm Senmut mit."

Beide Männer liefen weiter, Usermre voraus, denn er kannte den Weg, Senmut hinter ihm her. Und doch war es letztendlich ausgerechnet Senmut, der Hatschepsut im letzten Augenblick den Becher aus der Hand schlug und ihr damit das Leben rettete. Und dies wiederum war göttliche Vorsehung. Oft habe ich später darüber nachgedacht, warum ich Senmut hinter Usermre herschickte. Ich tat es unbewusst, ohne zu ahnen, was sich daraus ergeben würde. Doch das Unbewusste in uns ist mit dem Göttlichen am stärksten verbunden. Und so ist gerade unser unbewusstes Handeln frei von Selbstsucht.

Als ich schließlich auch in Hatschepsuts Gemächer gelangt war, fand ich die Prinzessin völlig ruhig und entspannt vor. Eine andere wäre hysterisch geworden, ängstlich, erschreckt, zornig oder wenigstens entsetzt. Nicht aber Hatschepsut. Sie sah mich, stand von ihrem Stuhl auf und kam lächelnd auf mich zu.

„Ich fühlte schon lange, dass die Stunde naht, in der du dein Versprechen einlösen wirst. Und nun bleibst du bei mir, nicht wahr?"

Sie umarmte mich, und ich spürte, dass ihr Körper völlig ruhig war. Ich hingegen zitterte. Mein Blick fiel auf das vergossene Wasser, das den Boden bedeckte, auf Usermre, der eben noch versucht hatte, Hatschepsut zu erklären, was geschehen war, auf Satre, die erste Dienerin Hatschepsuts, die völlig verwirrt immer noch nicht begriff, was eigentlich passiert war und schließlich auf Senmut, dessen Blick wie gebannt auf Hatschepsut gerichtet war. Wie viel schicksalhafte Fügung doch in diesem Augenblick lag.

Mein Blick wandte sich erneut dem vergossenen Wasser zu, und vor meinen Augen schien es sich in Blut zu verwandeln.

„Oh Amun!", ging es mir durch den Kopf. „Ich habe gewählt. Aber hast du mir überhaupt eine Wahl gelassen? Hast du nicht bestimmt, wie ich mich zu entscheiden habe?"

„Beruhige dich, Nenefer", sagte Hatschepsut. An den Wächter vor ihrer Tür gewandt, fuhr sie fort. „Bring das Wasser fort und lass es untersuchen. Wenn es stimmt, dass Gift darin ist, und das bezweifle ich nicht, dann sollen alle verhaftet und verhört werden, die in Frage kommen, das Gift dort hineingetan zu haben. Und dann beauftrage meinen Herold, meinen Vater zu verständigen."

Sie sprach entschlossen, erteilte ihre Befehle sicher und bestimmt, mit dem vorausschauenden Weitblick eines Menschen, der es gewohnt ist, zu herrschen, anderen zu sagen, was getan werden muss. Nichts an ihr erinnerte mehr an das junge Mädchen, das ich vor drei Jahren kennengelernt hatte. Das kam mir in diesem Augenblick zum Bewusstsein.

„Warte einen Moment, Hatschepsut!"

Alle starrten gebannt auf mich, als ich den goldenen Becher vom Boden aufhob und mit dem Wasser aus der Kanne füllte.

„Geh und tu, was deine Herrin dir aufgetragen hat", forderte ich den Wächter dann auf.

„Was willst du mit dem Becher?", fragte Hatschepsut mich. Verwunderung stand in ihren Augen.

Ich entzog mich ihrem Blick, schaute noch einmal auf das Wasser, das den Boden bedeckte. Aber meine Hoffnung erwies sich als sinnlos. Noch immer hatte das Wasser die Farbe von Blut, wenn auch nur für mich. Es gab keinen Ausweg. Kein Entrinnen. Ich musste den Weg bis zum Ende gehen.

„Entschuldige mich, Schwester", antwortete ich. „Ich werde bald zurück sein. Es gibt da etwas, das muss ich hinter mich bringen, jetzt gleich."

Ich spürte die fragenden Blicke, die mir folgten, als ich den Raum verließ. Aber niemand hielt mich zurück.

Ich wanderte durch die langen Gänge, dunklen Hallen und großen Säle des Palasts. Eine nie vorher gekannte Leere erfüllte mich. Ich war nicht fähig zu denken, zu überlegen. Mechanisch fand ich meinen Weg dorthin, wo ich die ersten Jahre meines Lebens verbracht hatte, gefangen, eingesperrt, ungerecht behandelt von dem Mann, der sich mein Vater nannte. Hätte ich nur weinen, schreien, meinen Schmerz hinausrufen können. Doch ich konnte nicht. In mir war alles Leben erstarrt. Es gab kein Zurück mehr, jetzt nicht mehr. Was für eine Wahl! Wie konnten die Götter nur so grausam sein?

Ich fand sie allein, an einem Teich in ihrem Garten sitzend, vor. Sie hatte alle Dienstboten fortgeschickt, sogar Nut. Ich wusste, sie hatte mich erwartet. Als ich auf sie zutrat, sah sie nur kurz zu mir auf. Ein höhnischer Zug umspielte ihre Mundwinkel. Dann blickte sie wieder auf das stille Wasser des Teichs, auf dem Seerosen schwammen.

„Dann hast du dich also entschieden, entschieden dafür, die Sklavin Hatschepsuts zu werden. Entschieden gegen mich, die ich immer das Beste für dich wollte. Zur Königin hätte ich dich gemacht. Doch du willst lieber Sklavin sein. Nun, du wirst schon sehen, was du davon hast. Sie wird dich ausnutzen, so wie ihr Vater mich ausgenutzt hat. Sie wird dir wehtun, dir das Herz brechen, und sie wird es wahrscheinlich nicht einmal merken. Sie ahnt doch auch jetzt nicht im

Entferntesten, was du für sie tust. Aber...". Sie schwieg einen Augenblick versonnen. „Vielleicht musst du so handeln. Vielleicht musst du nun deinen Weg gehen, so wie ich meinen einst gehen musste. Keiner fragte mich, ob ich Pharao heiraten wolle. Ich wurde ausgesucht und musste gehorchen. Vielleicht fragt auch dich keiner, mein Kind? Du bist ausgesucht und musst ebenfalls gehorchen. Wie grausam die Götter doch sind? Sie spielen mit uns Menschen."

Sie sah erneut zu mir auf. Ihr Blick richtete sich auf den Becher in meiner Hand. Der Schmerz verschwand aus ihren Augen, und eine völlige Leere erfüllte jetzt ihren Blick.

„Es ist gut, Nenefer. Gib ihn mir."

Sie streckte die Hand danach aus, und ich reichte ihn ihr. Nachdenklich, den Blick in eine nicht vorhandene Ferne gerichtet, betrachtete sie den goldenen Becher.

„Vergib mir, Amun, aber ich konnte nicht anders. Mein Herz hasste einfach zu sehr. Ich weiß jetzt, ich bin verflucht, verdammt dazu, in der ewigen Finsternis zu wandeln. Trotzdem bereue ich nicht. Hörst du, Nenefer, ich bereue nicht. Ich wusste, heute Nacht würde sich mein Schicksal entscheiden, entscheiden durch dich. Sie oder ich, Nenefer. Du hast dich für sie entschieden."

„Nein, Mutter", stieß ich schluchzend hervor. „Nein, ich habe mich nicht für sie entschieden. Ich liebe dich, mehr als sie. Aber ich durfte es trotzdem nicht zulassen, dass du Hatschepsut tötest. Ich durfte es nicht. Verstehst du?"

Sie nickte.

„Ja, Nenefer, ich verstehe. Ich habe es geahnt. Es trifft mich nicht unvorbereitet."

„Aber warum hast du es dann nur getan?"

„Auch ich konnte nicht anders, verstehst du? Tagtäglich musste ich mit ansehen, wie er Hatschepsut all seine Liebe schenkt. Sie ihm zu nehmen, hätte ihn zerstört, so, wie er mich einst zerstört hat."

Ruhig setzte sie den Becher an die Lippen, trank ihn aus und warf den leeren Becher dann von sich.

„Du liebst Hatschepsut, nicht wahr?"

„Ja, Mutter, aber auf ganz andere Art und Weise als dich", antwortete ich.

„Dann hör mir jetzt zu, Nenefer. Ich bin nicht die Einzige, die ein Interesse an Hatschepsuts Tod hat. Ich gehe und bin keine Gefahr mehr. Aber der Giftstachel eines anderen Skorpions bleibt im Haus. Hüte dich und deine Prinzessin vor dem jungen Thutmosis. Er ist vielleicht dumm, aber nicht so dumm, dass er nicht merkt, dass Pharao nicht daran denkt, ihm Hatschepsut zur Frau zu geben. Er ist gefährlicher als ihr alle glaubt."

Ein Zittern durchlief ihren Körper.

„Komm her, mein Kind. Hab keine Angst. Es wird gleich vorbei sein."

Ich kniete mich neben sie. Ihre Hände fuhren durch mein Haar. Für einen Augenblick schien alles zu sein wie einst, als ich noch ein kleines Mädchen war, das Geborgenheit und Schutz bei ihr suchte und fand. Doch dieser Augenblick war rasch vorüber. Die Zeit holte uns ein. Heftige Krämpfe schüttelten ihren Körper. Dann zuckte er noch einmal auf, und es war vorüber. Nur Ruhe und Frieden umgab mich noch.

Weinend bettete ich ihren Kopf in meinen Schoss.

„Oh Amun, welches Opfer musste ich dir bringen?"

Der Schmerz lähmte meinen ganzen Körper. Ich war leer und ausgebrannt, lebendig tot.

Wie lange ich so dasaß, weiß ich nicht. Doch es müssen wohl einige Stunden gewesen sein. Eine Hand, die sich behutsam auf meine Schulter legte, rief mich ins Leben zurück. Als ich aufblickte, schaute ich in Nuts versteinertes Gesicht. Sie sagte nichts, aber ich sah, dass sie in den letzten Stunden eine alte Frau geworden war. Wir sahen uns schweigend an. Ein Gefühl von Schmerz und Trauer vereinte unsere Seelen. Ich wusste, sie kannte die ganze Wahrheit.

„Es wird nicht mehr lange dauern", meinte sie schließlich, „dann werden sie kommen. Die Sklavin, die deine Mutter bestochen hat, wird nicht lange schweigen können."

Ich nickte stumm.

„Du solltest jetzt gehen, Nenefer."

„Nein, ich werde bleiben. Sollen sie nur kommen. Ich bleibe hier. Oh, Nut", schluchzte ich, plötzlich von einem heftigen Schmerz gepeinigt. „Ich wollte es nicht tun. Aber was sollte ich machen? Amun hat es verlangt."

Zärtlich strich mir mein altes Kindermädchen durch das Haar.

„Du konntest wirklich nicht anders, Nenefer. Deine Mutter war verloren, lange bevor sie sich zu dieser Tat entschloss. Ihr Herz war unheilbar krank. Jetzt ist sie erlöst."

„Und ich habe sie getötet."

„Nein, Nenefer. Sie hat es selbst getan."

„Aber ich habe ihr das Gift gegeben."

„Dafür war sie dir mit Sicherheit dankbar. Oder glaubst du, es wäre ihr lieber gewesen, durch den Henker Pharaos zu sterben?"

Draußen in den Gängen wurde es laut. Soldaten drangen ein, ihnen voran Pharao. Sein Gesicht zitterte vor Zorn. Entschlossen trat Nut ihnen entgegen, um sie von mir und meiner Mutter fernzuhalten. Ein Unternehmen, das so sinnlos war wie alles, was in dieser Nacht geschehen war.

Ein Soldat stieß sie beiseite, ein anderer trennte mit der Axt ihren Kopf vom Rumpf. So starb auch Nut in dieser Nacht, und ich weiß, sie hatte den Tod gesucht. Sie hatte ihr Leben im Dienst meiner Mutter verbracht. Mit ihr wollte sie sterben.

Ihr Sterben ließ endlich die Lethargie von mir abfallen. Die Fesseln der Trauer lösten sich beim Anblick des unschuldig vergossenen Bluts.

Ich sah die Soldaten, die um mich und den toten Körper meiner Mutter einen Kreis bildeten, unschlüssig, was nun zu tun sei. Sie warteten auf einen Befehl Pharaos. In ihrer Mitte stand Thutmosis und blickte auf die Tote, die seinem Zorn entkommen war. Ich ahnte, er spielte mit dem Gedanken, seine Wut an ihrem toten Körper auszulassen. Entschlossen bettete ich das tote Haupt auf den Boden und stand auf. Ich ging auf Pharao zu, und zum ersten Mal in meinem Leben spürte ich nicht die geringste Furcht vor ihm.

„Schickt die Soldaten fort, Majestät!"

Pharao blickte mich an. Er schien nicht gewillt, seine Rache aufzugeben. Doch unter dem Druck meines Blicks änderte sich das. Sein Zorn verflog, und er gab den Soldaten durch ein Zeichen zu verstehen, dass sie sich entfernen sollten.

Wir waren allein. Ein bedrückendes Schweigen erfüllte den anbrechenden Morgen. Mein Zorn wuchs, während Pharaos Zorn sich in Einsicht verwandelte.

„Es tut mir leid, Nenefer. Aber für einen Augenblick habe ich nur die Gefahr gesehen, die diese Frau für Hatschepsut bedeutete. Ich weiß, dass Hatschepsut dir ihr Leben verdankt. Und ich weiß auch, wie schwer dir das, was du für sie getan hast, gefallen sein muss."

Höhnisch verzog ich das Gesicht. Mein Zorn wuchs und mit ihm meine Kraft. Ich hatte mein Opfer gebracht. Nun sollte es endlich an Pharao sein, einmal ein Opfer zu bringen.

„Ja, Majestät, ich weiß, Eure Liebe zu Hatschepsut. War es nicht Eure Liebe zu ihr, die die Ursache für all das ist? Eure Liebe, Majestät, gehört sie nicht ausschließlich Ägypten und ihr? Für einen anderen ist da kein Platz."

„Nenefer", fuhr Pharao auf. „Ich weiß, was ich dir zu verdanken habe. Aber vergiss trotz allem nicht, vor wem du stehst."

„Ich vergesse nicht, Majestät. Und trotzdem werde ich es wagen, dem göttlichen Pharao von Ägypten heute einmal die Wahrheit zu sagen. Dass Hatschepsut heute beinahe gestorben wäre, ist Eure Schuld, Majestät. Und nun kommt Ihr daher, um Rache zu üben. Nun, übt sie! Hier ist doch nur gewachsen, was Ihr gesät habt. Eure Soldaten schrecken nicht einmal davor zurück, eine alte, treue Dienerin zu ermorden. Diese hier könnt ihr nicht mehr töten. Doch da gibt es noch jemanden, dem Eure geliebte Tochter ein Dorn im Auge ist. Geht und zieht ihn für den Mordanschlag zur Rechenschaft. Geht, und schleppt Euren Sohn vor den Henker, denn er war daran genauso beteiligt wie diese hier."

Ein unheilvolles Schweigen umgab uns. Der eben noch so mächtige Mann sackte in sich zusammen. Das Gift meines Pfeils hatte ihn getroffen. Von heute an würde er nicht mehr der sein, der er einmal war. Ich hatte meine Mutter gerächt. Von den blitzenden Funken meiner Augen getroffen, ließ sich Thutmosis auf einen Stuhl sinken, ein gefällter Baum.

„Und was nun, Nenefer? Du willst deine Rache. Was also soll jetzt geschehen?"

„Nicht ich wollte Rache. Ihr, Majestät, kamt hierher, um an einer Toten Rache zu üben. Ich habe sie nur verteidigt, wie es die Pflicht einer jeden Tochter der Mutter gegenüber ist. Ihr wolltet Rache, und ich sage Euch, wer das Ziel Eurer Rache sein muss. Das ist alles."

Und wieder herrschte eine bedrückende Stille. Thutmosis atmete schwer. Sein Gesicht verlor jede Farbe. Er wirkte plötzlich grau und faltig. Und nun ahnte ich, dass ich ihm heute einen tödlichen Stoß versetzt hatte. Auch wenn ihm die Götter noch einige Jahre schenken sollten, so erholte er sich von diesem Schicksalsschlag nie wieder.

„Verlangst du, dass ich Thutmosis zur Rechenschaft ziehen soll? Du weißt, das kann ich nicht."

Ruhig entgegnete ich: „Verlangt Ihr, dass ich meine Mutter den Krokodilen im Nil zum Fraß vorwerfen lasse? Das kann ich ebenfalls nicht."

Pharao nickte.

„Gut", sagte er. „So soll es geschehen. Bei den Göttern, Nenefer, vor dir als meiner Tochter würde ich nicht kapitulieren. Doch das Göttliche in dir zwingt mich in die Knie. Wie könnte ich gegen die Weisheit Amuns ankämpfen? Ich werde deine Mutter also bestatten lassen, wie es einer großen Königsgemahlin zukommt. Das ganze Land wird um sie trauern. Niemand wird je erfahren, warum sie gestorben ist. Dafür werde ich sorgen. Doch", fuhr er eisig fort, „auch wenn ich zustimme, ihren Körper für die Ewigkeit zu erhalten, glaube ich doch nicht, dass sie mit ihrer Tat vor Thots Gericht bestehen wird."

„Ich weiß, Majestät", antwortete ich bedrückt. „Doch ich habe ihr die Möglichkeit gegeben, sich vor den Göttern zu rechtfertigen. Und das muss ich als ihre Tochter für sie tun."

Thutmosis nickte abermals.

„Dafür, Nenefer, verlange ich, dass du schweigst. Versprichst du mir das?"

„Ja, Majestät."

Pharao nickte noch einmal. Dann stand er wortlos auf, ging durch den Garten, durch die Säulenhalle und schließlich durch die Tür, hinter der seine Leibwache auf ihn wartete.

Ich blickte ihm nach, bis er nicht mehr zu sehen war. Erleichtert atmete ich auf, setzte mich neben den toten Körper meiner Mutter und ließ meine Gedanken in die Vergangenheit schweifen.

Die Erlebnisse meiner Kindheit kehrten zurück. Immer wieder sah ich meine Mutter vor mir stehen, schützend über mich wachen, ihr ganzes Wesen erfüllt mit Liebe für mich. Ich wusste, sie hatte diese verrückte Tat für mich getan. Ich wusste auch, dass ich es eigentlich schon lange vorhergeahnt hatte, was sich in ihrem Kopf langsam zu einem Plan zusammenfügte. Doch ich hatte es nicht sehen wollen. Ich hätte es verhindern können, wenn ich es nur versucht hätte. Nun stand ich vor den Scherben meiner zerbrochenen Kindheit und vor der Schuld, die auf mir lastete. Doch was geschehen war, war geschehen und ließ sich nicht mehr ändern.

Schließlich kamen die Sempriester mit zwei Bahren, auf die sie die Toten legten, um sie in das Haus des Todes zu überführen. Ich sah ihnen geistesabwesend nach, wie sie wieder verschwanden. Und endlich brachte ich die Kraft auf, selbst diesen unseligen Ort zu verlassen. Ich ging durch die gleichen Gänge, Säle und Hallen, durch die ich gekommen war, denen nun das Tageslicht ihre bedrückende Düsternis nahm. Zu guter

Letzt gelangte ich in die Gemächer, die Pharao für mich vor Jahren bereitgestellt hatte. Von nun an, das fühlte ich, gehörte ich hierher. Wenn es je einen Zweifel gegeben haben sollte, so hatte die letzte Nacht endgültig alles entschieden. Mein Leben gehörte Hatschepsut, und es war das mir bestimmte Schicksal, ihr bis zu meinem Tod zu dienen.

Sklaven und Diener warteten bereits in den Räumen, als hätten sie gewusst, dass ich kommen würde. Ich zweifelte nicht daran, dass Pharao sie geschickt hatte. Müde und innerlich völlig ausgehöhlt ging ich zu dem aus Zedernholz geschnitzten Bett und ließ mich darauf fallen, allein von dem Wunsch durchdrungen, erlösenden Schlaf zu finden. Eine Dienerin zog die Vorhänge zu und ging dann wortlos mit den anderen hinaus.

Obwohl der drückende Schmerz nicht weichen wollte, spürte ich doch allmählich, wie meine Müdigkeit siegte und ich in einen tiefen, traumlosen Schlaf fiel.

Als ich wiedererwachte, war die Mittagszeit bereits weit überschritten. Drückende Hitze erfüllte den Raum. Es dauerte einen Augenblick, bis ich mir bewusstwurde, wo ich mich befand. Und dann erblickte ich sie. Ruhig, abwartend saß sie auf einem Stuhl neben meinem Bett.

„Hatschepsut!", entfuhr es mir überrascht.

„Wie geht es dir, Nenefer?"

„Es geht", erwiderte ich, noch immer leicht benommen vom Schlaf.

Schweigend sahen wir uns eine ganze Weile an. Jeder versuchte im Gesicht des anderen zu lesen, seine Gedanken zu erraten.

„Pharao hat mit mir gesprochen", brach Hatschepsut schließlich das gespenstische Schweigen. „Er hat mir erzählt, was letzte Nacht passiert ist."

„Was hat er dir erzählt?", fragte ich gereizt.

„Alles, Nenefer, alles. Er hat mir erzählt, warum deine Mutter gestorben ist. Er hat mir erzählt, was mein Bruder tun wollte. Er hat mir erzählt, was du in meiner Zukunft siehst. Und er hat mir auch erzählt, warum du ihn hassen musst."

„Ich sehe, er hat dir wirklich die ganze Wahrheit gesagt", antwortete ich überrascht.

„Ja, Nenefer, das hat er. Und ich glaube, es war höchste Zeit, dass ich alles erfahren habe. Eigentlich habe ich schon immer gespürt, dass ich zu mehr geboren bin, als nur große königliche Gemahlin zu werden. Und doch habe ich nie auf mehr zu hoffen gewagt. Doch nun -." Sie sah mich mit ihren großen, schwarzen Augen stolz an. „Nun habe ich die Gewissheit."

„Täusche dich nicht, Hatschepsut. Der Weg, der vor dir liegt, ist voller Hindernisse und Entbehrungen. Der

Weg auf den Thron wird nicht gerade sein. Er führt an viel Stein und Geröll vorbei, das erst beiseitegeschafft werden muss."

„Das weiß ich, Nenefer. Und um den richtigen Weg zu gehen, brauche ich dich. Wirst du bei mir sein, nach allem, was letzte Nacht geschehen ist?"

„Ich werde bei dir sein, Hatschepsut. Das ist meine Bestimmung, und ihr werde ich folgen. Von heute an werde ich immer bei dir sein, wenn du mich brauchst."

„Und Pharao?", flüsterte Hatschepsut bedrückt.

Ich fühlte mich noch immer völlig zerschlagen. Trotzdem stand ich vom Bett auf und ging zum Fenster. Ich zog die Vorhänge zurück. Die Sonne strahlte mir entgegen. Sie gab meinem Körper neue Lebenskraft und verdrängte den bohrenden Druck aus meinem Kopf.

„Hör zu, Hatschepsut. Was immer zwischen Pharao und mir steht, wird nie das Verhältnis zwischen uns trüben. Es stimmt, ich liebe Pharao nicht. Doch ob du es glaubst oder nicht, ich hasse ihn auch nicht. Hass ist ein tödliches Gift. Es verdirbt die Seele. An diesem Gift ist meine Mutter gestorben, lange bevor sie letzte Nacht das Gift trank, das sie für dich bestimmt hatte. Doch darüber möchte ich jetzt nicht sprechen. Lass uns meine Mutter nie wieder erwähnen. Versprichst du mir das?"

„Einverstanden, Nenefer. Wir wollen an die Zukunft denken, nicht an die Vergangenheit."

„Hat Pharao dir gesagt, was er jetzt zu tun gedenkt?"

Hatschepsuts eben noch zufriedener Gesichtsausdruck wurde plötzlich von dunklen Wolken überschattet.

„Er wird Thutmosis nach Memphis schicken, wo er im Tempel des Ptah dienen soll. Das kommt einer Verbannung gleich. Und er wird mich, wenn Thutmosis fort ist, zum Kronprinzen und Thronerben erheben."

„Nun", antwortete ich, „dann ist der erste Schritt ja bereits getan. Trotz allem darfst du deinen Bruder aber nicht unterschätzen. Solange Pharao lebt, wird er es nicht mehr wagen, sich aufzulehnen. Doch an dem Tag, an dem Pharao zu Gott wird, kommt Thutmosis bestimmt zurück. Es wird nicht ohne Kampf gehen. Nach dem Gesetz der Maat ist dein Bruder der rechtmäßige Thronerbe. Und dieses Recht wird er dann fordern. Darum nutze deine Zeit, und festige die Macht, die Pharao dir gibt. Nur so kann es dir gelingen, einstmals gegen Thutmosis zu bestehen."

„Seit heute weiß ich genau, dass ich die Reinkarnation der Götter auf Erden bin. Wenn die Zeit kommt, wird auch mein Bruder sich dem Willen der Götter beugen müssen. Ich weiß es, und du weißt es auch. Ich werde Pharao sein und über Ägypten herrschen."

„Ja", erwiderte ich bestimmt, „du wirst herrschen."

Doch ich verschwieg ihr damals aus gutem Grund, was ich in der nahen Zukunft sah. Ja, sie würde herrschen, aber nicht so schnell, wie sie sich das vorstellte.

„Ich werde jetzt gehen, Nenefer. Ich glaube, du möchtest mit deinem Schmerz allein sein."

Ich nickte, und Hatschepsut wandte sich zur Tür. Doch etwas machte es ihr unmöglich, zu gehen. Sie hatte noch etwas auf dem Herzen. Aber aus welchem Grund wagte sie es nicht, es auszusprechen? Deutlich spürte ich den Schatten der Verzweiflung, der sich hinter ihrem beherrschten Gesichtsausdruck verborgen hielt. Deshalb rief ich sie zurück, obwohl ich mich nach Ruhe sehnte.

„Warum bist du wirklich gekommen, Hatschepsut? Was bedrückt dich?"

Ich sah, wie die mühsam verborgene Verzweiflung von Hatschepsut wich, als sie sich umdrehte, auf mich zukam und sich mir gegenüber an die andere Säule des Fensters lehnte.

„Du hast recht. Ich bin aus einem ganz bestimmten Grund zu dir gekommen. Alles, worüber wir gesprochen haben, war wichtig und musste gesagt werden. Aber es hätte Zeit gehabt."

„Und was hat keine Zeit?", fragte ich neugierig.

„Ich weiß, wie viel du gestern für mich getan hast. Ich weiß, welches Opfer du mir gebracht hast. Darum wage ich es kaum, dich zu bitten. Aber außer dir kenne ich niemanden, der mir helfen könnte."

„Wobei helfen?"

„Du weißt, Pharao hat dir letzte Nacht ein Versprechen gegeben. Und er ist dabei, es einzulösen. Er sorgt dafür, dass niemand je erfährt, was letzte Nacht geschehen ist. Thutmosis kennt Usermre gut. Er weiß, dass er sich auf sein Schweigen verlassen kann." Hatschepsut stockte einen Moment, und ich sah den Schrecken, der sich auf ihrem Gesicht ausbreitete. „Doch den, der mir noch rechtzeitig den Becher aus der Hand riss, den kennt Pharao nicht. Darum will er sicher gehen, dass dieser für immer schweigt. Ich glaube, dass das nicht gerecht ist. Dieser Senmut hat mir das Leben gerettet, um nun als Lohn das seine zu verlieren."

„Oh, Hatschepsut", erwiderte ich müde. „Was ist schon gerecht? Das sind die Dornen der Macht. Verstehst du? Auch Pharao weiß, dass er nicht gerecht ist. Er würde bestimmt lieber belohnen als bestrafen. Aber über dieses Geheimnis muss sich für immer ein Schleier senken. Pharao kennt diesen jungen Soldaten nicht. Wie kann er da wissen, ob er morgen nicht alles ausplaudert?"

„Ich weiß, dass er schweigen wird. Und du weißt es auch. Ist nicht genug Blut geflossen? Muss auch noch das Blut dieses Unschuldigen vergossen werden, nur damit Pharao meinen Bruder nicht für seine schändliche Tat zur Verantwortung ziehen muss?"

„Du willst nicht, dass er stirbt?"

„Nein!", erwiderte Hatschepsut trotzig. In ihre Augen traten plötzlich blitzende Funken. Ihr plötzliches Ungestüm warnte mich, ließ mich ahnen, dass sich hier eine folgenschwere Entscheidung anbahnte.

„Ich habe gebettelt, geschimpft, gedroht, gefleht", fuhr Hatschepsut fort. „Doch nichts half. Pharao bleibt hart. Ich weiß, ich kann nichts mehr tun, um das Leben dieses Unglücklichen zu retten. Aber du, Nenefer, du könntest Pharao umstimmen. Wenn du für diesen jungen Mann bittest, wird er nachgeben. Bitte, Nenefer, versuch es."

„Ich weiß nicht, Hatschepsut", erwiderte ich nachdenklich. „Wenn der Gott seinen Tod bestimmt hat, sollte ich nicht versuchen, das zu ändern."

„Aber Nenefer!", fuhr Hatschepsut zornig auf. „Du…"

„Bitte Hatschepsut", unterbrach ich sie. „Ich weiß nicht recht warum, aber ich habe ein ungutes Gefühl, wenn ich an diesen Senmut denke."

„Du willst doch nur ganz sicher sein, dass niemand mehr über das sprechen kann, was letzte Nacht passiert ist", stieß sie wütend hervor.

„Nein", entgegnete ich kühl. „Da täuschst du dich."

Ich blickte meine Schwester flehend an, doch in ihren Augen las ich deutlich, dass sie mir nicht glaubte. Sie unterstellte mutwillig, was sie wollte, selbst wenn sie es tief in ihrem Innern besser wusste. Was sollte, was konnte ich tun? Ich wollte meine Freundschaft zu Hatschepsut nicht in Gefahr bringen. Und wenn ich an den jungen Senmut dachte, so musste ich mir eingestehen, dass ich verstand, warum Hatschepsut mit allen Mitteln versuchte, sein Leben zu retten. Auch bei mir hatte er einen tiefen Eindruck hinterlassen. Und doch fühlte ich auch, dass von Senmut etwas Bedrohliches ausging. Was für eine Gefahr dies sein könnte, war mir noch nicht völlig klar. Aber sobald ich an ihn dachte, empfand ich Furcht. Ja, er ängstigte mich. Nur warum? War es vielleicht die Faszination, die von ihm ausging und mit der er auch mich schon bei unserer ersten Begegnung in seinen Bann gezogen hatte? Und wohl nicht nur mich, sondern auch Hatschepsut. Oder gab es da noch mehr?

Ärgerlich über mich selbst, verscheuchte ich die dunklen Ahnungen, die in mir waren und sagte: „Also gut, Hatschepsut. Ich werde es versuchen. Aber ich kann dir nicht versprechen, dass ich Pharao umstimmen kann."

Sofort verschwand der Zorn aus Hatschepsuts Gesicht. Ihre Züge glätteten sich. Ihre Augen strahlten sogar.

„Ich wusste, dass du ihm helfen wirst. Und ich bin ganz sicher, dass du Pharao umstimmen kannst."

Sie lächelte huldvoll, gab mir einen Kuss auf die Stirn und verschwand dann geräuschlos wie eine Katze.

Ich blieb allein zurück. Die Sonne brannte auf mein Gesicht, und tief in meinem Herzen loderte eine unendliche Sehnsucht.

„Oh, Hapuseneb", flüsterte ich. „Bitte komm zurück. Ich brauche dich jetzt so sehr. Ich fühle mich so einsam und verlassen."

Aber ich wusste genau, es würden noch Wochen bis zu seiner Rückkehr vergehen. Ich versuchte, ihn mit meinem inneren Auge zu erreichen, um seine Gegenwart und Wärme zu spüren und ihn fühlen zu lassen, dass ich ihn liebte. Doch es wollte mir nicht gelingen. Etwas drängte sich zwischen uns, eine Macht, die uns unser Glück missgönnte. Ich suchte Hapuseneb und fand statt seiner Senmut in mir. Im Kerker Pharaos wartete er auf seinen Tod. Und sein Bild ermahnte mich, das drohende Verhängnis von ihm abzuwenden. Er sollte leben, das hatte ich Hatschepsut versprochen. Doch was ließ mich dann noch immer zaudern? Es war nichts als eine dunkle, vage Ahnung. Ich spürte, dass jener fremde, junge Mann, den ich kaum kannte, fähig war, großes Leid und Unglück über uns alle zu bringen. Das war es, was mir Angst einflößte.

„Was soll ich tun, Amun?", fragte ich verzweifelt.

Doch ich erhielt keine Antwort. Und wieder sah ich Senmut vor mir, seinen kräftigen, jungen Körper, sein schönes, ebenmäßiges Gesicht mit den leuchtenden Augen, die nun bald für immer erloschen sein würden. Nein, ich wollte ebenso wenig wie Hatschepsut, dass er sterben musste, gestand ich mir ein. Hatte ich ihn nicht in diese Angelegenheit überhaupt erst hineingezogen? Sein Tod würde also auch mein Gewissen belasten. Mit dieser Erkenntnis hatte ich mich endgültig entschieden. Doch welches Ausmaß diese Entscheidung später einmal haben sollte, das ahnte ich damals wirklich nicht.

Ich rief nach der vor der Tür wartenden Dienerin und befahl ihr, ein Bad zu richten und einige Leute in den Tempel zu schicken, um meine Sachen und Teje zu holen. Zu meiner Überraschung erfuhr ich, dass Hatschepsut dies alles bereits veranlasst hatte.

Nach dem Bad ließ ich mir ein sauberes Kleid bringen und von Teje sorgfältig schminken. Dann machte ich mich auf den Weg zu Pharao, denn außer Senmut gab es noch etwas weit Wichtigeres, das mir große Sorgen bereitete.

Der vor der Tür stehende Wächter meldete mich bei Pharao an, und ich wurde sofort vorgelassen.

Es war für mich das erste Mal, dass ich Pharaos Privatgemächer betrat. In meinen Gedanken war ich zwar schon oft hier gewesen, doch die wahre Pracht des Raums erfüllte mich nun mit Staunen. An allen vier

Wänden des Zimmers war Pharaos Abbild übergroß in Stein gemeißelt. Auf den Bildern wirkte er mächtig und Furcht einflößend. Alle Wände waren mit Blattsilber belegt, der Steinboden war mit erlesenen Mosaiken verziert. Ansonsten war der große Raum eher spärlich möbliert, was ihm eine ganz besondere Eleganz verlieh.

Pharao saß auf einem mit Löwenhäuptern verzierten Sessel und ließ sich gerade von einem Diener für das Nachtmahl schminken.

Ich verneigte mich vor ihm.

„Verzeiht die Störung, Majestät. Darf ich Euch einen Augenblick unter vier Augen sprechen?"

Thutmosis wirkte müde und abgespannt. Mein Kommen bereitete ihm sichtlichen Verdruss. Trotzdem gab er dem Diener mit einer Handbewegung zu verstehen, dass er sich entfernen sollte.

„Nun, was gibt es, Nenefer?"

„Hatschepsut war bei mir, Majestät. Sie hat mir erzählt, dass Ihr Thutmosis nach Memphis schicken werdet."

Pharao nickte.

„Warum gerade Memphis, Majestät?", fragte ich. „In Memphis ist die Garnison des Ptah stationiert. Memphis ist nach Theben die mächtigste Stadt Ägyptens."

„Thutmosis wird es nicht mehr wagen, zu intrigieren."

„Zu Euren Lebzeiten wohl kaum, Eure Majestät", entgegnete ich. „Aber was wird nach Eurem Tod geschehen? Euer Sohn weiß genau, worum es geht. Und wenn er auch keine besonderen Fähigkeiten besitzt, sein Recht wird er zu gegebener Zeit zu fordern wissen. Ich will damit sagen, solange Thutmosis lebt, kann Hatschepsut den Thron nicht besteigen."

„Oh Nenefer!", stöhnte Pharao auf. „Was willst du? Mich davon überzeugen, dass ich Thutmosis töten lassen muss? Nein! Auch wenn er eine einzige Enttäuschung ist, so ist er trotzdem mein Sohn. Und die Kinder, die er einmal zeugen wird, können ganz anders sein als er. Die Götter sollen über die Zukunft entscheiden, nicht ich. Bedenke, damals, als ich dich töten lassen wollte, hätte ich beinahe einen großen Fehler begangen. Noch einmal will ich nicht Gefahr laufen, eine Fehlentscheidung zu treffen."

„Ich sage ja auch nicht, dass Ihr Thutmosis töten lassen sollt. Aber könnt Ihr ihn nicht in eine unbedeutende Stadt in den Süden verbannen? Dort könnte er weit weniger Schaden anrichten."

„Bei Thutmosis kränklicher Verfassung wäre der Süden sein Tod. Thutmosis geht nach Memphis, und dabei bleibt es."

Ich nickte geschlagen.

„Wie Eure Majestät wünschen. Aber nach Eurem Tod wird Hatschepsut Thutmosis heiraten müssen, oder es wird zum Bürgerkrieg kommen", antwortete ich fest.

Pharao entgegnete nichts. Er wusste nur zu gut, dass ich recht hatte. Doch er war alt geworden, und ihm fehlte die Kraft, folgenschwere Entscheidungen zu treffen.

„Ich kann nicht anders, Nenefer", sagte er schließlich resignierend. „Die Götter werden einen Weg finden. Ihr Wille geschieht. Ich kann meinen einzigen Sohn nicht opfern. Ich kann nicht anders!"

Heute bewundere ich den Weitblick seiner damaligen Entscheidung. Damals hingegen missbilligte ich sie völlig. Doch ich musste mich fügen.

„Ich verstehe, Majestät. Aber ich hielt es für meine Pflicht, Euch auf die Konsequenzen Eurer Entscheidung aufmerksam zu machen."

„Hast du diese Konsequenzen auch Hatschepsut dargelegt?", fragte Pharao.

„Nein", antwortete ich. „Sie wird es noch früh genug selbst erkennen. Und ich bin sicher, sie wird dann die richtige Entscheidung treffen, nicht für sich, sondern für Ägypten."

„Wenn ich dich so reden höre", Pharao schüttelte ungläubig den Kopf, „dann kann ich es kaum glauben. Du sprichst wie eine alte, weise Frau. Kein Mensch würde glauben, dass du erst sechzehn bist, wenn er es nicht wüsste. Du wirkst Jahre älter und bist es innerlich wahrscheinlich auch. Hatschepsut fehlt diese Reife und Überlegenheit. Sie hat etwas von dem Wüstenwind an sich. Sie fegt dahin und reißt alles mit, was sich ihr in den Weg stellt. Sie wird auch Thutmosis mitreißen, wenn die Zeit dafür reif ist. Bewahren wir ihr ihre Unbeschwertheit, solange die Entwicklungen es erlauben."

„Ja, Majestät. Der Wille der Götter geschieht. Beugen wir uns ihrer Macht. Darf ich Eure Zeit noch einen Augenblick in Anspruch nehmen?"

Thutmosis nickte müde.

„Was habt Ihr mit dem jungen Senmut vor?"

Pharaos Gesicht verzog sich zu einer hässlichen Fratze. Seine grauen Augen verdunkelten sich.

„Ihr wollt ihn hinrichten lassen, nicht wahr?", nahm ich Thutmosis die Antwort ab. „Ich bitte Euch, tut das nicht. Auch ein einfacher Bauernsohn sollte von Pharao gerecht behandelt werden."

„Erst Hatschepsut und jetzt du! Es muss ein bemerkenswerter, junger Mann sein, der es innerhalb kürzester Zeit fertigbringt, meine beiden Töchter gegen mich aufzubringen."

Pharao überlegte eine Weile, und ich wartete geduldig. Ich wusste, es wäre falsch, noch mehr zu sagen, Pharao noch weiter zu bedrängen. Das würde seine Abwehr nur verstärken.

Schließlich atmete Thutmosis tief durch.

„Ich erwarte dich heute Abend zum Essen."

Ich war entlassen. Nachdem ich mich verneigt hatte, ging ich mit der Gewissheit hinaus, dass ich wenigstens mein zweites Ziel erreicht hatte.

In meinen Gemächern war Teje bereits eifrig damit beschäftigt, meine aus dem Tempel geholten Habseligkeiten in die dafür vorgesehenen Truhen und Schatullen zu verstauen. Ich wies sie an, weiterzumachen, während ich die anderen Diener hinausschickte. Bis zum Beginn des Nachtmahls bei Pharao hatte ich noch reichlich Zeit. So nahm ich mir einen Sessel, stellte ihn ans Fenster und genoss die letzten Sonnenstrahlen des Tages. Bewusst verdrängte ich alle Gedanken aus meinem Kopf, genauso wie ich es im Tempel oft geübt hatte. Was ich in den nächsten Tagen und Wochen brauchen würde, war Kraft. Und Kraft wächst ausschließlich aus Ruhe und innerer Ausgeglichenheit. Diese innere Ruhe musste ich unbedingt wiederfinden. Alle Erinnerungen, alle Trauer waren gut und berechtigt. Doch ich durfte auf keinen Fall zulassen, dass sie restlos von mir Besitz ergriffen, weiter an mir zehrten und mich schwächten, denn ich fühlte, dass die Zeit schwerwiegender Entscheidungen noch nicht hinter mir lag.

Gerade war es mir gelungen, mich in mein Inneres so zu versenken, dass ich die göttliche Kraft Amuns in mir spürte, da wurde ich erneut in die Gegenwart zurückgeholt. Teje meldete mir, dass ein Bote Pharaos darauf warte, vorgelassen zu werden. Ich erlaubte Teje, ihn hereinzuführen.

Der Mann verneigte sich vor mir und händigte mir dann zwei Schriftrollen aus.

„Dies schickt dir Pharao. Er legt es in deine Hand, was geschehen soll."

Ich dankte dem Boten und entließ ihn. Dann setzte ich mich wieder in meinen Sessel und rollte die erste der beiden Schriftrollen auf. Sie enthielt das von Pharao gesiegelte Todesurteil für Senmut. Ich griff nach der zweiten Rolle. Sie beinhaltete den ebenfalls von Pharao gesiegelten Befehl, Senmut freizulassen. Verwirrt betrachtete ich die beiden Dokumente in meinen Händen. Was bezweckte Thutmosis damit, dass er mir die Wahl ließ? Ganz sicher wollte er damit die Verantwortung für die Entscheidung von sich weisen. Doch warum nur? Fürchtete er, Senmut könnte doch reden? Nein, überlegte ich, das konnte nicht der Grund sein. Es musste mehr dahinterstecken.

Hätte ich damals gewusst, was ich heute weiß, ich hätte Pharaos Handlungsweise sicher verstanden. Doch damals ahnte ich nicht, dass auch Thutmosis manchmal die Gabe besaß, Entwicklungen unklar vorauszusehen.

Ich bin sicher, er erkannte, wenn auch nur verschwommen, welch zwiespältige Rolle das Schicksal Senmut zugedacht hatte. Nur darum entzog er sich der Entscheidung.

Ich wusste nichts und entschied mich ohne langes Zögern für die Freilassung. Doch nachdem ich einen Boten mit der Urkunde fortgeschickt und ihm befohlen hatte, Senmut zu mir zu bringen, kehrten plötzlich tief in meinem Innern die Ängste zurück, die sich nicht verdrängen ließen und die ich mir auch einfach nicht recht erklären konnte. Wie unter Zwang vernichtete ich die zweite, von Pharao gesiegelte Rolle, nicht, sondern legte sie sorgfältig in eine Schatulle, die ich dann in der Truhe verbarg, in der meine Kindersachen verwahrt waren, die hier darauf warteten, einmal in mein Grab gebracht zu werden. Allein das Wissen, dass diese Rolle sich noch immer in meinem Besitz befand und ich jederzeit Pharaos Urteil vollstrecken lassen konnte, beruhigte mich wieder ein wenig.

Schließlich kehrte der Bote zurück und meldete mir, dass Senmut da sei und darauf warte, vorgelassen zu werden. Ich ließ ihn eintreten. Er verneigte sich an der Tür und stand unschlüssig da, nicht recht wissend, was er nun tun sollte. Sein gestern noch reiner Lendenschurz war schmutzig. Bartstoppeln wucherten in seinem Gesicht, das müde und abgespannt wirkte.

„Komm her, nimm dir einen Stuhl und setz dich zu mir. Und du, Teje, geh jetzt bitte. Sorge dafür, dass uns niemand stört."

Teje verneigte sich und ging, während Senmut sich mir gegenüber auf einem Schemel niederließ. Er sah zwar mitgenommen aus, aber keinesfalls ängstlich.

„Pharao hat deinen Tod beschlossen", sagte ich kühl.

Senmut erwiderte nichts. Ich beobachtete sein Gesicht, doch es zeigte weder Furcht noch Schrecken. Es blieb ruhig, fast teilnahmslos.

„Ihre Hoheit, Prinzessin Hatschepsut, hat sich für dich eingesetzt."

Noch immer kam keine Reaktion von Senmut.

„Unter der Voraussetzung, dass du schwörst, niemals in deinem Leben zu erwähnen, was letzte Nacht passiert ist, bist du frei. Bist du dazu bereit?"

„Ja, Hoheit, ich schwöre es."

Ich nickte zufrieden, denn ich wusste, dass ich ihm in dieser Hinsicht vertrauen konnte.

„Gut, Senmut, wenn du diesen Schwur hältst, soll es nicht zu deinem Schaden sein. Ihre Hoheit, Prinzessin Hatschepsut, ist dir zu Dank verpflichtet. Darum nenne mir einen Wunsch, und ich werde versuchen, ihn dir, soweit es in meiner Macht steht, zu erfüllen."

Senmuts Augen wurden plötzlich lebendig. Die Starrheit fiel von ihm ab.

„Ich danke dir für deine Großzügigkeit. Da gibt es in der Tat etwas, das ich mir sehnlichst wünsche. Doch bis heute schien es in unerreichbarer Ferne zu liegen, auch wenn ich nie aufgehört habe, davon zu träumen."

„Nun, sprich!", unterbrach ich ihn.

„Seit meiner frühsten Jugend träume ich davon, Baumeister zu werden, mit an dem Erstellen der herrlichen Bauwerke teilhaben zu dürfen, die Ägyptens Größe preisen, und die Götter ehren. Bitte, Hoheit, hilf mir, einen Platz an der Schule für Baumeister und Architekten zu bekommen. Ich weiß, an dieser Schule werden normal nur Kinder adliger, einflussreicher oder wohlhabender Eltern angenommen. Trotzdem versuchte ich dort vorzusprechen. Aber man hat mich ausgelacht, meine Pläne und Entwürfe nicht einmal angeschaut. Ich habe dort nur eine Chance, wenn ich einen angesehenen Fürsprecher habe. Begabung und Talent zählen nicht, sondern nur Titel, Namen und Ämter. Darum suche ich dringend jemanden, der sich für mich einsetzt. Deine Fürsprache würde die Ablehnung mir gegenüber gewiss brechen."

„Und du glaubst, du hättest Talent?"

„Wenn ich davon nicht überzeugt wäre, Hoheit, hätte ich es nicht gewagt, dich zu bitten. Aber ich weiß genau, dass ich ein guter Architekt und Baumeister werden könnte, wenn man mir nur die Möglichkeit gäbe."

„Ein merkwürdiger Wunsch", entgegnete ich leichthin.

Doch tief in meinem Innern empfand ich es ganz anders. Ich spürte die Kraft, die in Senmut schlummerte, die vollkommene Begeisterung, die die Voraussetzung für Größe und Genialität war. Ich wusste plötzlich genau, dieser Mann war dazu ausersehen, einmal der größte Baumeister seiner Zeit zu werden. Er war von Amun dazu berufen, die Größe der Götter in Stein zu verewigen. Und in einer plötzlichen Vision sah ich wieder das Tal vor mir, das ich bei Neferubitys Begräbnis zusammen mit Hatschepsut besucht hatte. Und ich sah Senmut vor mir, der aus diesem Tal eine Kultstätte für die Götter und die lebende Göttin Hatschepsut machen würde. Es bestand für mich kein Zweifel mehr daran, dies war der Grund, warum Amun Senmuts Leben zu schonen wünschte. Doch gleichzeitig war da auch etwas Vernichtendes an Senmut, das mich nach wie vor beunruhigte. Nur den Ursprung und die Folgen dieses schlechten Omens konnte ich noch immer nicht erkennen.

„Darf ich dir einige meiner Pläne zeigen, Hoheit? Ich verstehe, dass du dich nicht für einen Mann einsetzen willst, von dessen Talent du nicht überzeugt bist."

Ich gebot Senmut mit der Hand zu schweigen und blickte ihm tief in die Augen.

„Ich weiß, dass du ein guter Architekt werden wirst. Ich sehe es deutlich in deiner Zukunft. Du brauchst mir also keine Beweise liefern. Ich werde dir auch so helfen. Nur muss ich dich warnen, Senmut. Du kannst groß und mächtig werden. Doch übersieh dabei niemals deine Grenzen. Denn sonst wirst du zu einer ernsthaften Bedrohung, und ich werde dich vernichten müssen."

Ich sah ihm immer noch tief in die Augen, sah seine Ungläubigkeit an meiner Prophezeiung. Und ich las in seinen Gedanken, dass er zwar an sich glaubte, doch an der von mir angekündigten Größe zweifelte er. Ich lächelte nachsichtig.

„Du kannst mir jetzt nicht glauben. Aber erinnere dich an meine Worte, wenn die Zeit da ist. Und jetzt geh bitte. Ich werde dir Nachricht zukommen lassen, sobald ich alles in die Wege geleitet habe."

Senmut stand auf, verneigte sich vor mir und ging. Nachdem er fort war, kam Teje herein und zündete die Lampen im Zimmer an. Es war dunkel geworden.

„Es ist Zeit, dass du dich fertig machst, Herrin. Das Mahl bei Pharao wird bald beginnen, und Pharao liebt es nicht, wenn jemand zu spät kommt."

Ich nickte zustimmend. Während Teje mir das dunkelblaue Trauergewand heraussuchte und mich schminkte, schweiften meine Gedanken noch einmal zu Senmut. Ich wusste jetzt, Amun wünschte heute sein Leben, doch unklar ahnte ich ebenso, dass er einmal seinen Tod wünschen würde. Noch einmal dachte ich an die versteckte Papyrusrolle und daran, warum ich mich nicht hatte entschließen können, sie zu vernichten. Doch dann fegte ich den Gedanken daran entschlossen fort, und mit der Zeit vergaß ich die Existenz der Rolle für viele Jahre völlig. Was ich jedoch nicht vergessen konnte, war Senmut. Er faszinierte und beängstigte mich gleichermaßen. Sein entschlossenes, zielstrebiges Vorgehen ließ mich deutlich seine kommende Größe ahnen. Und ich konnte nicht umhin, tief in meinem Herzen versteckt, Bewunderung für ihn zu empfinden. Ich beschloss, nach Möglichkeit noch am heutigen Abend nach einer passenden Gelegenheit zu suchen, Ineni, den Vorsteher der Architektenschule und obersten Baumeister seiner Majestät, meinen Wunsch vorzutragen. Die Befürchtung, dass Senmut meine Erwartungen nicht erfüllen könnte, kam mir nicht einen Augenblick in den Sinn. Seine von Amun bestimmte Aufgabe sah ich deutlich vor mir, und so wusste ich, dass sich mein Handeln mit Amuns Willen in Einklang befand.

Als ich dann an diesem Abend den königlichen Speisesaal betrat und der Türsteher den bereits wartenden Gästen bei meinem Eintreten meinen Namen und Titel verkündete, kam mir plötzlich erneut schmerzlich zu Bewusstsein, welch langen Weg ich innerhalb des einen vergangenen Tages zurückgelegt hatte. Es war etwas Endgültiges geschehen, das nicht mehr rückgängig gemacht werden konnte. Gestern hatten mich noch die schützenden Mauern von Amuns Tempel umgeben. Heute hingegen stand ich hier, im Palast Thutmosis I., im Zentrum der Macht. Irgendwo hier hatten die Götter mir in der Zukunft einen Platz in dem fein gewobenen Netz der Machtstränge zugedacht. Nur unklar nahm ich zur Kenntnis, wie die Versammelten sich von ihren Kissen erhoben und sich vor mir verneigten. Ich fühlte mich plötzlich hilflos und verlassen in diesem großen Bankettsaal zwischen all den Leuten, die irgendwo ein Rädchen in dem perfekt funktionierenden System der Verwaltung Ägyptens waren. Jeder hier hatte eine mehr oder minder wichtige Funktion bei Hof, und nur die Wenigsten von ihnen kannte ich. Deutlich spürte ich ihre neugierigen, fragenden Blicke, als sie sich wiederaufrichteten, wie eine Herausforderung auf mir ruhen. Und dann entdeckte ich zu meiner großen Erleichterung Hatschepsut, die bereits anwesend war und mir nun durch Winken andeutete, ich möge mich neben sie setzen. Dankbar folgte ich dieser Aufforderung. Kaum hatte ich mich neben ihr niedergelassen, öffneten sich die großen Flügeltüren erneut, und der Herold verkündete Pharaos Eintreffen. Alle Anwesenden warfen sich zu Boden, bis Thutmosis durch einen Wink die Erlaubnis gab, wieder aufzustehen. Erst jetzt setzten sich die Geladenen zurück auf ihre Kissen und langsam kamen auch die abrupt unterbrochenen Unterhaltungen wieder in Gang.

Pharao setzte sich auf seinen erhöhten Platz am oberen Ende des Saals. Auf sein Zeichen hin begannen die Diener für jeden Gast ein Tischchen zu bringen. Danach wurden große Tabletts mit köstlichen Speisen herumgereicht. Mundschenke füllten die Becher mit Wein.

„Hast du bei Pharao etwas erreicht?", fragte mich Hatschepsut schließlich, während sie sich den Teller mit Köstlichkeiten füllte.

Ich erzählte ihr von Pharaos Entscheidung und auch von meinem Gespräch mit Senmut. Nur von der zweiten Papyrusrolle sagte ich ihr nichts.

„Und du glaubst, er würde wirklich ein guter Architekt werden?", fragte Hatschepsut ungläubig, während sie nachdenklich an einer Hühnerkeule knabberte.

„Ich bin mir ganz sicher", antwortete ich.

„Gut", meinte Hatschepsut nach einem kurzen Augenblick des Zögerns. „Dann werde ich es übernehmen, Ineni zu überzeugen. Ich kenne ihn besser als du. Mir wird er den Wunsch bestimmt nicht abschlagen."

Ich nickte zustimmend, denn irgendwie war ich froh darüber, alles Weitere Hatschepsut überlassen zu können. Sollte sie sich nur um Senmut kümmern. Das ersparte es mir, weiter meine Gedanken an ihn zu verschwenden. Das hoffte ich wenigstens. Die Vorbereitungen für das Begräbnis meiner Mutter würden mich sicher die nächsten Wochen voll in Anspruch nehmen. So konnte und wollte ich es mir nicht leisten, meine Kräfte unnütz zu vergeuden.

Gewöhnlich dauerten die königlichen Essen bis tief in die Nacht. Und Pharao blieb fast immer bis zum Schluss. Doch an diesem Abend hielt Thutmosis es nicht lange bei seinen Gästen aus. Kurz nach dem Mahl verließ er den Saal wieder. Da niemand ohne wichtigen Grund den Saal vor Pharao verlassen durfte, hatte ich mich auf eine lange Nacht eingestellt. Doch nun war es mir möglich, früh zu gehen. Ich sehnte mich nach Ruhe und Frieden, nach der Einsamkeit meiner Gemächer. Deshalb verabschiedete ich mich von Hatschepsut und verließ unauffällig den Saal, in dem gerade die ersten Gaukler die Gäste Pharaos mit Kunststücken zu amüsieren begannen. Beim Hinausgehen stellte ich fest, dass einige der Gäste bereits zu tief in den Becher geschaut hatten, andere beobachteten mit schmachtenden Blicken ihre neuste Eroberung, wieder andere gaben sich dem letzten Klatsch hin, und einige, wenige erörterten nun, da Pharao gegangen war, seine vermeintlichen Pläne und Absichten. Doch nur die Wenigsten der Anwesenden ahnten tatsächlich etwas von der Proklamation, die Pharao zu dieser Stunde gerade seinem Schreiber diktierte. Diese Bekanntmachung sollte Ägypten in den nächsten Tagen und Wochen wie ein Faustschlag treffen, denn Pharao brach die Maat, indem er Hatschepsut offiziell zum Kronprinzen und Thronfolger erhob. Die vorgeschriebenen Krönungsfeierlichkeiten wurden für das Neujahrsfest festgesetzt, was nach Angabe der Astrologen der günstigste Tag sein sollte.

Von den Folgen dieser ungewöhnlichen Proklamation bekam ich wenig mit. Nur so viel weiß ich über die Reaktion zu sagen. Die einfache Bevölkerung nahm Pharaos Entschluss ruhig hin. Sie vertraute dem Einen völlig und glaubte, dass er bestimmt wisse, was für das Land gut sei. Nein, der Widerstand gegen diese Proklamation kam von ganz anderer Seite, von den Hohenpriestern der Tempel, die in einem Mädchen nicht die Reinkarnation der Götter sehen konnten, und aus dem Heer, das es für absurd hielt, von einer Frau in den Kampf geführt zu werden. Doch selbst in diesen Gruppen gab es Pharaotreue, die sich Pharaos Willen unterwarfen und Hatschepsut als Kronprinzen anerkannten. Bald bildeten sich unter den Oberen Ägyptens zwei Parteien, eine der Befürworter und eine der Gegner. Aber all dies geschah im Dunkeln. Jeder war sich darüber im Klaren, dass diese Angelegenheit erst endgültig entschieden werden würde, wenn Pharao zu Re geworden war.

Doch wie bereits erwähnt, kümmerte ich mich damals wenig um diese Geschehnisse und weiß darum auch nicht viel mehr darüber zu sagen. Die

Begräbnisvorbereitungen kosteten mich all meine Zeit und Kraft. Ich verbrachte die meiste Zeit im Tal der Königinnengräber, wo ich die Bauarbeiten am Grab meiner Mutter überwachte, die Arbeiter zur Eile antreiben ließ, die Bildhauer bei ihrer Arbeit beobachtete und die Inschriften für das Grab auswählte. Fast ebenso viel Zeit verbrachte ich im Tempel, in dem ich für das Ka meiner Mutter betete und den Göttern reichliche Opfer darbrachte, um ihren Zorn zu besänftigen. Auch wenn ich oft daran zweifelte, dass es mir je gelingen könnte, sie milde zu stimmen, so hielt ich es doch für meine Pflicht, mein Möglichstes zu versuchen.

Wenige Tage vor dem Neujahrsfest trugen wir meine Mutter zu Grabe. Um den Schein zu wahren, hatte sich Pharao auf Drängen Hatschepsuts bereit erklärt, den Sarg zu seiner letzten Ruhestätte zu begleiten. Auch Hatschepsut folgte ihm, sowie einige Freunde und Priester. Doch im Großen und Ganzen war es eher ein armseliges Häufchen, das sich an diesem Morgen auf den Weg in das Tal der Königinnen machte, nicht zu vergleichen mit dem langen Trauerzug, der Neferubity damals das letzte Geleit gegeben hatte. Auch die Beisetzungsfeierlichkeiten waren kurz und bescheiden, unwürdig einer Königsgemahlin. Pharao verließ mit seinem Gefolge bereits am Mittag das Tal wieder, und Hatschepsut folgte ihm. Nach ihnen schlichen sich nach und nach auch alle Bekannten und Freunde unauffällig fort, denn es gab hier nichts mehr, das von Interesse gewesen wäre. Neben dem bevorstehenden Krönungsfest war diese Beisetzung völlig ohne Bedeutung.

So kam es, dass ich bald mit Menech und den für die Zeremonie nötigen Priestern allein am Eingang des Grabs zurückblieb. Schweigend standen Menech und ich noch immer nebeneinander, als die Grabwächter den Eingang bereits verschlossen und an der Tür ihr Siegel angebracht hatten.

„Lass uns heute Abend gemeinsam in meinem Haus essen", brach Menech schließlich die bedrückende Stille.

Voll Dankbarkeit blickte ich ihn an, und mein Herz füllte sich plötzlich mit Wärme.

„Du bist wirklich gut zu mir, Menech. Und du hast auch für meine Mutter immer dein Bestes versucht. Wenn es einen Mann gibt, der es wirklich verdient hat, von mir Vater genannt zu werden, dann bist du es. Deswegen werde ich bald wieder mit dir essen, ganz bestimmt. Aber nicht heute. Ich danke dir für deine Treue und deinen Beistand. Trotzdem muss ich dich bitten, mich jetzt allein zu lassen."

„Nenefer", warnte Menech eindringlich. „Es ist nicht gut, dass du dich so in dich zurückziehst, dich von allen und allem absonderst. Das Begräbnis ist vorbei. Dein ganzes Leben liegt vor dir. Denk an deine Zukunft und vergiss, was geschehen ist. Ägypten steht vor großen Entscheidungen. Du darfst dich nicht länger abwenden und so tun, als ginge dich das alles nichts an. Komm heute Abend mit zu mir. Hapuseneb würde es mir gewiss nicht verzeihen, wenn ich dich heute Abend allein ließe."

Allein die Erwähnung seines Namens genügte, um die Sehnsucht nach ihm in mir zu wecken, mein Herz schneller schlagen zu lassen.

„Hast du Nachricht von ihm?", forschte ich und konnte meine plötzliche Erregung kaum verbergen.

Menech nickte lächelnd.

„Aber ich erzähle dir die Neuigkeiten nur, wenn du mitkommst."

„Einverstanden", gab ich mich geschlagen. „Ich werde kommen. Aber vorher muss ich im Tempel noch ein Gebet sprechen. Wartest du hier auf mich?"

Während Menech noch nickte, wandte ich mich bereits um und ging in den kleinen Andachtstempel, der unweit des Grabs meiner Mutter errichtet worden war. Obwohl er noch nicht völlig fertig gestellt war, brannten vor den darin aufgestellten Götterschreinen bereits Opferfeuer. An der Wand gegenüber vom Eingang war die lebensgroße Statue meiner Mutter aufgestellt. Vom Schein des Feuers beleuchtet, wirkte sie gespenstisch und geisterhaft. Kälte und Tod erfüllten den Raum. Einen Augenblick lang stockte mir der Atem, doch dann überwand ich den Schrecken, den der Hauch der Vergänglichkeit mir eingeflößt hatte. Ich ging hinein, kniete vor dem Schrein nieder und goss einige Tropfen kostbaren Opferöls in das Feuer. Die Flammen zischten auf. Was ich sah, gab mir die schreckliche Gewissheit.

„So bist du also verflucht, und ich kann nichts mehr für dich tun. Oh, ihr Götter!", stieß ich, von Verzweiflung gepeinigt, hervor. „Wie kann ich angesichts dieser Schuld weiterleben?"

Zitternd goss ich erneut etwas Öl ins Feuer. Abermals zischten die Flammen auf. In ihnen erblickte ich Hatschepsut, die Reinkarnation der Götter. Schützend breiteten die Götter ihre Hände über sie und straften jeden, der es wagte, sich gegen sie zu stellen. Abermals fühlte ich in mir die Gewissheit, dass mein Leben der lebenden Göttin gehörte.

„Ich nehme mein Schicksal an, ihr Götter", betete ich, von der Verzweiflung über das Los meiner Mutter immer noch niedergedrückt. „Zeigt mir, was ihr wünscht."

Noch ein drittes Mal ließ ich das Öl ins Feuer tropfen. Was ich in den Flammen erblickte, bestätigte mir eine meiner schrecklichsten Befürchtungen. Hatschepsut und der junge Thutmosis saßen nebeneinander auf dem Thron und regierten das Land gemeinsam.

„Das ist euer Wille?", fragte ich ungläubig.

Und die Antwort lag in der Luft.

„Ja, das ist unser Wille!", säuselte der Wind.

Schweigend, bewegungslos und tief betroffen saß ich da und schaute in die Flammen. Das Ka meiner Mutter war verflucht, musste auf ewig in der Finsternis wandeln. Und Hatschepsut? Mir schauderte, als ich den Sinn der göttlichen Offenbarung erkannte. Die Götter verschenkten ihre Gnade nicht einfach, sie erwarteten dafür immer ein Opfer. Ich hatte Opfer gebracht. Nun wusste ich, dass auch Hatschepsut ihr Opfer für Ägypten würde bringen müssen, ehe es ihr vergönnt sein würde, die Gnade der Götter zu spüren. Und es würde an mir sein, ihr den Willen der Götter kundzutun. Wie lächerlich erschien mir mit einem Mal der Gedanke an die bevorstehenden Krönungsfeierlichkeiten. Die Menschen planen. Die Götter aber bestimmen den Weg.

Ich verneigte mich drei Mal vor den Schreinen, dann stand ich auf und ging zu dem wartenden Menech. Jeder von uns stieg in seine Sänfte, und gemeinsam machten wir uns auf den Rückweg.

In Menechs Haus hatten die Sklaven bereits alles für das Essen vorbereitet. Es schien mir, als wäre Menech sich sicher gewesen, dass ich seine Einladung annehmen würde.

„Ich bitte dich, Menech, lass mich nicht noch länger warten, sondern erzähle", bettelte ich, während ein Sklave unsere Teller mit saftigem Antilopenfleisch füllte. „Was weißt du von Hapuseneb? Wann kommt er zurück?"

„Ich glaube, du vermisst ihn wirklich sehr, Nenefer."

„Seine Anwesenheit wäre für mich in der letzten Zeit sicher ein Trost gewesen", gestand ich.

„Das dachte ich mir. Darum schickte ich einen Boten zu ihm, der ihm von den Ereignissen hier Nachricht brachte. Doch du weißt ebenso gut wie ich, dass Hapuseneb trotzdem erst den Auftrag des Pharaos zu Ende bringen muss, bevor er an eine Rückkehr denken kann. Ich weiß, er wäre in dieser Zeit bestimmt lieber bei dir gewesen, anstatt die Garnisonen des Nordens zu inspizieren. Aber ein Befehl Pharaos ist Gesetz."

Ich nickte bedrückt.

„Wann wird er also kommen?"

Menech lächelte.

„Gestern Abend traf ein Bote von ihm bei mir ein. Hapuseneb befindet sich bereits auf dem Rückweg nach Theben. Wenn alles gut geht, wird er in sieben Tagen hier sein."

„In sieben Tagen schon?", rief ich freudig überrascht.

„Ja, Nenefer, in sieben Tagen. Aber", fuhr Menech plötzlich sehr ernst und etwas zögernd fort, „diese Neuigkeit ist nicht der eigentliche Grund, warum ich dich heute Abend zu mir gebeten habe. Ich möchte mit dir über etwas sehr Ernstes sprechen. Die Zeit der Trauer ist vorüber, Nenefer. Es ist für dich jetzt an der Zeit, an deine Zukunft zu denken. Ich weiß, Hapuseneb liebt dich, und ich glaube, du liebst ihn auch. Deine Mutter ist tot. Dein Vater ist Pharao. Pharao lebt für Ägypten. Du bist jetzt also allein. Und es ist nicht gut für dich, allein zu sein, schon gar nicht in diesen unsicheren Zeiten, die ganz bestimmt auf uns zukommen werden, wenn Pharao seine Proklamation wahr macht und Hatschepsut krönt. Du bist und bleibst eine Tochter Pharaos und darum auch ein Mittel, das zur Macht führen kann. Was du jetzt brauchst, ist Schutz, den Schutz einer starken Familie, damit dich niemand mehr zum Spielball seiner Interessen machen kann. Wir sind eine starke und mächtige Familie. Ich will dich bestimmt nicht drängen, aber ich glaube, du solltest ernsthaft darüber nachdenken, ob du nicht Hapusenebs Frau werden willst. Gewiss hast du bis heute noch nicht darüber nachgedacht. Aber du solltest es jetzt tun. Ich möchte dir ebenfalls sagen, dass Hapuseneb von dem Gespräch, das wir heute führen, nichts weiß. Und bestimmt ist es besser, er erfährt auch nichts davon. Er könnte sonst glauben, ich wollte mich in seine Angelegenheiten einmischen. Doch nichts liegt mir ferner als das. Ich weiß nur, dass du seit der Proklamation Pharaos wieder in den Blickpunkt des

Interesses geraten bist. Und Hapuseneb weiß das auch. Darum wird er dich bitten, seine Frau zu werden, sobald er zurück ist. Da bin ich mir sicher. Und du solltest auf diese Frage dann eine Antwort wissen."

„Warum erzählst du mir das, Menech? Warum wartest du nicht einfach ab, bis Hapuseneb mich fragt? Warum eilt es dir so? Sag mir die Wahrheit."

Ich fühlte, hier war etwas hinter meinem Rücken bereits bestimmt worden, von dem ich bisher nichts geahnt hatte.

„Ich will ehrlich zu dir sein, Nenefer. Du sollst die ganze Wahrheit erfahren. Es ist Pharaos Wunsch, dass du so schnell wie möglich heiratest. Deine Ehe gäbe ihm die Gewissheit, dass du für deinen Bruder unerreichbar bist. Das schützt dich ebenso wie Hatschepsut, denn nur eine von euch beiden könnte Thutmosis auf den Thron verhelfen. Pharao weiß schon lange von dir und Hapuseneb, von der engen Freundschaft, die euch verbindet. Kurz vor der Bekanntmachung der Proklamation rief er mich zu sich und fragte mich, welche Absichten Hapuseneb dir gegenüber habe. Falls er dich heiraten wolle, solle er sich erklären und dich nach seiner Rückkehr unverzüglich in den Tempel führen. Pharaos Zustimmung habt ihr also. Die meine ist euch ebenfalls gewiss. Und ich weiß, dass mein Sohn dich liebt, mehr liebt als sein Leben. Er wird dich fragen, sobald er zurück ist, und du solltest mit der Antwort nicht zögern."

„Ich verstehe", entgegnete ich leise. „Das alles hat Pharao wieder einmal gut durchdacht und geplant."

„Nenefer", mahnte Menech. „Wenn du Hapuseneb liebst, sollte es dir gleichgültig sein, warum Pharao eure Beziehung begünstigt. Was wirklich zählt, ist euer Glück, nicht das Wie und Warum es zustande kommt. Die Heirat einer Prinzessin ist immer eine politische Entscheidung. Schätze dich glücklich, dass bei euch die Liebe dazu kommt, denn das ist nur selten der Fall. Zögere darum nicht zu lange, denn sonst könnte Pharao es sich am Ende anders überlegen."

„Du hast recht", gestand ich ein. Doch mein Widerwille gegen Pharaos Intrige blieb.

„Ich weiß, du bist klug genug, um nicht allzu lange nach Gründen zu fragen, warum Pharao dich verheiratet sehen will. Du wirst doch mit Hapuseneb in den Tempel gehen, wenn er dich fragt?"

„Ja, Menech, das werde ich", antwortete ich fest.

Und das gleiche antwortete ich Hapuseneb, als er sechs Tage später, fast in der Nacht, vor meinen Gemächern stand und Einlass begehrte. Seine Kleider und sein Körper waren noch staubig vom Schmutz der Landstraße. Und ich wusste sofort, er war ohne Umwege zu mir gekommen, hatte sich nicht einmal die Zeit genommen, zu baden und seine Kleider zu wechseln.

„Ich fürchtete, du könntest sonst schon schlafen", entschuldigte er sich.

Ungeachtet des Schweißes und Schmutzes sank ich in seine Arme. Es gab nichts mehr, was uns trennte. Das glaubte ich jedenfalls in diesem Augenblick. Seine Küsse bedeckten mein Gesicht und blieben schließlich auf meinem Mund liegen. Ich spürte, wie seine erste Zärtlichkeit Verlangen wich, einem Verlangen, das ich bisher nicht gekannt hatte. Die Heftigkeit seiner Küsse weckte in mir die Frau, die bereit war zu geben. Seine Leidenschaft ging auf mich über, weckte bisher tief in mir verborgene Sehnsüchte. Ich ließ es zu, dass seine Hände meinen Körper ertasteten, ihn entdeckten, auf eine Art, die für mich völlig neu war. Mein Kleid fiel zu Boden. Sein starker Körper drückte mich auf das Ruhebett. Sein Mund liebkoste meinen Körper. Seine Hände erkundeten das schmale Dreieck zwischen meinen Schenkeln und weckten in mir eine bisher unbekannte Begierde. Ich spürte die starke Schwellung seines Glieds, das sich an mich drängte, lange bevor er seinen Lendenschurz beiseite warf, in mich eindrang und mich zur Frau machte.

Hinterher lagen wir lange schweigend, erschöpft, aber glücklich nebeneinander.

„Ich liebe dich, Nenefer", flüsterte er schließlich zärtlich in mein Ohr. „Wie lange habe ich auf die heutige Nacht gewartet. Wie oft wollte ich dich schon fragen, aber immer hatte ich Angst, du könntest mich zurückweisen. Ich kenne dich so gut und doch bist du mir manchmal wieder völlig fremd gewesen. Doch seit der heutigen Nacht kann es keine Zweifel mehr geben. Du gehörst zu mir. Lass uns gemeinsam in den Tempel gehen und den Krug zerbrechen."

„Ja", antwortete ich und küsste ihn.

Eng umschlungen schliefen wir nebeneinander ein in dem Bewusstsein, dass uns nichts mehr trennen könnte.

Doch der innere Frieden, der mich beim Einschlafen durchströmte, sollte nicht lange währen. Wenige Stunden später wachte ich schweißgebadet, von Entsetzen gepackt, auf. Noch immer glaubte ich den stechenden Blick der Lebensgöttin auf mir zu fühlen. Ihr böses, giftiges Zischen dröhnte weiter in meinen Ohren. Ich wollte aufschreien, meine Angst hinausrufen. Doch der Schrei blieb mir in der Kehle stecken. Es dauerte einige Augenblicke, bis ich mir der Tatsache bewusstwurde, dass es ein Traum gewesen war, der mich und Hapuseneb bedrohte. Trotzdem wollte meine Furcht nicht weichen. Eine böse Ahnung überkam mich und wurde langsam zur quälenden Gewissheit. Der Zorn der göttlichen Kobra umgab uns. Ihre Rache verfolgte uns. Sie versuchte, sich zwischen uns zu drängen. Und deutlich fühlte ich, dass ich kein zweites Mal gegen sie bestehen würde.

Drei Tage später ruhte in ganz Ägypten die Arbeit. Es war der Tag des Neujahrsfestes, der Tag, an dem sich die Göttin Sopdet kurz vor Sonnenaufgang im Osten am Himmel gezeigt hatte. Es war ebenfalls der Tag, an dem Pharao seine Tochter Hatschepsut zum Erben des Reichs krönen würde.

Die Nacht zuvor hatte Hatschepsut allein im Allerheiligsten des Amuntempels verbringen müssen. Seit alters her erscheint dem auserwählten Horus in der Nacht vor seiner Krönung in der heiligen Halle der große Gott Amun, um den Herrscher und seine Regierungszeit zu segnen. Die alten Schriften verkünden, dass der Thronerbe, dem Amun in jener Nacht nicht begegnet, der falsche Thronfolger ist. Er darf den Thron nicht besteigen. Würde er es trotzdem tun, brächte er großes Unglück über das Land. So wird seit Jahrhunderten die Nacht vor der Krönung als die Bewährung für den neuen Horus angesehen. Und Hatschepsut bestand in jener Nacht vor den Göttern. Was Amun ihr offenbarte, vermag ich nicht zu sagen. Sie sprach nie über das, was ihr in jener Nacht im Tempel widerfuhr. Doch als ich sie am Morgen darauf sah, kurz bevor sie sich mit Pharao und dem gesamten Hofstaat erneut auf den Weg zum Tempel begab, erstrahlte in ihren Augen ein göttlicher Glanz. Ihre Gesichtszüge hatten alles Leichtfertige, Kindliche, Ungestüme eingebüßt. Sie war zu einer reifen, schönen Frau geworden, der schönsten Frau, die ich je gesehen habe. Ihr Kleid bestand aus feinen Goldplättchen, die eng ihren Körper umschmiegten und jeden ihrer Schritte zur Qual werden ließen, denn das schwere Goldgewand drückte auf ihren Körper. Auf ihrem Kopf saß eine Prunkperücke, die aus hunderten schweren Zöpfen bestand. Darauf glänzte majestätisch das Königinnendiadem. Ihr Gesicht war mit feinem Goldstaub bedeckt, das sie dem Irdischen zu entrücken schien. Nur ihre dunklen, funkelnden Augen verrieten dem Betrachter, dass sie lebendig war.

Im Vorhof des Palasts warteten bereits die beiden Sänften, die Pharao und Hatschepsut zum Tempel bringen sollten. Es waren thronähnliche Stühle, an denen lange Stangen befestigt waren. Diese nahmen je acht nubische Träger in blauer, königlicher Galauniform auf die Schultern, damit die beiden Hauptpersonen des Tages von allen gut gesehen werden konnten. Den Sänften folgte der ganze Hofstaat, ebenfalls angetan mit prächtigen Gewändern, Perücken und schwerem Goldschmuck. Unter all diesen Leuten erblickte ich zu meiner großen Überraschung auch Senmut. Er stand bei den treuen Gefolgsleuten der Prinzessin. Verwundert fragte ich mich, was Hatschepsut veranlasst haben mochte, ihn bei ihrer Krönung dabei haben zu wollen? Stimmte es am Ende gar, dass er zu einem ihrer Günstlinge geworden war?

Der Zug setzte sich langsam in Bewegung, erreichte bald den Nil und begab sich auf die bereitstehenden, königlichen Prunkboote. Entlang des Nils warteten bereits seit den frühen Morgenstunden

Menschentrauben geduldig darauf, einen kurzen Blick auf den Gott und seine Tochter zu erhaschen. Jubelrufe erschollen, als die Sänfte Pharaos, gefolgt von der Hatschepsuts, wieder an Land getragen wurden. Bis zum Tempel säumten begeisterte, fröhliche Menschen den Weg. Die Begeisterung dieser einfachen Menschen übertrug sich auf jeden von uns. Jeder fühlte tief in seinem Herzen, dass dies ein ganz besonderer Tag für das Land war. Nur aus einigen Gesichtern wollte die Finsternis nicht weichen. Sie missbilligten Pharaos Handeln zutiefst.

Die Tore des Amuntempels waren weit geöffnet, als der Zug dort eintraf. Überall im Vorhof brannten Opferfeuer. Die Luft war erfüllt von Weihrauch und Myrrhe. Menech, angetan mit dem Leopardenfell, das seine Oberpriesterwürde kundtat, stand vor dem Tempeleingang und wartete hier geduldig auf Pharao und seine Tochter. Langsam und schwerfällig erhob sich Pharao aus seiner Sänfte, schritt zu Hatschepsut hinüber, reichte ihr die Hand und führte sie in den Tempel. Dort knieten sie gemeinsam vor dem goldenen Bildnis Amuns nieder, das anlässlich dieses großen Tages hier aufgestellt worden war, und erflehten die Gnade der Götter. Danach erhob sich Thutmosis, nahm der knienden Hatschepsut das Königsdiadem vom Kopf und setzte ihr die beiden Kronen Ober – und Unterägyptens auf das Haupt. Die umherstehenden Priester stimmten eine göttliche Hymne an, während Pharao Hatschepsut den goldenen Pharaonenbart ums

Kinn band und ihr Geißel und Krummstab in die über der Brust gekreuzten Hände legte. Langsam und bedächtig erhob sich Hatschepsut und wandte sich den Anwesenden zu. Diese warfen sich ehrfürchtig vor ihr zu Boden und erhoben sich erst, als ein Wink des neu gekrönten Horus es ihnen erlaubte. Da erst brach die Menge in Hochrufe auf den Thronfolger aus. Nur einigen wollte es nicht gelingen, ihre finstere Stimmung zu verbergen. Doch selbst in dieser Stunde streifte Pharaos Blick wachsam alle Anwesenden. Ihm entging keine der Reaktionen seiner Gefolgsleute. Und ich war mir plötzlich sicher, dass schon bald einige einflussreiche Personen ihre Ämter verlieren würden.

Hatschepsut schritt gemeinsam mit Pharao in den Vorhof des Tempels, um dort dem Gott einen Stier zu opfern und aus dessen Eingeweiden die Zukunft deuten zu lassen. Ich merkte, es fiel ihr schwer, unter der Last der Doppelkrone zu gehen. Doch sie wusste genau, dass alle Augen auf sie gerichtet waren, auf eine Schwäche von ihr warteten, und so ertrug sie die Qual, ohne auch nur einmal das Gesicht zu verziehen. Sicher und ohne Zögern stieß sie das Opfermesser in den an seinen Beinen gebundenen Stier. Furchtlos, fast kühl, stand sie daneben, als die Priester dem Tier die Innereien entnahmen und auf dem Altar ausbreiteten. Nach langer und eingehender Prüfung der Windungen und Gänge der Innereien verkündete der für seine treffenden Prophezeiungen berühmte Priester Hapi: „Du bist göttlich, Kronprinz! Von Amun gesegnet!

Trotzdem wird die Prüfung, die er dir auferlegt, bevor er dir endgültig seinen Segen schenkt, schwer sein. Vergiss in dieser schweren Stunde nicht, dass du Ägypten liebst. Tue, was getan werden muss. Nur so kannst du vor den Augen der Götter bestehen und einst als Horus zu Re aufsteigen."

Schweigen breitete sich unter den Versammelten aus. Die Prophezeiung des Priesters ließ kommende Konflikte ahnen. Selbst Pharaos Gesicht verfinsterte sich. Er hatte sich einen glücklicheren Spruch erhofft. Nur Hatschepsut verzog keine Miene. Entschlossen erwiderte sie: „Ich nehme die Prüfung der Götter auf mich. Ich werde Amun beweisen, dass ich würdig bin, seine Tochter zu sein."

Alle starrten gebannt zu ihr hinüber. Das Schweigen brach. Hochrufe erschollen. Hatschepsut hatte die Lage gemeistert. Es war das erste Mal, dass ich sie uneingeschränkt bewunderte, ihren Mut und ihre Stärke deutlich spürte. Sie würde ein guter Horus werden.

Thutmosis II.

Es sollten zehn Jahre vergehen, bis der Traum, der an diesem Neujahrsfest geträumt wurde, Wirklichkeit werden konnte, bis die Verheißung sich erfüllte und Hatschepsut sich die wahre und uneingeschränkte Herrscherin über Ägypten nennen durfte. Die Jahre dazwischen wurden von schwerer Arbeit, harten Prüfungen und vielen Niederlagen geprägt. Doch am Ende wartete der Horusthron. Das wusste Hatschepsut, und daraus schöpfte sie die Kraft, nicht zu verzagen, sondern mutig ihren Weg weiterzuverfolgen.

Auch ich stand nach der ersten Krönung Hatschepsuts an einem Wendepunkt meines Lebens. Nachdem Hapuseneb und ich uns einig geworden waren, ließ Pharao für unsere Hochzeit alle Vorbereitungen treffen. Die Astrologen wurden befragt, und sie errechneten den 12. Tag des dritten Monats des Perit als den günstigsten für unsere Vermählung. Alles war geregelt. Unserem Glück schien nichts mehr im Weg zu stehen. Wir erwarben sogar unweit des Palasts das Haus eines erst vor kurzer Zeit in die Verbannung geschickten Hofbeamten, welches wir nach unserem Geschmack umbauen und einrichten ließen. Ich verbrachte sehr viel Zeit damit, dem Gärtner meine Vorstellungen von den Blumenbeeten und Zierbrunnen zu erklären, die ich mir für unseren Garten wünschte. Voll Spannung verfolgte ich, wie das Haus von Tag zu Tag mehr zu dem wurde, was ich mir für uns erträumte, und bald wartete das Anwesen nur noch darauf, uns nach der Hochzeit aufzunehmen. Ich freute mich auf den Einzug, und wann immer ich ein wenig Zeit übrig hatte, schlenderte ich durch die Zimmer des Hauses, stellte diese oder jene Statue um, rückte die eine oder andere Truhe an einen anderen Platz, und manchmal glaubte ich sogar, dabei zuschauen zu können, wie die Pflanzen im Garten gediehen. Ich liebte das Haus und die Hoffnungen, die ich damit verknüpfte. Trotzdem hatte ich manchmal, wenn ich das Haus betrat, das Gefühl, in einen schönen Traum zu versinken, der niemals Wirklichkeit werden konnte. Aber dieses Gefühl verflog ebenso schnell wieder, wie es gekommen war, und ich dachte nicht weiter darüber nach.

Weit mehr beunruhigten mich die Nächte, in denen ich glücklich und zufrieden an Hapusenebs Seite schlief. Ich weiß nicht mehr, wie viele es waren. Doch ich erinnere mich genau, dass es genauso viele Nächte waren, in denen ich von Angst gepeinigt aufwachte. Es war immer der gleiche Traum, der mich zu Tode erschreckte und mich das Fürchten lehrte. Hapuseneb und ich gingen gemeinsam in den Tempel. Wir gaben uns das Eheversprechen und zerbrachen miteinander den Krug. Doch aus den Scherben des zerbrochenen Krugs erhob sich wütend zischend eine Königskobra. Sie starrte Hapuseneb an, schlängelte sich an ihm empor, wandte sich um seine Beine, seinen Körper bis hinauf zu seiner Brust. Sie öffnete ihr Maul, und ihr Giftzahn grub sich in Hapusenebs Herz. Ich stand daneben, völlig gelähmt vom Anblick der Schlange, unfähig zu helfen.

Ich ahnte die Bedeutung des Traums, den Fluch, der auf unserer Verbindung lastete. Deshalb erzählte ich Hapuseneb davon. Doch der lächelte nur nachsichtig und meinte: „Musst du denn immer und überall Unglück voraussehen? Nichts kann uns trennen, Nenefer, nichts!"

Damit zerstreute er meine Ängste und Zweifel vorerst. Doch meine Träume blieben, und mit ihnen kehrten meine Ängste zu mir zurück.

Der Tag unserer Hochzeit rückte näher, und ich spürte deutlich, wie die Kräfte der Veränderung von mir Besitz ergriffen. Immer häufiger beunruhigte mich eine innere Zerrissenheit, die es mir nicht gönnte, mein Glück zu genießen, sondern die mich mit Zweifeln plagte und mich immer öfter das Fürchten lehrte. Doch den Grund hierfür erkannte ich erst viel später, in jenen Tagen, als mein Herz völlig frei geworden war von persönlichen Gefühlen und Interessen und sich ganz dem Willen der Götter geöffnet hatte. Da sah ich, was meine Liebe zu Hapuseneb verdunkelte und die Ursache für meine innere Zerrissenheit gewesen war. Auf der einen Seite spürte ich deutlich den Willen der Götter in mir, die Hapuseneb und mich füreinander bestimmt hatten und unsere Verbindung segneten. Aber ihnen entgegen erhob sich drohend die Schlangengöttin, die noch immer zürnte und auf ihr Opfer wartete. Und dies sollte, dies musste sie bekommen. Doch wie gesagt, ich spürte nur die Zerrissenheit in meinem Innern, aber ich vermochte die Warnung nicht zu deuten. Und so musste das Schicksal seinen Lauf nehmen.

Es geschah drei Tage vor unserem geplanten Hochzeitstag. Hapuseneb brach wie jeden morgen früh auf, um auf dem Exerzierplatz vor den königlichen Pferdeställen einige Runden mit dem Kampfwagen zu drehen und vom fahrenden Wagen den Speerwurf zu proben. Kein Vorzeichen deutete an diesem Morgen auf das Unglück hin, das sich ereignen würde. Nichts warnte mich. Alles schien genauso wie sonst. Und doch weiß ich heute, dass ich bereits viel früher gewarnt worden war. Nur hatte ich den Sinn dieser Warnung nicht verstanden. So kam das drohende Verhängnis über uns. Der Zorn der Göttin entlud sich. Ihr Fluch erfüllte sich.

Eine Giftschlange kreuzte Hapusenebs Wagen. Die Pferde scheuten. Hapuseneb konnte sich nicht halten. Er stürzte vom Wagen und fiel dabei so unglücklich, dass der Dolch, der in seinem Gürtel steckte, sich in seinen Unterleib bohrte. Zwar überlebte er den Unfall, doch als Folge des Unfalls blieb ein Gebrechen zurück, das kein Arzt zu heilen vermochte. Fortan sollte ihm die Fähigkeit zur körperlichen Liebe für immer versagt bleiben. Die Göttin hatte ihren Tribut erhalten.

Und ich hatte Hapuseneb für immer verloren, denn er lehnte es entschieden ab, mich trotzdem zu heiraten. Ich bot alle meine Überredungskünste auf, erklärte ihm, dass die Harmonie zweier Seelen für eine Ehe viel bedeutender sei als das körperliche Zusammensein. Die Leidenschaft verging, während die Harmonie währte. Aber meine Worte erreichten ihn nicht. Sein Stolz verschloss uns den gemeinsamen Weg. Und so sah ich schließlich ein, dass ich mich in das Unvermeidliche fügen musste.

Schon bald nach seiner Genesung bat Hapuseneb Pharao, ihm weit weg von Theben eine Aufgabe zu übertragen, und Thutmosis gewährte diese Bitte. Er ernannte Hapuseneb zum Oberpriester des Isistempels bei Assuan und ließ ihn ziehen.

Sein Schiff legte früh morgens am 5. Tag des 2. Monats des Schemu vom Kai ab. Ich erinnere mich noch heute an den Ausdruck des Schmerzes, den der Abschied auf sein Gesicht schrieb.

„Leb wohl, Nenefer", stieß er bekümmert hervor, während er mich zum Abschied umarmte. „Vergiss nicht, wenn du mich je brauchst, werde ich da sein. Eine Botschaft genügt, und ich werde zu dir eilen."

„Bitte bleib doch!", stammelte ich. „Lass mich nicht allein. Ich liebe dich doch."

„Nein!", erwiderte er fest. „Es ist für uns beide besser, wenn ich gehe. Du brauchst einen Mann, Nenefer, nicht mich."

Energisch schüttelte ich den Kopf.

„Du irrst, Hapuseneb. Was die Götter zusammengefügt haben, soll der Mensch nicht trennen. Und ich bete inständig zu Amun, dass du das erkennst, bevor es zu spät ist."

Er lächelte wehmütig. Dann ging er an Bord. Ich sah, wie das Schiff vom Ufer ablegte, die Segel setzte und den Fluss hinab fuhr. Schluchzend flüchtete ich mich in Menechs Arme. Beide blieben wir am Ufer stehen, bis die weißen Segel des Schiffs am Horizont verschwunden waren. In diesem Augenblick wusste ich, dass es für Hapuseneb und mich keine gemeinsame Zukunft mehr geben konnte.

Bedrückt verabschiedete ich mich von Menech, dessen Herz in diesem Augenblick genauso blutete wie das meine. Dann ließ ich mich von meinen Sänftenträgern zurück zum Palast bringen. Aus der Ferne sah ich das Haus, das Hapuseneb und ich hatten beziehen wollen. Ich beschloss, es so schnell wie möglich zu verkaufen, denn ich hoffte, mich dann schneller mit dem Verlust, der mich getroffen hatte, abfinden zu können. Nichts sollte mich mehr an die Vergangenheit mit ihm erinnern. Nur so konnte ich die Kraft finden, zu vergessen. Das hatte ich an diesem

Morgen eingesehen. Mit dieser Erkenntnis fühlte ich eine ungeheure Erschöpfung in mir aufsteigen, die ich in den letzten Wochen mühsam unterdrückt hatte. Doch schon seit einiger Zeit wachte ich morgens müde und zerschlagen auf, von einer Übelkeit gepeinigt, die ich mir nicht erklären konnte. Allein mein Kampf um Hapuseneb hatte mir keine Zeit gelassen, mich um meinen eigenen Zustand zu sorgen. Nun aber hatte ich diesen Kampf verloren, und plötzlich spürte ich umso drückender meine eigene körperliche Unzulänglichkeit. Waren das Bangen um Hapusenebs Leben, der Hoffnungsfunke und dann der unwiederbringliche Verlust zu viel für mich gewesen? Oder hatte die Schlangengöttin einen weiteren Fluch über mich verhängt, mich ebenfalls mit Krankheit geschlagen? Ich wusste es nicht. Doch ich spürte deutlich, wie schwer mir jeder Schritt fiel, den ich von der Sänfte in meine Gemächer zurücklegen musste, der Schwindel, der mich erfasste und mich mit sich fortzutragen drohte. Erleichterung erfüllte mich, als ich den langen Gang erreichte, an dessen einem Ende meine Gemächer begannen, am anderen Ende die Hatschepsuts. Nur noch wenige Schritte, so sagte ich mir, dann hatte ich es geschafft, dann konnte ich mich hinlegen und ausruhen. Die beiden Wächter, die den Eingang meiner Gemächer bewachten, öffneten mir die Tür. Schon glaubte ich, alles überstanden zu haben, da entdeckte ich zu meiner Überraschung Hatschepsut, die wartend auf der Fensterbank saß und sich sonnte.

„Ich bin froh, dass du endlich kommst, Nenefer", sagte sie und in ihren Augen entdeckte ich das gleiche Mitleid, das Hapuseneb und mir nach dem Unfall von überall her zuteil geworden war. Dieses Mitleid war es, das Hapuseneb nicht hatte ertragen können und das ihn fortgetrieben hatte.

„Wie geht es dir? Wie fühlst du dich?"

Plötzlich veränderte sich der Ausdruck in ihrem Gesicht. Besorgt fuhr sie fort: „Was hast du denn? Bei den Göttern, du bist ja ganz weiß im Gesicht."

„Mir geht es gut", wehrte ich ab und ließ mich erleichtert auf einen Stuhl sinken, froh darüber, endlich sitzen zu können.

„Fühlst du dich wirklich gut?", fragte Hatschepsut skeptisch.

„Ja, wirklich. Was gibt es? Was führt dich zu mir?"

„Ich wollte dich ein wenig aufheitern. Deshalb habe ich dir dies hier mitgebracht. Aber jetzt weiß ich nicht, ob ich dich nicht vielleicht lieber allein lassen sollte."

„Nein, nein", wandte ich ein und blickte, Interesse vortäuschend, auf die Papyrusrolle in ihrer Hand. Zwar wünschte ich mir eigentlich, sie würde gehen. Doch ich wollte ihr meine Schwäche auf keinen Fall eingestehen.

„Es sind erste Pläne für meinen Tempel", fuhr Hatschepsut begeistert fort. „Noch sind es zwar nur

Skizzen, aber trotz allem weiß ich, dass sie genau das darstellen, was ich mir erträumt habe. Oh Nenefer, du hattest wirklich recht. Dieser Senmut wird einmal ein ausgezeichneter Architekt werden. Sobald er die Schule beendet hat, werde ich ihn damit beauftragen, meinen Tempel zu bauen. Sieh dir das nur an."

Obwohl ich mich entsetzlich fühlte, mich nach meinem Bett sehnte und mir die Skizzen im Augenblick völlig gleichgültig waren, war mir das Funkeln in Hatschepsuts Augen nicht entgangen, welches sich bei Senmuts Namen bei ihr eingestellt hatte. Und wieder fragte ich mich, welche Rolle dieser Senmut für Hatschepsut zu spielen begann. Der Gedanke erschreckte mich ein wenig. Trotzdem wunderte ich mich andererseits nicht allzu sehr. Die Götter waren es gewesen, die Senmuts Weg mit dem Hatschepsuts gekreuzt hatten. Lenkten nicht sie die Geschicke? Kannten nicht sie allein die Zukunft?

Ich gab mir alle Mühe, meine Schwindelgefühle und meine Übelkeit vor Hatschepsut zu verbergen. Einen Augenblick lang glaubte ich sogar, dies könnte mir gelingen. Ich ging zu dem Tisch, an dem Hatschepsut begonnen hatte, die Skizzen auszubreiten. Doch dort angekommen, spürte ich einen erneuten Schwächeanfall. Alles um mich begann sich zu drehen, meine Beine versagten den Dienst, und ich fiel in ein tiefes, schwarzes Loch.

Als ich endlich wieder zu mir kam, war mein erster Gedanke, dass sich in meinem Leben abermals etwas Grundlegendes verändern würde. Ich fühlte es sofort, auch ohne zu wissen, was die Ursache für diese Annahme war. Als ich mich dann umsah und Pharao, Nachmet, den Leibarzt Pharaos, und Hatschepsut erkannte, die mich mit ernsten und besorgten Gesichtern anstarrten, sah ich meine Ahnung bestätigt. Das verhängnisvolle Schweigen, in das sie sich hüllten, ließ mich erschaudern. War es eine unheilbare Krankheit, an der ich litt? Hatte die Schlangengöttin meinen Tod beschlossen?

„Ich glaube, ich kann mich jetzt zurückziehen, Majestät. Es besteht kein Grund mehr zur Besorgnis. In der nächsten Zeit braucht sie viel Ruhe, dann wird sie ihre Schwäche bald überwunden haben."

Nachmet verneigte sich und ging hinaus. Hatschepsut warf mir noch einen kurzen, mitleidigen Blick zu, dann folgte sie dem Leibarzt wortlos. Nur Pharao blieb zurück. Als ich forschend in sein Gesicht blickte, wirkte er grauer und fahler denn je. Sein Gesicht war von Falten durchfurcht, die von der Last seines Amts gezeichnet waren. Er war unverkennbar alt und müde geworden, sehnte sich nach Ruhe und Frieden.

„Wie lange weißt du es schon?", fragte er.

„Was, Majestät?", fragte ich überrascht.

„Nenefer!", entgegnete Pharao scharf. Seine Augen wurden lebendig, bekamen einen Augenblick lang den alten, falkenhaften Glanz. Doch dann erlosch das Feuer wieder. Die Schärfe wich.

„Mir scheint, du weißt es wirklich nicht. Das erleichtert mir meine Aufgabe nicht gerade."

Thutmosis begann unsicher im Raum hin und her zu gehen. Seine angespannten Gesichtszüge verrieten mir, dass er angestrengt überlegte. Schließlich setzte er sich auf einen Stuhl neben mein Bett und blickte mir ernst ins Gesicht.

Ängstlich richtete ich mich auf. Was war nur geschehen, das ihn in solche Aufregung versetzte?

„Gut, Nenefer, du weißt es nicht, darum werde ich es dir sagen müssen. Du erwartest ein Kind, und wenn Nachmet sich nicht irrt, wird es in fünf bis sechs Monaten zur Welt kommen."

Ungläubig starrte ich Pharao an. Doch der verzog keine Miene. Da wusste ich plötzlich, dass es wahr war, dass es wahr sein musste. Fast wollte ich jubeln, denn mein erster Gedanke galt Hapuseneb. Nun würde er zurückkommen und mich heiraten. Der Verantwortung für das Kind würde er sich niemals entziehen. Schließlich war es das einzige Kind, das er je haben konnte. Aber diese erste Freude wich sogleich der Erkenntnis, dass ich Hapuseneb nicht zurückrufen durfte. Ja, gewiss, er würde kommen. Nur was erwartete ihn hier? Weiteres Mitleid, das man ihm entgegenbringen würde, ihm und mir, der verheirateten Frau ohne Mann. Würde sich dieses Mitleid nicht am Ende gar in Spott wandeln? Und gerade das war es gewesen, wovor Hapuseneb sich gefürchtet hatte. Nur allein konnte er die Kraft finden, mit seinem Schicksal fertig zu werden. Die zusätzliche Belastung einer Frau und eines Kindes würde er nicht ertragen können, ohne sich dabei selbst zu zerstören.

„Ich glaube", fuhr Thutmosis nach einiger Zeit fort, „du verstehst, dass schnell eine Lösung für das Problem gefunden werden muss. Ich könnte Hapuseneb zurückrufen. Er würde sich jetzt nicht mehr weigern können, dich zu heiraten. Er würde das Kind davor bewahren wollen, als Bastard auf die Welt zu kommen. Doch glaube ich nicht, dass das eine gute Lösung wäre. Eine Heirat zwischen euch würde nach dem jetzigen Stand der Dinge dem Namen der königlichen Familie nur schaden."

Wir blickten uns einen Augenblick lang an und verstanden uns.

„Wir wissen also beide, dass das nicht gut wäre, aus welchen Gründen auch immer", meinte Pharao. „Nur, dann bleiben nicht viele Möglichkeiten, Nenefer. Die eine wäre, du würdest Theben für einige Zeit verlassen. Jeder würde verstehen, dass du nach allem, was du in der letzten Zeit durchgemacht hast, eine Veränderung brauchst. Das Kind könnte irgendwo in einem entfernten Tempel zur Welt kommen und nach der Geburt dortbleiben. Für seine Zukunft wäre gesorgt. Nur dürfte es nie erfahren, wer es ist. Und du dürftest es nie wiedersehen. Das ist ein sehr großzügiger Vorschlag von mir. Wie viele Prinzessinnen vor dir, die in deine Lage kamen, wurden für einige Zeit in den Harem gesperrt, umgeben von stummen Dienern. Und das Kind wurde nach der Geburt dem Nil übergeben, damit die Schande für immer geheim blieb."

„Nein!", schrie ich entsetzt auf. „Nein, Majestät, das nicht. Ist es nicht genug, dass ich den Vater für immer verloren habe? Niemals bin ich bereit, nun auch noch das Kind herzugeben."

Thutmosis nickte ruhig, wie wenn er die Antwort erwartet hätte.

„Dann bleibt dir nur ein Ausweg, Nenefer. Und ich gebe zu, dass mir diese Lösung ebenfalls besser gefällt, denn ich möchte dich verheiratet sehen, bevor ich sterbe. Du musst einen anderen heiraten, der bereit ist, das Kind als das seine anzuerkennen. Er müsste dich sofort heiraten und mit dir für einige Zeit die Stadt verlassen. Niemand wird dann je erfahren, wann das Kind genau geboren wurde. Ich glaube, das ist ein weiser Vorschlag."

„Und woher soll so schnell ein Ehemann kommen, der bereit ist, dies auf sich zu nehmen?"

„Das überlasse mir, Nenefer. Ich werde jemanden finden. Schließlich bin ich Pharao, und mein Wort ist Gesetz."

Seine Augen blitzten listig auf und mir wurde klar, dass er für das Problem bereits eine Lösung ins Auge gefasst hatte.

„Nur, Nenefer, allzu große Ansprüche darfst du jetzt nicht stellen. Ein Sohn aus dem Adel kann es nicht sein. Keiner würde die Vaterschaft für ein fremdes Kind übernehmen. Es muss jemand sein, der durch diese Heirat genauso gewinnt wie du."

Ich nickte verständig. Ich fühlte mich schwach und niedergeschlagen. Zu genau wusste ich, dass Pharao diesmal alle Trümpfe in seiner Hand hielt. Wenn ich nicht gehorchte, verlor ich mein Kind. Und allein der Wunsch, wenigstens das Kind behalten zu können, überlagerte all meine Bedenken.

„Ich überlasse alles Euch, Majestät. Ihr werdet das Richtige tun. Nur das Kind, Majestät, ich bitte Euch, lasst es mir."

Thutmosis nickte zufrieden. Dann stand er auf, ging zur Tür und öffnete sie.

„Ich habe dein Wort, dass du akzeptierst, was ich beschließe?", fragte er.

„Ja, Majestät", antwortete ich.

Thutmosis nickte mir noch einmal zu, sichtlich zufrieden, dann schloss er die Tür.

Ich war allein. Endlich war ich allein mit mir und meinen Gefühlen. Aber nein! An diesen Gedanken musste ich mich erst noch gewöhnen. Ich war nicht mehr allein. Ich würde nie wieder allein sein. Etwas Einzigartiges war geschehen. Die Göttin hatte mir Hapuseneb geraubt, aber sie hatte mir sein Kind geschenkt. Und dieses Kind würde ein ewiges Bindeglied zwischen mir und Hapuseneb sein. Unsere Liebe konnte nicht sterben, solange es dieses Kind gab. Eine unbändige Aufregung erfüllte mich, sobald ich an dieses kleine Wesen dachte, das in mir zu einem Menschen heranwuchs. Und ich zweifelte keinen Augenblick daran, dass es ein Junge werden würde. Erstaunt fragte ich mich, wie es mir nur so lange verborgen geblieben sein konnte, was ich nun so einfach und klar vor mir sah. Mein hoffnungsloser Kampf um Hapuseneb musste mich für das Geschenk der Göttin blind gemacht haben. Doch nun sah ich, nun wusste ich. Und trotz meiner eigentlich misslichen Lage empfand ich Triumph.

Dieses unerwartete Glück wurde eigentlich nur dadurch getrübt, dass ich nicht wusste, was Pharao plante. Doch dass er etwas Bestimmtes im Sinn hatte, das ahnte ich. Und dass diese Hochzeit, die er herbeiführen wollte, noch einen anderen Zweck erfüllen sollte, als dem Kind eine Legitimation zu geben, fühlte ich nur allzu deutlich. Aber ich wusste auch, dass ich nichts dagegen tun konnte, ohne mein Kind in Gefahr zu bringen. So schob ich jeden Gedanken daran beiseite und gab mich ausschließlich der Freude auf das Kind hin. Was immer Pharao vorhatte, redete ich mir ein, musste gut sein, wenn es mir erlaubte, das Kind zu behalten. Und so lief ich blindlings in eine der größten Katastrophen meines Lebens. Ich tat dies, obwohl mir die Götter die Gabe des Vorausblicks gegeben hatten. Doch die besten Gaben nützen nichts, wenn man sie nicht zu gebrauchen versteht.

Noch heute frage ich mich, wie ich damals so kopflos sein konnte, nicht weiter über den Mann nachzudenken, der mein Ehemann werden sollte. Mir schien es gleichgültig, wen Pharao für mich wählte. Der Mann, der mich wirklich geliebt hatte, war mir genommen worden. Was spielte es da für eine Rolle, wen ich heiraten würde. Für mich handelte es sich dabei lediglich um eine Formsache. Im Palast wurden viele Ehen geschlossen, die nur nach außen hin existierten. Politische oder finanzielle Gründe waren dafür ausschlaggebend. Daher sah ich keinen Anlass, viele Fragen zu stellen. Heute weiß ich, wie dumm das war. Aber es sollte auch endgültig die letzte Torheit sein, die ich in meinem Leben beging. Und schließlich kann aus allem Schlechten, aus allem Unglück, aus jeder Katastrophe auch etwas Gutes entstehen, sofern man nur die Kraft und den Willen hat, es zu suchen. Mir verhalf dieser letzte schwere Schlag in meinem Leben zu meiner wahren Größe und Kraft. Heute erkenne ich sogar, dass ich später niemals so völlig im Göttlichen hätte aufgehen können, wäre ich damals nicht durch dieses Jammertal gegangen. Denn erst nachdem jegliches Gefühl in mir gestorben war, entdeckte ich die wirkliche Freiheit, die weit entfernt liegt von den Wünschen und Bedürfnissen der meisten Menschen, die nur in völliger Einsamkeit und Entsagung zu finden ist. In dieser Einsamkeit und Entsagung wurde ich zur wahren Seherin des Amun, zu seinem Werkzeug und seiner Stimme.

Den Mann, den Pharao mir damals wählte, wählte er mit Bedacht. Und er dachte dabei tatsächlich weit mehr an die Interessen des Reichs als an die meinen oder die meines Kindes. Vielleicht war es sogar die letzte, politisch weitblickende, große Tat Pharaos. Wenn ich heute, frei von Emotionen, darüber nachdenke, bewundere ich seinen Scharfsinn sogar. Hatte Thutmosis damals eine vage Vorstellung von den Ereignissen, die nach seinem Tod auf das Land zukommen würden? Oder war es seine Liebe zu Hatschepsut, die ihn intuitiv fühlen ließ, was erst so viel später zum Tragen kommen sollte? Diese Frage beschäftigt mich noch heute, und mit letzter Sicherheit kann ich sie nicht klären. Jedenfalls bin ich davon überzeugt, dass er genau wusste, was er tat, als er den jungen Senmut zu meinem Mann wählte. Er überlistete dabei nicht nur mich, sondern auch Senmut und Hatschepsut, denn niemand von uns war über diese

Entscheidung Pharaos glücklich, wenn es auch keiner von uns wagte, sich zu widersetzen.

Ich tat es nicht, weil ich mein Kind behalten wollte und es mir gleichgültig schien, ob ich Senmut oder einen anderen heiraten würde. Senmut war es unmöglich, sich zu weigern, denn er, der Bauernsohn, durfte diese Ehre, die Pharao ihm damit zuteilwerden ließ, unmöglich zurückweisen, ohne alle seine Träume von Ruhm und Ehre für immer zu begraben und Theben fluchtartig zu verlassen. Und Hatschepsut! Was hätte sie dagegen einwenden können, ohne dabei etwas von ihren verborgenen Gefühlen zu verraten, die sie damals vielleicht selbst noch nicht einmal richtig zu deuten verstand.

So zerbrachen Senmut und ich den Krug miteinander, der eigentlich für Hapuseneb und mich bestimmt gewesen war, um gleich darauf mit einem Prunkschiff Pharaos Theben zu verlassen und uns auf ein Gut im Norden zurückzuziehen, das Pharao uns zu unserer Hochzeit geschenkt hatte. Begleitet von den Hochzeitsgästen, die sich im Hinblick auf das anschließende Festmahl im Palast bereits in Hochstimmung befanden, gingen wir an Bord. Erst hier, als es bereits zu spät war, löste sich der Schleier vor meinen Augen, und ich sah klar. Ich beobachtete Pharao, der zufrieden grinste. Fragend blickte ich zu Senmut und erstarrte. Seine Augen hingen wie gebannt an Hatschepsut, die seinem Blick mit der gleichen

Innigkeit und Wärme begegnete. Auch Pharao musste diesen Blick schon länger bemerkt haben, und er hatte gehandelt. Er hatte mich zwischen die beiden gestellt als unüberbrückbares Hindernis. So glaubte er jedenfalls. Was konnte daraus erwachsen? Ich hatte mit Senmut, seit ich ihn aus dem Gefängnis geholt hatte, kaum mehr ein Wort gewechselt. Nun war er mein Mann geworden, und ich würde mit ihm auskommen müssen. Umso mehr erschreckte mich die Tatsache, dass ich eigentlich nichts von ihm wusste. Fast noch mehr beängstigte es mich, dass ich jetzt erst darüber nachzudenken begann. Wie hatte ich nur so blind und ahnungslos sein können? Unwillkürlich drängte sich mir der Gedanke auf, dass diese Ehe ein großer Fehler war.

Das Schiff legte ab. Die Zurückbleibenden jubelten uns zum Abschied zu und warfen Lotosblüten in das Wasser. Beide standen wir nebeneinander an Deck und starrten wie gebannt auf das immer kleiner werdende Ufer, an dem wir beide einen Traum zurückließen, der für immer unerfüllbar bleiben sollte. Es war die gleiche schmerzliche Erinnerung, die uns schließlich dazu veranlasste, uns abzuwenden und den Blick nach vorn zu richten, dorthin, wo die Zukunft lag. Doch was für eine Zukunft? Ich glaube, diese Frage beschäftigte uns beide in diesem Augenblick gleichermaßen und veranlasste uns schließlich, den anderen anzublicken.

„Lass uns unter den Baldachin gehen", schlug ich vor, um das spannungsgeladene Schweigen, das zwischen uns herrschte, zu überwinden. „Ich glaube, es ist höchste Zeit, dass wir miteinander reden."

„Wozu noch reden, Prinzessin? Die Tatsachen sind geschaffen", erwiderte er gereizt.

„Trotz allem sollten wir miteinander reden", beharrte ich auf meinem Willen. „Schließlich müssen wir von heute an miteinander auskommen."

Entschlossen trat ich unter den Baldachin und ließ mich auf einem Kissen nieder. Theben war nun völlig aus dem Blick entschwunden. Dattelpalmen und Dumpalmen säumten das Flussufer, an dem sich Flusspferde im Schlamm wälzten. Der Schemu neigte sich dem Ende zu. Die Felder waren bereits abgeerntet und lagen jetzt kahl und verdorrt in der Sonne. Das Land drohte langsam zur Wüste zu werden. Der Nil verlor immer noch Wasser. Riesige Moskitoschwärme zogen über den Fluss, gefolgt von Libellen, die versuchten, ihrer habhaft zu werden. Für eine Reise war es eine denkbar schlechte Jahreszeit, denn die Hitze ließ jede Bewegung zur Qual werden.

Senmut zögerte eine Weile. Doch dann überwand er schließlich seinen Unwillen und folgte mir. Nachdem er sich mir gegenübergesetzt hatte, gab ich den beiden nubischen Fächerträgern zu verstehen, dass sie sich entfernen sollten. Geduldig wartete ich, bis wir allein waren. Ein kurzer Blick zu Senmut hinüber genügte mir, um seine innersten Gefühle zu erkennen und seine

Gedanken zu lesen. Wie blind und dumm ich doch gewesen war.

„Ich glaube, wir brauchen uns nichts vorzumachen. Dir liegt an dieser Ehe ebenso wenig wie mir. Trotzdem sind wir nun miteinander vermählt. Ich glaube, Pharao hat heute einen großen Sieg davongetragen."

„Wie meinst du das, Prinzessin?"

Senmuts eben noch von Bitterkeit verhärteten Gesichtszüge begannen sich zu verändern. Ein Zucken um seine Mundwinkel verriet mir seine plötzliche Unsicherheit. Ich lächelte nachsichtig.

„Wäre ich nicht in den letzten Wochen so sehr mit mir selbst und meinen Problemen beschäftigt gewesen, hätte ich es bestimmt auch bemerkt. Aber so! Ich ahnte nicht, dass du mit jeder Faser deines Herzens an der Einen hängst. Nun, das hätte Pharao sicherlich nicht gestört. Doch dass Hatschepsut diese Gefühle zu erwidern begann, das konnte er nicht hinnehmen. Die Eine gehört Ägypten. Verstehst du, was ich meine? Diese Eheschließung hat ihm eine unliebsame Tochter und einen lästigen Verehrer vom Hals geschafft. Hätte er das Problem so nicht lösen können, hätte er einen anderen Weg gefunden. Aber gelöst musste es werden."

„Ich verstehe nicht, was du meinst", erwiderte Senmut trocken. Doch mir entging nicht, dass sich hinter seiner gespielten Arglosigkeit seine Unsicherheit vergrößerte.

„Du verstehst mich sehr gut. Diese Ehe mit mir hat dir vielleicht sogar das Leben gerettet. Pharao würde eine solche Liebelei niemals dulden. Über Hatschepsut wacht er immer noch mit Horusaugen. Was sie betrifft, entgeht ihm nichts. Du solltest ihm dankbar sein, dass er diese Lösung bevorzugt hat."

„Dankbar!", stieß Senmut grimmig hervor. „Wofür? Für dich und den Bastard, den du trägst? Oder dafür, dass er mich aus Theben verband hat? Soll ich ihm vielleicht dafür danken, dass ich, anstatt die Architektenschule zu besuchen, auf irgendeinem Landsitz darauf warten darf, dass dein Bastard alt genug wird, um nach Theben zurückkehren zu können?"

Die Beherrschung war plötzlich völlig von ihm abgefallen und hatte die schützende, starre Maske mit sich gerissen. In seinen Augen las ich deutlich, wie zornig, enttäuscht und verbittert er war. Ich fand kein bisschen Einsicht darin. Er fühlte sich seiner wohlverdienten Chance durch mich und mein Missgeschick beraubt. Hinzu kam, dass sein Stolz verletzt worden war. Und das war etwas, das ein ehrgeiziger, strebsamer Mann wie Senmut niemals verzeihen konnte.

„Hast du mir nicht prophezeit, ich würde ein großer Architekt werden? Wie kann ich das, wenn ich auf irgendeinem Gut weit weg vom Hof leben muss?", stieß er wütend hervor. „Man sagt von dir, dass du alles weißt, dass du die Zukunft sehen kannst. Nun, dann beantworte mir meine Frage, du Ausersehene der Götter."

Der Hohn in seiner Stimme war nicht zu überhören.

„Lästere die Götter nicht, Senmut!", warnte ich ruhig. „Was ich dir gesagt habe, wird eintreffen. Nichts steht dir im Weg, weder ich noch das Kind, das ich trage. Deine Kleingläubigkeit, deine Missachtung der Götter sind es, die dich lähmen. Nichts bekommt man geschenkt. Für alles muss man Opfer bringen. Doch dazu bist du nicht bereit. Du gibst bereits bei dem ersten Hindernis auf, das sich dir in den Weg stellt. Du musst noch viel lernen. Wenn du versuchst, etwas zu übereilen, an deinem Glück zu zweifeln, dann wirst du über deine eigenen Füße stolpern. Deine eigene Ungeduld wird dich zu Fall bringen. Lerne rechtzeitig, sie zu zügeln."

„Ach was!", zischte er mich an.

Damit war unser Gespräch beendet. Er winkte einen Diener herbei und befahl ihm, Wein zu bringen. Zwei Stunden später torkelte er mit Hilfe zweier Sklaven betrunken in seine Kabine, wo er seinen Rausch ausschlief. Ich blieb mit düsteren Ahnungen allein an Deck zurück.

Drei Tage später legte das Schiff an den weißen Treppen des Landestegs unseres neuen Wohnsitzes an. Erleichtert atmete ich auf, als ich wieder Boden unter den Füßen spürte. Ich war froh darüber, das Schiff verlassen zu können, denn die vergangenen Tage an Bord waren die Hölle gewesen. Jede Nacht hatte Senmut sich sinnlos betrunken, um am darauffolgenden Tag seinen Rausch auszuschlafen, während ich es vorzog, nachts zu schlafen und die Tage an Deck zu verbringen. Doch trotz dieser eigentlich günstigen Regelung war es uns unmöglich gewesen, uns auf dem Schiff völlig aus dem Weg zu gehen. Der begrenzte Raum an Bord ließ dies nicht zu. Die Spannung, die zwischen uns herrschte, vergiftete die Atmosphäre an Bord des Schiffs, sodass es nicht einmal dem einfachsten Ruderer verborgen blieb, wie es zwischen uns stand. Nicht dass Senmut noch ein Wort gesagt hätte. Nein, er wich jedem weiteren Gespräch mit mir aus und wahrte gegenüber den Bediensteten so gut wie möglich den Schein. Doch seine Verbitterung und sein Zorn blieben, und daraus wuchs etwas Zerstörerisches. Obwohl er es eigentlich besser wissen sollte, haderte er mit seinem Schicksal und gab mir die Schuld an der ganzen Entwicklung. Senmut war nicht der Mann, der etwas Vorgegebenes bereitwillig hinnehmen konnte. Er beharrte auf der irrigen Meinung, sein Leben selbst in die Hand nehmen zu können und verschloss sein Herz völlig der Größe der Götter.

Mit Sorge beobachtete ich sein Verhalten, und unweigerlich erinnerte ich mich an die Ahnung, die ich bei unserer letzten Begegnung gehabt hatte. Senmuts Stärke waren seine innerliche Entschlossenheit und Kraft. Diese konnten ihn ins Gute ebenso wie ins Schlechte führen. Sein gegenwärtiger Zustand ließ das Schlechteste befürchten. Sein Zorn zog die bösen Kräfte an und ließ kommendes Unglück unausweichlich erscheinen. Ich gestehe, ich begann mich zu fürchten. Senmuts Hass rief Seth, den Zerstörer, an, und plötzlich wusste ich, dass es zu einer Katastrophe kommen würde, wenn ich nicht bald die Kraft fand, dagegenzuwirken. Doch das in mir wachsende Leben zehrte meine Kräfte auf. Bei jeder Bewegung des kleinen Wesens fühlte ich eine Lähmung in mir aufkommen, die zu überwinden mich immer mehr Kraft kostete. Deshalb war ich froh, dem engen Raum des Schiffs zu entkommen und in der Weite der Villa untertauchen zu können. Ich hoffte, hier würde die Spannung sich lösen.

Der Verwalter des Anwesens erwartete uns am Anlegesteg. Er begrüßte uns mit höflicher Zuvorkommenheit und geleitete uns zu der weißen Villa, in der alles für unsere Ankunft vorbereitet worden war. Sklaven des Guts eilten herbei, um beim Ausladen unseres Gepäcks zu helfen. Die allgemeine Stimmung auf dem Anwesen war ruhig und entspannt. Die Ernte war eingebracht worden, und bis zum Rückgang der kommenden Nilschwämme konnte sich nun eine angenehme Lethargie ausbreiten, denn es gab jetzt nicht allzu viele dringende Arbeiten. Ich nahm diese wohltuende Stimmung sofort in mir auf und hoffte insgeheim, dass auch Senmut sich davon anstecken lassen würde. Doch diese Hoffnung musste ich schnell begraben. Die Ruhe und der Frieden, die das Anwesen einhüllten, mehrten seine innere Unruhe bald bis zum Unerträglichen.

Ich bezog mit meinen Dienerinnen drei Räume auf der Nordseite der Villa. Es waren die kühlsten, die es im Haus gab. Für Senmut waren Räume direkt neben den meinen vorbereitet worden, denn man erwartete ja ein frisch vermähltes Liebespaar. Deshalb versetzte es den Verwalter in Erstaunen, als ich ihn bat, für Senmut im Südteil des Hauses passende Gemächer zu suchen und herzurichten. Ich sehnte mich nach Ruhe und Frieden für mein Kind und mich. Darum wollte ich Senmut so weit wie möglich von mir fernhalten. Seine Gegenwart belastete mich, und ich fürchtete zu Recht, dies könnte dem Kind schaden. Wie von mir erwartet, schien dies auch Senmuts Bedürfnissen entgegenzukommen, denn er nahm die Umquartierung widerspruchslos hin.

Gemeinsam mit dem Verwalter nahmen wir ein Abendessen ein. Obwohl das Mahl nicht mit der königlichen Küche zu vergleichen war, machte die Köchin ihrem Namen alle Ehre, und ich ließ ihr mein Lob überbringen. Zum Entenbraten gab es frisch gebackenes Fladenbrot mit Lauch und Bohnen. Als

Dessert wurden Granatäpfel und Kokosnüsse gereicht. Senmut sprach mehr dem Wein als dem Essen zu, doch ich bemerkte, dass er sich wenigstens an diesem Abend bemühte, keinen Vollrausch zu bekommen. Der Verwalter berichtete uns von den diesjährigen Ernteerträgen des Guts, die Pharaos Kornspeicher reichlich gefüllt hatten. Er schien mit sich und der geleisteten Arbeit zufrieden, und er erwartete von mir, der Tochter Pharaos, Lob. Er erbot sich, Senmut und mir in den nächsten Tagen das Gut zu zeigen, und es enttäuschte ihn sichtlich, dass sein Vorschlag bei uns beiden auf wenig Gegenliebe stieß. Senmut interessierte es weit mehr, welches Wild es in der Gegend zu jagen gab, und ich wünschte mir nur, mich in den nächsten Tagen ausruhen zu können. Ein einziges Mal an diesem Abend wurde mein Interesse geweckt, nämlich als der Verwalter den jungen Thutmosis erwähnte, der sich im nahen Memphis aufhielt und dessen Anwesenheit in der ganzen Gegend für reichlichen Gesprächsstoff sorgte. Genährt wurde dieser Klatsch vor allem durch die gewöhnliche Tochter eines Händlers, für die Thutmosis entflammt zu sein schien und die er zu heiraten beabsichtigte. Dieses Gerücht lies mich aufhorchen. Es war das erste Mal, dass ich von Isis hörte. Und obwohl ich nicht glaubte, dass Thutmosis es wirklich wagen würde, dieses Mädchen ohne Erlaubnis Pharaos zu heiraten, beunruhigte mich das Ganze doch ein wenig. Was war das für eine Frau, die ihr Netz um Thutmosis spann? Welchen Einfluss hatte sie auf ihn? Ich ahnte sofort, dass diese Frau noch viel Aufregung und Verwirrung in unser aller Leben bringen würde. Intuitiv erkannte ich die Gefahr, die von ihr ausging, obwohl ich noch nicht sagen konnte, woher sie kam. Das wurde mir erst klar, als ich ihr zum ersten Mal begegnete.

Senmut und ich zogen uns an diesem Abend früh zurück, ich, um zu schlafen, er, um ungestört den Wein genießen zu können.

Meine Hoffnung, Senmut in der Villa besser aus dem Weg gehen zu können, bestätigte sich. Er ging häufig zur Jagd oder zum Fischen, und ich zog mich so weit wie möglich in meine Gemächer zurück, in denen ich sogar die meisten Mahlzeiten einnahm. Trotzdem konnten mir auf Dauer die Unruhe und der Unmut, die von Senmut Besitz ergriffen hatten, nicht verborgen bleiben. Von dort drohte Gefahr. Deshalb musste es mein Ziel sein, Senmut zur Ruhe zu bringen. Ich dachte lange über das Problem nach, und schließlich fand ich eine Lösung. Bereits am nächsten Tag sandte ich einen Boten mit meiner Bitte zu Pharao. Zehn Tage später erhielt ich die Antwort in Form von Ineni, des ersten Baumeisters Pharaos, der sich auf dem Weg nach Memphis befand, um dort am Tempel des Ptah einige Umbauten in Angriff zu nehmen. Auf seiner Reise machte er einen Zwischenhalt bei uns, um Senmut auf Anordnung Pharaos mit nach Memphis zu nehmen, wo er seine abgebrochene Ausbildung zum Architekten beenden sollte. Ich zweifelte keinen Augenblick daran, dass diese Gunst Pharaos auf Hatschepsuts Einwirken zurückging. Doch dies war mir gleichgültig.

Senmut ging für drei Monate nach Memphis. Voller Energie stürzte er sich auf die Ausarbeitung seiner Pläne für den Tempel Hatschepsuts. Nichts anderes beschäftigte ihn mehr als der Wunsch, bei seiner Rückkehr nach Theben Hatschepsut die fertigen Pläne, Entwürfe und Berechnungen vorlegen zu können. Seth schien endgültig gebannt. Senmut lenkte seine Kräfte wieder in die richtigen Bahnen.

Der Achit näherte sich seinem Ende. Der Nil hatte wie gewohnt sein Bett verlassen, den fruchtbaren Nilschlamm auf die Felder geschwemmt und den Boden getränkt. Nun war er fast in sein Bett zurückgekehrt. Die Zeit der Aussaat rückte näher. Das Anwesen erwachte zu neuem Leben.

Auch in mir spürte ich immer deutlicher das neue Leben, das gewachsen war und nun bald bereit sein würde, meinen Körper zu verlassen. Je näher die Stunde der Geburt rückte, umso häufiger kniete ich vor Hekets Schrein nieder, betete und brachte ihr Opfer dar. Ich erflehte ihren Schutz und Segen für das Kind und mich. Auch Mia, den Fruchtbarkeitsgott, vergaß ich nicht in meinen Gebeten um Beistand zu bitten. Ich wartete auf meine Stunde und verließ meine Gemächer nur noch dann, wenn es sich nicht vermeiden ließ. Gelegentlich traf ich mich zum Abendessen mit Senmut, dessen Gegenwart mich nun jedoch nicht mehr belastete. Er sprach mit Begeisterung von seinen Plänen und Entwürfen, und ich hörte ihm gerne zu. In unsere Beziehung war Frieden eingekehrt, denn jeder von uns widmete sich seinen eigenen Zielen und ließ dem anderen seine Freiheit. Alles schien sich zum Guten zu wenden. Doch der Schein trog. Das Schicksal nahm seinen Lauf und kannte wieder einmal kein Erbarmen.

Die kalte Jahreszeit des Perit war angebrochen. Es war die günstigste Zeit des Jahres, um Reisen zu unternehmen. Durch Senmuts Aufenthalt in Memphis hatte es sich herumgesprochen, dass wir uns unweit der Stadt niedergelassen hatten. Deshalb kam es nun immer häufiger vor, dass Würdenträger der Stadt uns ihre Aufwartung machten. Es gefiel mir zwar nicht sehr, aber ich konnte trotzdem nicht umhin, die häufigen Besuche über mich ergehen zu lassen. Es überraschte mich auch nicht, als eines Morgens ein Bote erschien und mir das Kommen meines Bruders Thutmosis ankündigte. Ich hatte gewusst, dass er irgendwann kommen würde. Schließlich musste er in Erfahrung bringen, auf wessen Seite ich nach dem Tod Pharaos stehen würde. Ich hatte gehofft, dieses Gespräch bis nach der Geburt meines Kindes aufschieben zu können. Doch nun ließ es sich nicht vermeiden, es vorher zu führen, denn ich konnte meinem Bruder unmöglich vorschreiben, wann sein Besuch stattfinden durfte.

Den Tag vor seinem Eintreffen zog ich mich völlig in meine Gemächer zurück, verdunkelte die Fenster und entbrannte vor dem Schrein Amuns ein Opferfeuer. Nur zu genau wusste ich, welche Bedeutung dieses Gespräch mit Thutmosis für die Zukunft Ägyptens haben würde. Ich musste den Willen der Götter erkunden, um ihn an meinen Bruder weiterzugeben. Es fiel mir am Anfang schwer, mich zu konzentrieren, mich auf das einzustellen, was die Zukunft bringen und fordern würde. Die lebhaften Bewegungen des Babys in meinem Leib rissen mich immer wieder aus der Versenkung. Und jedes Mal musste ich erneut meine ganze Willenskraft aufbringen, um die Schranken der Zeit zu überwinden. Fast schien es mir, als wolle das kleine Wesen in mir mich daran hindern, mich mit etwas anderem als ihm zu befassen. Ahnte es vielleicht, was geschehen würde? Versuchte es auf seine Weise, das Schicksal abzuwenden? Wer vermag das zu sagen? Ich weiß nur, sein Kampf war vergeblich, denn schließlich sah ich doch, was ich sehen wollte und wusste, was gesagt und getan werden musste. Thutmosis konnte ich den Weg weisen, doch dass ich mir den eigenen damit verbaute, ahnte ich nicht einmal.

Am Mittag des darauffolgenden Tags legte Thutmosis Schiff am Steg unseres Anwesens an. Senmut und der Verwalter empfingen ihn und geleiteten ihn ins Haus. Sein Gefolge war klein. Es bestand aus einigen wenigen Priestern des Ptahtempels von Memphis und einem guten Dutzend Soldaten der dort stationierten Garnison. Von ihnen mochte kaum einer von Bedeutung sein für die bevorstehende

Auseinandersetzung um den Thron, mit einer Ausnahme. Es handelte sich um einen großen, kräftigen, nubischen Offizier, der mir als Nehesi vorgestellt wurde. Er war eine bemerkenswerte Erscheinung. Sein Gesicht wirkte völlig ausdruckslos. Doch hinter dieser Maske verbargen sich Mut, Kraft, Ausdauer und bedingungslose Treue. Dieser Mann, das spürte ich sofort, war für den Kampf geboren. Wer sich seiner Treue versicherte, hatte einen starken Verbündeten. Und er kam mit Thutmosis.

Ich begrüßte meinen Bruder mit höflicher Zurückhaltung und spürte bei ihm die gleiche Reserviertheit. Mir fiel sofort auf, dass sein Leibesumfang noch größer geworden war. Mit seinen einundzwanzig Jahren hatte er bereits ein ausgeprägtes Doppelkinn. Sein Gesicht war aufgedunsen und feist. Seit er den Hof von Theben verlassen hatte, waren die letzten Hemmungen, sich völlig der Fresslust hinzugeben, gefallen. Er wusste, er hatte Pharaos Zuneigung endgültig verspielt, und so brauchte er sich auch nicht mehr die Mühe machen, ihm zu gefallen.

Die Frau an seiner Seite, die mir nun vorgestellt wurde und sich vor mir verneigte, war Isis. Ich hatte inzwischen viel über sie gehört und war neugierig darauf gewesen, sie kennenzulernen. Sie war die Tochter eines Weinhändlers aus Memphis, dessen Geschäfte äußerst undurchsichtig waren und der schon oft wegen einer Klage vor Gericht gestanden hatte. Ihr Äußeres war zwar ansprechend, doch sobald man genauer hinsah, konnten einem die Grobheit ihrer Züge und die Gewöhnlichkeit ihrer Haltung nicht entgehen. Einem Vergleich mit Hatschepsut konnte diese Frau niemals standhalten. Ihr fehlten die feinen, aristokratischen Gesichtszüge, die Feingliedrigkeit des Körpers, die Stärke und Kraft der Seele, die einer jeden Persönlichkeit ihre Ausstrahlung gaben. Isis Augen leuchteten nicht wie die Hatschepsuts. Es waren weder Wissen noch Klugheit darin zu finden. Ihr Wesen wurde nicht vom Herzen, sondern vom Verstand geleitet. In ihren langen, schmalen Augen waren nur kalte Berechnung und Verschlagenheit zu finden. Doch das zu erkennen, bedurfte es eines klaren Blicks, und diesen besaß mein Bruder nicht. Er gab sich seiner blinden Verliebtheit hin, und ich war sicher, dass Isis ihn nicht durch ihre Schönheit, sondern durch ihre Qualitäten im Bett beherrschte. Durch Thutmosis war ihr Ehrgeiz geweckt worden. Das machte sie gefährlich. Schon bei dieser ersten Begegnung spürte ich sofort, dass es auch die Kraft ihres Schosses sein würde, die letztendlich den Sieg erringen sollte. Dort, zwischen ihren langen, schmalen Lenden, schlummerte eine Löwenkraft, die, einmal zum Leben erweckt, alles an sich reißen würde. Wie sehr dieser Eindruck doch einmal den wahren Gegebenheiten entsprechen sollte.

Nachdem mir Thutmosis seine Begleiter vorgestellt hatte, bat ich meine Gäste in den Speisesaal. Dort hatte ich zum Verdruss der Köchin ein betont einfaches Mahl vorbereiten lassen. Während des gesamten Essens wurde nur Belangloses geredet. Das Gespräch floss spärlich und wurde immer wieder durch lange, peinliche Pausen unterbrochen. Senmut beteiligte sich überhaupt nicht an dem Gespräch. Doch ich bemerkte trotzdem, dass er Thutmosis genau beobachtete und ihm feindliche, verächtliche Blicke zuwarf. Mein Bruder und ich, wir saßen uns gegenüber wie zwei Fremde, die sich eigentlich nichts zu sagen hatten. Doch ich spürte Thutmosis verstohlenen Blick. In seinen Augen lag noch immer eine gewisse Furcht, die es ihm erschwerte, mit mir zwanglos umzugehen. Er hatte nie einen Zugang zu den Göttern gefunden. Darum fürchtete er ihre Macht und folglich auch mich. Trotzdem war er zu mir gekommen, doch nur, weil er fest daran glaubte, meine Hilfe gewinnen zu können.

Wir waren bereits beim Honiggebäck, das nach dem Essen zu warmem, gewürztem Wein gereicht wurde, als ich bemerkte, dass Thutmosis sich in seiner Haut immer unwohler zu fühlen begann. Er musste unbedingt mit mir sprechen, aber er fand einfach keinen richtigen Anfang. Isis, die neben ihm saß, forderte ihn mit ihrem Blick immer wieder auf, zur Sache zu kommen. Doch Thutmosis fehlte der Mut. Die Verachtung in Isis Gesichtszügen für ihren königlichen Liebhaber war bald nicht mehr zu übersehen. Ich glaube, der Einzige, der nichts davon bemerkte, war Thutmosis. Er war viel zu sehr mit dem Problem beschäftigt, einen Ausweg aus seiner verfahrenen Situation zu finden. Und dieser arme, ungeschickte, junge Mann, dem jegliche Autorität fehlte, der sich selbst nicht zu helfen wusste, wollte Pharao werden und ein Land wie Ägypten regieren? Wie lächerlich mir das erschien. Trotzdem empfand ich irgendwie Mitleid mit ihm und beendete schließlich die peinliche Situation.

„Ich nehme an, dass dein Besuch bei mir einen bestimmten Zweck verfolgt", sagte ich schließlich leichthin. „Da wir nun gegessen haben und der Wein unsere Sinne aufgelockert hat, wäre es vielleicht an der Zeit, mir den Grund deines Besuchs zu nennen."

Ich sah Thutmosis erleichtert aufatmen. Dankbar griff er nach der ausgestreckten Hand.

„Du hast recht, Nenefer. Es war keine Geschwisterliebe, die mich bewog, dich aufzusuchen. Schließlich kennen wir uns kaum. Doch das ist, wie du weißt, nicht meine Schuld, sondern Pharaos. Aber ich bin nicht gekommen, um mit dir über die Vergangenheit zu sprechen. Ich möchte mit dir über die Zukunft Ägyptens reden."

Er machte eine Pause, suchte nach den passenden Worten. Die Situation, in der er sich befand, war tatsächlich dumm. Er war gekommen, um mich aufzufordern, mich nach Pharaos Tod von Senmut zu trennen und ihn zu heiraten. Durch eine solche Ehe hätte er einen berechtigten Anspruch auf den Thron Ägyptens. Hatschepsut würde dem nichts entgegenhalten können. Sein Gedankengang war klar und einfach zu durchschauen und deckte sich völlig mit der Maat. Doch nun saß er meinem Ehemann gegenüber, und ich war hoch schwanger. Er hatte nicht die geringste Ahnung, wie meine Beziehung zu Senmut wirklich war. Den einzigen Trumpf, den er zu haben glaubte, war die Macht, die er mir als Königsgemahlin bot. Wie konnte er ahnen, dass mir daran gar nichts lag.

„Gehe ich recht in der Annahme, dass du gekommen bist, um mit mir über deinen Anspruch auf den Thron zu sprechen?"

„Ganz richtig, Nenefer. Genau darüber möchte ich mit dir sprechen."

„Auch ich würde gerne mit dir darüber reden."

Ich sah den Hoffnungsfunken in seinen Augen. Schon glaubte er, sich dem Ziel seiner Wünsche zu nähern. Wie einfältig und unvorsichtig er doch war. Zum Pharao gekrönt, würde er stets nur eine Puppe im Vordergrund sein. Die Fäden der Macht würden nie in seine Hände gelangen. Und das Schlimmste war, er würde es noch nicht einmal bedauern. Für ihn bedeutete Pharao zu sein, nichts anderes, als im Licht zu stehen, Ehrungen entgegenzunehmen und die Vorzüge des süßen Lebens zu genießen. Die Arbeit und die Verantwortung, die auf Pharao lasteten, konnten die Untergebenen tragen. Bei Amun, Thutmosis wäre in der Lage, Ägypten zugrunde zu richten, wenn ihn nicht die richtigen Hände führten.

Und diese Hände, die ihn lenken mussten, konnten nur die Hatschepsuts sein.

„Ich habe die Götter befragt, Thutmosis. Sie haben mir klar den Weg gezeigt, den du gehen musst. Folge ihren Weisungen, und dein Weg führt zum Thron."

Thutmosis Augen begannen zu leuchten. So einfach hatte er sich den Weg zum Ziel nicht vorgestellt.

„Und was sagen die Götter, Nenefer?", fragte er erregt. Sein rundes Gesicht begann sich vor Aufregung zu röten.

„Was die Götter wünschen, Thutmosis, werde ich dir nur unter vier Augen sagen, denn ihr Wort ist nur für deine Ohren bestimmt. Bewahre ihre Weisung in deinem Herzen und handle zu gegebener Zeit danach. Dann kannst du ihres Wohlwollens sicher sein. Lass uns gemeinsam ein wenig in den Garten gehen. Und dich, Senmut, bitte ich, unsere übrigen Gäste zu unterhalten. Mundschenk, sorge dafür, dass der Wein nachgefüllt wird."

Schwerfällig erhob ich mich von meinem Kissen. Zu meiner großen Überraschung eilte Thutmosis herbei, um mir aufzuhelfen, was bei seinem eigenen plumpen, schwerfälligen Körperbau fast komisch wirkte.

Ich trat durch die Tür, die in den im Freien liegenden Innenhof des Hauses führte. Thutmosis folgte mir. Ich spürte beim Hinausgehen die Blicke der übrigen

Anwesenden in meinem Rücken und konnte mir vorstellen, was sich in ihren Köpfen abspielen mochte. Jeder dachte an eine Verschwörung zwischen mir und Thutmosis, für die es keine Zeugen geben sollte. Doch dergleichen hatte ich nicht im Sinn. Ich folgte ausschließlich dem Weg der Götter.

An einem kleinen, künstlich angelegten Teich, auf dem Seerosen schwammen, stand eine Bank. Auf der ließ ich mich nieder und deutete Thutmosis mit einer Handbewegung an, sich neben mich zu setzen.

„Du möchtest, dass ich mich von Senmut trenne und dich heirate, sobald Pharao gestorben ist. Deshalb bist du zu mir gekommen."

„Genau, Nenefer", begann er eifrig. „Alles wäre dann ganz einfach. Niemand könnte uns unseren Anspruch auf den Thron streitig machen. Niemand, Nenefer! Auch deine Mutter war dieser Ansicht."

„Bitte schweig, Thutmosis. Sprich nicht von ihr."

Die Erinnerung an meine Mutter schmerzte mich zutiefst, und das tut sie sogar heute noch.

„Sie ist verdammt, weil sie solche Gedanken hegte. Du sagst, niemand könnte uns den Anspruch auf den Thron streitig machen. Du irrst dich. Du irrst dich sogar gewaltig. Die Götter würden uns den Anspruch streitig machen. Willst du gegen die Götter regieren? Kein Pharao kann das. Jeder von uns muss sich ihrem Willen unterwerfen, oder er wird von ihrem Fluch erschlagen. Die Götter wollen unsere Verbindung nicht. Sie wollen, dass du Hatschepsut heiratest, wenn Pharao zu Re geworden ist."

Entsetzt sprang Thutmosis auf.

„Du weißt, dass das unmöglich ist. Hatschepsut würde niemals einwilligen. Vergiss nicht, sie weiß, dass ich sie umbringen lassen wollte. Das wird sie mir nie verzeihen."

„Das mag sein. Trotzdem, Thutmosis. Die Götter wünschen diese Verbindung. Füge dich ihnen. Biete Hatschepsut nach Pharaos Tod deine Hand. Sie wird sie um Ägyptens Willen nicht ausschlagen, denn wenn sie es täte, wäre ein Bürgerkrieg unvermeidbar. Und diesen willst doch weder du noch sie. Du wünschst dir die Krone, sie sich die Macht. Jeder wird bekommen, wonach er strebt."

Thutmosis sah mich noch immer fassungslos an. Diese Wendung des Gesprächs hatte er nicht erwartet.

„Denke in Ruhe darüber nach und handle, wenn die Zeit kommt. Du kannst nur auf diesem einen Weg bekommen, was du willst. Einen anderen gibt es nicht."

„Sie wird mit diesem Handel niemals einverstanden sein", entgegnete Thutmosis verzweifelt.

„Hatschepsut steht den Göttern nah. Sie wird sich ihnen fügen, wenn sie ihren Willen kennt. Es ist kühl geworden. Lass uns ins Haus zurückkehren. Die anderen warten sicher schon auf uns."

Ich stand auf und ging zurück ins Haus. Nach einem Augenblick des Zögerns folgte Thutmosis mir.

Die Blicke, die uns bei unserer Rückkehr trafen, drückten die Spannung aus, die in der Zwischenzeit im Raum geherrscht haben musste. Unauffällig betrachtete ich Isis, deren Augen mich abschätzten und mich bald als mögliche Gegnerin beiseiteschoben. Nichts als Gier beherrschte ihr Gesicht. Nehesis kalte, abwägende Augen beobachteten mich und Thutmosis kurz. Er war gewiss der Einzige, der sofort erkannte, dass die Sache für den Prinzen anders gelaufen war als erwartet. Die Übrigen begrüßten uns mit ihren Blicken wie Verschwörer. Nur einer empfand ganz anders. Ich empfing seine Gedanken und erstarrte. – „Ich bringe dich um, wenn du sie verraten hast."

Ich blickte zu Senmut hinüber, dessen Augen vor Zorn und Wut flammten. Fassungslos fragte ich mich, wie er das glauben konnte. Doch mir blieb keine Zeit, mich mit seinen Gedanken weiter zu beschäftigen. Thutmosis und sein Gefolge machten sich zum Aufbruch bereit, und es war meine Pflicht als Gastgeberin, sie bis zum Anlegesteg zu begleiten. Dort verabschiedete ich mich von Thutmosis, während ich ihn noch einmal eindringlich ermahnte: „Vergiss nicht, was ich dir gesagt habe. Es gibt nur einen Weg für dich. Nur wenn du ihn einschlägst, kannst du dir meiner Unterstützung sicher sein."

Ich umarmte ihn flüchtig, dann wandte ich mich ab, um zurückzukehren. Ich kam bis kurz vor den Eingang unseres Hauses. Dort hielt ich plötzlich inne. Eine Stimme in mir warnte mich davor, hineinzugehen. Ganz klar sah ich die Auseinandersetzung vor mir, die dort drinnen auf mich wartete. Und ich hatte keine Lust, mich zu streiten. So zog ich es vor, noch einen Spaziergang zu unternehmen. Doch die kühle Abendluft trieb mich schneller ins Haus zurück, als ich es eigentlich vorgehabt hatte. Wieder stand ich an der Schwelle, und wieder spürte ich die Warnung. Aber diesmal schob ich all meine Bedenken beiseite. Ich wollte mich der Auseinandersetzung mit Senmut stellen. Es schien mir an der Zeit, dass er endgültig begriff, dass die Eine keine Frau, sondern die Göttin Ägyptens war. Nur so durfte er an sie denken. Jeder andere Gedanke war ein Frevel. Wie dumm das von mir war, erkannte ich erst viel zu spät. Selbst Osiris hatte den Kampf gegen Seth, den Zerstörer, verloren. Dass Senmut in diesem Augenblick unter dem Einfluss von Seth stand, fühlte ich. Wie konnte ich so töricht sein, zu glauben, ihm entgegentreten zu können?

Ich fand Senmut im Speisezimmer, in dem er inzwischen einen Becher Wein nach dem anderen getrunken hatte. Als ich eintrat, blickte er kurz auf.

Noch immer war fassungslose Wut in seinen Augen zu entdecken.

„Du hast sie verraten. Du hast dich mit diesem Schwachkopf von Thutmosis zusammengetan und sie verraten", zischte er mich an.

„Ich habe niemanden verraten", erwiderte ich ruhig. „Und ich werde auch niemanden verraten. Ich gehorche den Göttern, Senmut, und folge nur ihren Anweisungen. Es wird Zeit, dass du das endlich begreifst."

„Die Götter!", spottete er grimmig. „Und was, wenn ich dich fragen darf, sagen dir diese Götter, die nur du hörst? Was sagen sie dir? Was?", schrie er wütend.

Noch immer ruhig, erwiderte ich: „Ich habe dich schon einmal gewarnt, Senmut. Lästere die Götter nicht, oder ihr Fluch wird dich erschlagen."

„Pha!", entgegnete er verächtlich. „Sag mir lieber endlich, was du mit deinem Bruder ausgebrütet hast."

„Ich habe ihm gesagt, was er tun muss, um Pharao zu werden. Und ich glaube fest daran, dass er es tun wird, wenn die Zeit dazu gekommen ist."

„Und was, wenn ich fragen darf, kann dieser erbärmliche Wurm tun, um Pharaos Proklamation zu übergehen und sich auf den Thron zu setzen?"

„Oh, Senmut!", stöhnte ich verzweifelt. „Wie kannst du es wagen, so von Thutmosis zu sprechen? Er ist immerhin..."

Ein fester Stoß des Kindes in meinem Leib ließ mich für einen Augenblick den Atem anhalten. Ein Schmerz durchfuhr meinen Körper, der jedoch gleich wieder verebbte. Beruhigend legte ich die Hand auf meinen Leib, um das kleine Wesen in mir zu besänftigen.

„Ich bitte dich, Senmut, ich bin müde. Lass uns morgen in Ruhe darüber sprechen. Ich bin sicher, du wirst mich dann verstehen."

Ich wollte mich zur Tür wenden und gehen. Doch Senmut sprang blitzschnell auf und hielt mich am Handgelenk fest. Sein vom Wein durchdrungener, säuerlicher Atem stieg mir in die Nase und erregte in mir Übelkeit. So betrunken war er nicht mehr gewesen, seit er aus Memphis zurückgekehrt war. Konnte die Sorge um Hatschepsut ihn so sehr aus der Fassung gebracht haben, dass er völlig die Beherrschung über sich verlor?

„Du wirst nicht gehen, bevor du mir gesagt hast, was du mit ihm ausgehandelt hast!", stieß er grimmig hervor, während seine Hand sich immer fester um mein Handgelenk schloss.

„Lass mich los! Du tust mir weh!", schrie ich.

Doch er war nicht bereit, seinen Griff zu lockern.

„Erst wirst du mir erzählen, was ich wissen will!"

„Wenn du mich nicht loslässt, rufe ich um Hilfe", warnte ich ihn, nun ebenfalls wütend geworden.

Sein Griff lockerte sich nun zwar. Doch bevor er mich völlig losgelassen hatte, schleuderte er mich unsanft in die Ecke. Das war der Augenblick, in dem auch ich meine Beherrschung verlor. Wie konnte dieser grobe Bauernflegel, der bis jetzt nichts als Glück gehabt hatte, es wagen, so mit mir umzugehen?

„Was glaubst du eigentlich, wer du bist?", zischte ich ihn zornig an. „Wie kannst du es wagen, so mit mir zu reden und mich zu bedrohen? Du Bauerntölpel, der du weder die Götter fürchtest noch das göttliche Blut in unseren Adern ehrst. Verflucht sollst du sein, du, Senmut, der Sohn eines Fellachen, der es gewagt hat, sich gegen die allumfassende Macht der Götter zu erheben. Du willst wissen, was ich Thutmosis gesagt habe. Ich werde es dir erzählen, damit du endlich erkennst, wo dein Platz ist. Wenn Pharao zu Osiris wird, muss der Prinz Hatschepsut heiraten. Das ist der Wille der Götter, und so wird es geschehen."

„Das ist Hochverrat. Pharao hat ihr den Thron zugesprochen. Du hast dich gegen sie und Pharao gestellt!"

„Nein!", lachte ich schrill. „Nicht ich habe sie verraten, sondern Pharao selbst. Und das weiß er auch genau. Er lässt Hatschepsut in einem Traum leben und wirken, der nie Wirklichkeit werden kann, solange mein Bruder Thutmosis lebt. Doch ihn zu töten, dazu fehlte Pharao der Mut. Darum gibt es nach Pharaos Tod nur zwei Möglichkeiten, den Bürgerkrieg oder die Ehe. Und Hatschepsut wird sich für das Letztere entscheiden. Da bin ich mir sicher. Sie liebt Ägypten. Sie gehört Ägypten. Doch das kann ein so niedriger, beschränkter Bauer wie du wohl kaum verstehen."

Höhnisch lachte ich ihn aus, mir meines Sieges gewiss. Wie dumm man doch handeln kann, wenn man sich ganz seinen Gefühlen hingibt und jede Vernunft beiseitelässt. Ich hatte ihn kränken wollen und dabei völlig vergessen, dass er zum Jähzorn neigte und der Alkohol seine Sinne vernebelte. Dass er diese Demütigung nicht einfach hinnehmen würde, hätte ich wissen müssen. Wie ein Dämon der Unterwelt sprang er auf mich zu und schlug ziellos auf mich ein.

„Du Hure! Du falsche Schlange! Du lügst!"

Im ersten Augenblick trat ich ihm noch entgegen und bekräftigte meine Vorhersage.

„Alles wird so kommen, wie ich es dir gesagt habe. Ob du es willst oder nicht."

Aber gleich darauf versuchte ich nur noch, ihm zu entkommen. Doch das war unmöglich. Mit der einen Hand hielt er mich fest, mit der anderen schlug er wie wild auf mich ein, ohne darauf zu achten, wohin seine Schläge mich trafen. Seine Fäuste verletzten mich von außen, das Kind in mir schlug und stieß von innen, als wollte es sich gegen die brutale Gewalt wehren, die ihm zugefügt wurde. Und dann kann ich mich nicht mehr an allzu viel erinnern. Ich spürte, wie eine warme Flüssigkeit meine Schenkel hinunterlief. Gleich darauf verlor ich, von einem heftigen Schlag an die Schläfe getroffen, das Bewusstsein.

Als ich wieder zu mir kam, lag ich in meinem Bett. Teje stand neben mir und wischte mit einem feuchten Tuch immer wieder den Schweiß von meiner Stirn. Zwei andere Sklavinnen fächelten mir mit Straußenfedern Luft zu. Eine alte Frau, die schon oft bei Geburten geholfen hatte, stand am Ende meines Betts und sprach beruhigend auf mich ein.

„Es wird bald soweit sein. Lange kann es nicht mehr dauern."

„Wo ist der Arzt?", fragte ich verwirrt.

„Wir haben nach ihm geschickt", erwiderte Teje. „Er wird bald hier sein, Herrin. Es ging plötzlich alles so schnell."

Wieder durchfuhr ein kräftiger Schmerz meinen Körper.

„Es ist noch zu früh", ging es mir durch den Sinn. „Es ist noch nicht deine Zeit. Gewaltsam hat man dich aus meinem Körper gerissen, deine Ruhe und deinen

Frieden gestört. Kämpfe, mein Kind, kämpfe. Du musst leben, für dich, für mich und für Hapuseneb."

Doch obwohl ich beschwörend auf das kleine Wesen in mir einredete, das mühsam versuchte, sich seinen Weg zu bahnen, spürte ich doch gleichzeitig deutlich, wie Osiris Bote den Raum betrat. Ich wusste plötzlich genau, dass mein Kind sterben würde.

Der Arzt kam nicht. Er war zu einem Krankenbesuch in ein entferntes Dorf aufgebrochen. Als er am Abend endlich in sein Haus zurückkehrte, war mein Kind bereits tot. Doch er hätte ihm auch vorher nicht helfen können. Niemand hätte ihm helfen können. In der Stunde der Geburt war ich allein mit meinen Dienerinnen und der Alten, die machtlos zusehen musste, wie das Schicksal seinen Lauf nahm.

Senmut lag in seinem Bett und schlief seinen Rausch aus, während mein Kind mit dem Tod rang. Ich sehe heute noch das fahle, entsetzte Gesicht der Alten vor mir, als sie zugreifen wollte, um dem Kind in die Welt zu helfen und statt des Kopfes die Beine zu fassen bekam. Das Kind, es war ein Junge, kam am späten Nachmittag des auf den Unglückstag folgenden Tags zur Welt. Das Licht der Sonne erblickte es nicht einen Augenblick. Es wurde tot geboren, erstickt an der Nabelschnur, die meinen Körper mit dem seinen verband.

„Prinzessin", hörte ich die Alte vor Furcht erregt stottern. „Es tut mir so leid. Der Junge ist tot."

Aus ihren Augen sprach die nackte Angst davor, man könnte ihr die Schuld an diesem Unglück geben.

Ich nickte stumm. Ich hatte es vorher gewusst. Ich hatte die Boten des Osiris das Ka und Ba des kleinen Wesens mit sich davontragen sehen. Es war gezeugt worden, um zu sterben. Ich ließ mir den kleinen, leblosen Körper in die Arme legen, betrachtete das kleine Gesicht, das Hapusenebs Gesicht so ähnlich schien.

„So haben uns die Götter nicht einmal dieses Kind gegönnt", schluchzte ich, während ich mit einem Leinentuch seinen kleinen Körper schützend einwickelte, so, als wäre es lebendig.

Ich empfand keinen Schmerz, keine Trauer, nur unendliche Leere. Nichts hatte mehr einen Sinn, das Leben keinen Zweck, kein Ziel mehr.

„Du hast ihn zu dir genommen, Osiris", betete ich, „so nimm auch mich in dein Reich auf. Erbarme dich meiner. Nimm mich zu dir."

Doch meine Bitte wurde nicht erhört. Das Kind war gegangen. Ich musste bleiben. Und doch nahm dieses Kind etwas von mir mit sich ins Reich der Toten, das für alle Zeit nur ihm gehören sollte, denn als ich endlich aus der Leere ins Leben zurückkehrte, war ich ein Mensch ohne Hoffnung geworden.

Man nahm mir den kleinen Leichnam fort, brachte ihn in das zum nahen Dorf gehörige Haus des Todes und übergab ihn den Einbalsamierern. Ich nahm es nicht wahr. Ich nahm überhaupt nichts mehr wahr. Wie aus einer anderen Welt zu mir dringend, hörte ich die Stimmen meiner Dienerinnen auf mich einreden, die Stimme Senmuts, die nach mir fragte, die Stimme des Arztes, die mich beschwörend ins Leben zurückzurufen versuchte, die sagte, ich könnte andere Kinder bekommen und die nicht wusste, dass mein Schoss von der Stunde der Geburt an tot war. Manchmal hob sich der Schleier der Dunkelheit um mich herum, und ich erkannte Teje, die ständig neben meinem Bett saß. Doch schon nach kurzer Zeit tauchte ich wieder unter in die Welt der absoluten Leere, in der ich mich sicher und geborgen fühlte, die weit entfernt lag von den Menschen, die ich glaubte, nicht mehr ertragen zu können. Dieser schützende Dämmerzustand hätte für mich ewig so währen können. Doch irgendwo in der Dunkelheit hörte ich schließlich die Stimme meines Kindes, die mich mahnte, meine Pflicht zu tun, damit es trotz des Todes weiterleben könne. Es war die Nacht vor dem Begräbnis, in der mein Geist in meinen Körper zurückkehrte.

Ich wachte auf und wusste, diesmal durfte ich mich nicht wieder davonstehlen und mich dem Leben und seinen Forderungen entziehen. Noch etwas benommen, richtete ich mich im Bett auf. Mein Blick fiel auf Teje, die mich mit großen, verwunderten Augen anstarrte. Sie schien nicht glauben zu können, was sie sah.

„Herrin, oh, Herrin!", rief sie aufgeregt. „Amun sei gelobt. Wir befürchteten schon alle, du würdest dem Kind folgen. Der Arzt sagte, er könne dir nicht helfen, du wärst körperlich gesund. Nur dein Geist sei krank. Deshalb könne nur dein Wille allein es sein, der die Krankheit besiegt. Doch die Zeit verging, und nichts änderte sich an deinem Zustand. Niemand glaubte mehr daran, dass du noch zu den Lebenden zurückkehren würdest. Nur ich, ich konnte die Hoffnung nicht aufgeben."

„Heute wird mein Kind zu Grabe getragen, nicht wahr?", fragte ich Teje.

„Ja, Herrin", antwortete Teje. „Doch daran solltest du jetzt nicht denken. Du musst jetzt erst wieder zu Kräften kommen."

„Das verstehst du nicht. Darum schweig. Ich habe Kräfte, glaube mir. Ich habe sie, auch wenn mein Körper abgemagert und ausgezehrt aussieht. Die wahre Kraft, treue Teje, die ruht nicht im Körper, sondern im Geist. Rufe meine Dienerinnen und lass mir ein Bad von ihnen richten. Dann lass meine blauen Trauergewänder heraussuchen und komm wieder zu mir. Es gibt da noch etwas, das ich dich fragen möchte."

„Ja, Herrin", erwiderte Teje unterwürfig. „Aber zuerst werde ich die frohe Botschaft dem Herrn überbringen lassen. Er..."

„Nein!", unterbrach ich sie barsch. „Kein Wort zu dem Herrn. Er wird noch früh genug erkennen, dass er mit mir immer noch zu rechnen hat."

„Ja, Herrin", entgegnete Teje gehorsam und stand auf, um meine Befehle auszuführen.

Als sie nach einiger Zeit zurückkehrte, gefolgt von meinen verwunderten Dienerinnen, die sich sofort daran machten, ihre Arbeiten zu erledigen, winkte ich Teje erneut zu mir.

„Sag mir, was ist in jener Nacht geschehen, bevor mein Kind starb?"

Verwundert blickte Teje mich an.

„Ich kann mich an nichts mehr erinnern", erklärte ich.

„Ich weiß nicht, was geschehen ist, Herrin. Der Herr war bereits zu Bett gegangen. Darum wunderte ich mich, warum du nicht kamst. Ich machte mich auf die Suche nach dir und fand dich schließlich ohnmächtig im Speisesaal mit blutverschmiertem Gesicht und geplatzter Fruchtblase. Ich vermute, du bist gestolpert und dabei mit dem Kopf auf die in der Ecke stehende Statue des Seth gestürzt. Dann hast du die Besinnung verloren. Wahrscheinlich war der Sturz auch daran schuld, dass das Fruchtwasser abging."

Ich nickte.

„Schon gut, Teje. Mehr muss ich nicht wissen. Nur eins noch. Der Herr, was sagte er dazu?"

„Wir versuchten, ihn zu wecken, um ihm von dem Vorfall zu berichten. Doch er war nicht ansprechbar. Du weißt sicher, warum. Er hatte ziemlich viel getrunken. Als er dann an dem nächsten Tag von dem Unfall erfuhr, war er sehr erschüttert und niedergeschlagen."

Ich hob die Hand, und Teje schwieg. Doch in ihren Gedanken las ich, dass sie plötzlich zu ahnen begann, was wirklich an diesem Abend vorgefallen war.

„Schweig!", mahnte ich sie deshalb. „Zu keinem Menschen ein Wort darüber. Versprichst du mir das?"

„Ja, Herrin!"

„Was weiß Pharao von dem, was hier geschehen ist?"

„Soviel ich weiß, hat der Herr ihn von dem Tod des Kindes unterrichtet und auch davon, dass wir um dein Leben fürchten."

Ich nickte wieder. Mein Bad war fertig, und ich ließ mir von meinen Dienerinnen ins Wasser helfen. Ich merkte, wie unsicher ich auf den Beinen war und wie schwach ich mich fühlte. Doch ich verbot mir, dieser Schwäche nachzugeben. Ich wollte, ich musste jetzt stark sein. Mein Kind rief mich. Es wartete auf mich. Ich ließ mich abtrocknen und einölen und schließlich legte ich meine blauen Trauergewänder an. Teje begann, mich zu schminken. Aber als sie mir schließlich den Kupferspiegel reichte, damit ich ihre Arbeit betrachten konnte, erstarrte ich. Was mir aus dem Spiegel entgegenblickte, das war nicht mehr ich. Das war eine andere. Ich hatte mir nie Illusionen über mein Äußeres gemacht. Schön war ich nie gewesen. Ich war schon immer zu klein und zu dünn, meine Nase zu groß, mein Mund zu lang geraten. Doch was mir jetzt in diesem Augenblick als mein Spiegelbild entgegentrat, das war keine junge Frau von siebzehn Jahren mehr. Mein Gesicht war eingefallen und wirkte fahl. Meine Nase trat mehr denn je aus meinem Gesicht hervor. Es war nun unverkennbar die Nase meines Vaters. Der ohnehin zu breite Mund wirkte noch länger und verlieh meinem Gesicht einen herrischen Ausdruck, der irgendwie Furcht einflößend war. Nur meine Augen waren noch immer die gleichen. Langgezogen und mandelförmig blickten sie mich an und bestätigten mir, dass ich es wirklich war, die da in den Spiegel sah. Ich war alt geworden, obwohl ich eigentlich noch jung war. Ich wusste, dieses Spiegelbild, das mir da entgegenblickte, würde sich bis zu meinem Tod kaum noch verändern. Einige Runzeln und Falten würden hinzukommen, auch ein paar graue Haare, doch im Großen und Ganzen war ich innerlich und äußerlich in das Endstadium meiner Entwicklung getreten. Von Nenefer, der Frau, war nur noch Nenefer, die Seherin, geblieben. Die Frau in mir würde ich an diesem Tag zu Grabe tragen zusammen mit meinem Sohn.

Nachdem ich mich vom ersten Schreck erholt hatte, musste ich sogar lächeln. Dumme Eitelkeit, die uns Menschen doch so sehr beherrscht. Aber mich sollte sie nie wieder einfangen. Mein Äußeres bedeutete mir nichts mehr. Meine Kraft lag in mir.

Ich befahl Teje, meine Sänfte bringen zu lassen. Es war noch früh am Morgen, als ich zum Anlegeplatz am Nil getragen wurde, an dem sich der Verwalter des Guts, einige Hausangestellte, vier Sempriester und zwei Klagefrauen um den kleinen, einfachen Sarg gescharrt hatten. Nichts war da, was dem Kind mit ins Grab gegeben werden konnte, denn es hatte in seinem kurzen Leben nichts besessen. Nur ein paar Lotosblüten zierten den kleinen Schrein. Welch ein Begräbnis für ein Kind, das vom Blut her einmal Pharao hätte werden können! Ihr Götter!

Der kleine Zug wartete auf Senmut, um sich dann auf den Weg zum Grab zu machen. Erstaunen, ja sogar Furcht, erfüllte die Gesichter, als man mich erkannte. Der Verwalter kam aufgeregt auf mich zu.

„Bei den mächtigen Göttern Ägyptens!", stieß er hervor, während er sich vor mir verneigte. „Ein Wunder ist geschehen. Ich kann nicht sagen, wie froh ich bin, dich wieder auf dem Weg der Genesung zu sehen, Prinzessin Nenefer."

Ich gab ihm keine Antwort, denn mein Blick wurde magisch von einer Gestalt angezogen, die in der Ferne auftauchte. Es war Senmut. Er erkannte mich im gleichen Augenblick wie ich ihn und erstarrte. Deutlich empfing ich seine Gedanken, empfand die erlöschende Hoffnung nach, die sich seiner bemächtigte, als er erkennen musste, dass ich nicht sterben würde. Mit mir wäre nicht nur eine unliebsame Ehefrau, sondern auch die Anklage, die jetzt auf ihm lastete, zu Grabe getragen worden. Doch ich lebte, und so lebte auch seine Schuld. Dem Erstarren folgte ein kurzer Augenblick des Zögerns. Dann kam Senmut entschlossen auf mich zu.

„Nenefer, wie froh ich bin, dich wohlauf zu sehen", sagte er mit honigweicher Stimme.

Ich blickte in sein Gesicht, in das Gesicht des Mannes, der das Leben meines Kinds ausgelöscht hatte. Sein Mund lächelte heuchlerisch, doch seine Augen beobachteten mich gespannt. Er rechnete mit einer lauten Anklage, mit Verwünschungen und Drohungen. Aber ich dachte nicht daran, mich hinreißen zu lassen.

„Der Tod wäre zu einfach, Senmut. Das Leben kann eine viel härtere Strafe sein."

Diesen Gedanken sandte ich ihm und bemerkte gleich darauf die plötzliche Verwunderung in seinen Augen. Laut sagte ich:

„Ich freue mich, dass du dich freust."

Damit war unser Gespräch beendet. Doch alle Versammelten spürten die Spannung, die zwischen uns herrschte.

Der kleine Sarg wurde auf ein Schiff getragen, das ihn auf die andere Seite des Nils brachte. Dort wurde er auf einen Schlitten gehoben und zum Eingang des Grabs gezogen. Das Grab war ebenso einfach und schlicht wie das Begräbnis. Es gab nichts zu erzählen von dem kleinen Leben, das gar nicht richtig begonnen hatte. Das Grab wurde schnell verschlossen und die, die ihm das letzte Geleit gegeben hatten, kehrten heim. Es war eine traurige und trostlose Beisetzung, die in mir nichts als Hoffnungslosigkeit hinterließ. Aber ich konnte nichts mehr ändern. Ich musste mich in das Unvermeidliche fügen.

„In der Stunde der Dämmerung erwarte ich dich bei mir. Ich habe mit dir zu reden", sagte ich zu Senmut, bevor ich mich in meine Gemächer zurückbringen ließ.

Senmut nickte.

„Ich werde kommen", sagte er und ging mit dem Gefühl von mir, dass ich Vergeltung fordern würde.

Obwohl ich mich müde und erschöpft fühlte, ließ ich mir von Teje Papyrusrollen bringen und begann zwei Briefe zu schreiben. Den einen richtete ich an Pharao. Ich teilte ihm mit, dass das Kind gestorben sei, ich mich auf dem Weg der Genesung befinde und dass ich mir wünschte, er würde Senmut nach Theben zurückkehren lassen. Den zweiten richtete ich an Hatschepsut. Ich bat sie darin, Senmut für sich als Architekten arbeiten zu lassen, die Zeit dafür sei reif, die Götter seien mit ihr und Senmut. Beide Rollen versiegelte ich, dann legte ich mich ins Bett, um ein wenig auszuruhen.

Senmut kam pünktlich zur angegebenen Stunde. Ich machte mir nicht die Mühe, aufzustehen, sondern schickte nur alle Dienerinnen hinaus.

Eine Zeit lang starrten wir uns abschätzend an. Jeder versuchte die Gedanken des anderen zu ergründen. Doch im Gegensatz zu Senmut gelang mir dies auch.

„Nenefer", hob Senmut schließlich unsicher an. „Es tut mir leid. Es tut mir aufrichtig leid. Das habe ich nicht gewollt."

„Ich habe dich nicht gerufen, um mir deine Entschuldigungen anzuhören. Du hast einen Fehler gemacht, der dich deinen ehrgeizigen Kopf kosten kann. Du hast es gewagt, eine Tochter Pharaos zu schlagen. Und du hast ihr Kind umgebracht. Was glaubst du, was Pharao mit dir tun würde, wenn er dies je erführe? Mit dem Kopf nach unten würde er dich in der Stadt aufhängen lassen, bis du tot bist. Es tut dir leid, sagst du. Das Einzige, was dir wirklich leidtut, ist, dass ich nicht auch tot bin. Dann wärst du alle deine Probleme los. Aber ich bin nicht tot, Senmut. Ich bin ganz und gar nicht tot. Doch lassen wir das. Es führt zu nichts. Ich will, dass du deine Sachen packst und so schnell wie möglich nach Theben zurückkehrst. Ich denke, du kannst verstehen, dass ich deine Gegenwart nicht mehr ertragen kann."

„Pharao hat mir verboten, ohne dich nach Theben zurückzukehren", wandte Senmut zögernd ein.

„Die Situation hat sich geändert. Das Kind ist tot. Niemand in Theben wird je erfahren, dass es dieses Kind überhaupt gab. Ich sehe darum keinen Grund für dich, länger zu bleiben. Hier sind zwei Briefe von mir, einer für Pharao, einer für Hatschepsut. Übergib sie. Pharao wird verstehen."

„Darf ich fragen, was du geschrieben hast?", fragte Senmut vorsichtig.

„Nichts, was dich belastet. Du brauchst keine Furcht zu haben."

„Warum schweigst du? Du hast dieses Kind geliebt. Du hast es über alles gewollt. Warum lieferst du mich nicht dem Henker aus?"

Ich lächelte grimmig.

„Es gibt so vieles, was du nicht verstehen kannst, Senmut. Ich hasse dich. Ich hasse dich aus ganzem Herzen für das, was du getan hast. Aber es ist nicht an mir, ein Urteil über dich zu fällen. Die Götter werden dich strafen, wenn die Zeit dafür gekommen ist. Das weiß ich ganz genau. Und noch etwas will ich dir sagen, Senmut. Ich habe dich bestimmt nicht heiraten wollen.

Aber jetzt bist du mein Mann, und du wirst es bleiben, solange du lebst. Merk dir das. Und jetzt geh. Ich hoffe, dich morgen nicht mehr hier zu finden."

Meine letzten Worte klangen wie eine Drohung. Mein Blick durchbohrte Senmut. Und zum ersten Mal empfand er Angst vor mir, denn er spürte plötzlich deutlich die Macht, die in mir wohnte, an die er nicht glaubte und die er doch ganz deutlich empfand. Hastig griff er nach den beiden Papyrusrollen und verließ den Raum. Am nächsten Nachmittag bestieg er ein Schiff nach Theben, und ich atmete auf.

Die Wochen und Monate, die nun folgten, waren erfüllt von Ruhe und Frieden. Ich trauerte noch immer um mein Kind, das mir genommen worden war. Doch ich hatte mich mit dem Verlust abgefunden. Häufig besuchte ich das kleine Grab, vor dem ich einen Tempel errichten ließ, in dem ich dem Ka des Kindes Opfer darbrachte. Viel Zeit verbrachte ich damit, die Natur zu beobachten, die ein ständiges Kommen und Gehen war. Ich sah den Bauern auf dem Feld bei der Arbeit zu, wie sie säten, die Felder bewässerten, die Ernte einbrachten. Das Land wurde zur Wüste, um dann erneut zu erblühen. Der Kreis schloss sich Jahr für Jahr. Es hatte etwas Beruhigendes an sich, dass es da etwas gab, auf das man sich völlig verlassen konnte. Was auch immer geschehen würde, Jahr für Jahr verließ der Nil trotzdem sein Bett, um das Land der Dürre zu entreißen. Die Zeit rann dahin. Doch die Zeit hatte für mich jede Bedeutung verloren. Ich hatte Frieden gefunden. Ich ruhte in mir und verschloss mich allen äußeren Einflüssen, allen Menschen. Und meine innere Kraft wuchs.

Häufig mahnten mich Briefe von Pharao, endlich nach Theben zurückzukommen. Doch ich schenkte ihnen keine Beachtung. Manchmal dachte ich selbst daran, in die Hauptstadt zurückzukehren. Aber ich verdrängte diesen Gedanken gleich wieder. Das kleine Grab hielt mich fest. Ich konnte und wollte mich noch nicht lösen, denn hier ruhte viel mehr von mir als nur mein Kind.

So vergingen fast drei Jahre. Manchmal hörte ich aus Memphis von meinem Bruder Thutmosis, der versuchte, dort an Einfluss zu gewinnen, was ihm auch gelang. Dann wieder erzählten Händler, die vorbeikamen, um ihre Waren zu verkaufen, von Hatschepsut, die die uneingeschränkte Herrin von Theben geworden war. Aber all das berührte mich nicht im Geringsten bis zu dem Tag, an dem mir im Opferfeuer der Gott Osiris erschien. Er hatte das Gesicht Pharaos. In diesem Augenblick wusste ich, dass die Zeit der Besinnung vorbei sein musste. Schon am nächsten Tag bestieg ich ein Schiff, um nach Theben zurückzukehren.

Ich schickte niemandem eine Botschaft, sondern kehrte völlig unerwartet in die Stadt zurück, die ich vor Jahren mit so viel Hoffnung im Herzen verlassen hatte. Die Hoffnung war vergangen. Mein Kind war tot. Was mir blieb, war die Pflicht. Um sie zu erfüllen, musste ich mich erneut den Menschen zuwenden, auch wenn in meinem Innern nur noch die Sehnsucht nach Einsamkeit und Frieden lebte. Doch welcher Mensch darf es wagen, sich der ihm von den Göttern gestellten Aufgabe zu widersetzen? Muss sich nicht jeder von uns in sein Schicksal fügen?

Während meine Dienerinnen den Transport meines Gepäcks in den Palast überwachten, bestieg ich, begleitet von Teje, eine Sänfte, die mich zum großen Tempel von Karnak brachte. Es gab in der ganzen Stadt nur einen Menschen, dem ich wirklich vertraute, und das war Menech, der Hohenpriester des Amun. Von ihm hoffte ich zu erfahren, was sich in meiner Abwesenheit in der Stadt ereignet hatte und wie die Dinge im Palast standen, denn ich wollte mich nicht völlig unvorbereitet und unwissend in das Nest des Falken zurückbegeben.

Sicher fand ich meinen Weg durch die Gänge, Hallen und Säle, in denen ich geraume Zeit meines Lebens verbracht hatte. Es war eine glückliche Zeit gewesen. Doch alles im Leben geht vorüber. Immer wieder trafen mich ungläubige Blicke von Menschen, die mich von früher kannten und mich nun doch fast nicht wiedererkennen konnten. Ich schenkte ihren höflichen Verbeugungen, zu denen sie sich schließlich entschlossen, wenig Beachtung. Erst vor dem Arbeitszimmer des Hohenpriesters blieb ich stehen. Zwei Tempelwächter versperrten mir den Weg.

„Ist der Hohenpriester da?" fragte ich.

„Ja, doch ..."

„Dann meldet mich ihm. Sagt ihm, ich wünsche ihn zu sprechen", forderte ich.

„Der Hohenpriester möchte nicht gestört werden", erhielt ich zur Antwort.

„Melde mich ihm. Sag ihm, die Prinzessin Nenefer wünscht ihn unverzüglich zu sprechen. Und jetzt geh, oder du wirst es bereuen", fuhr ich den Mann an.

Der starrte mich noch einen Augenblick ungläubig an, dann verschwand er hinter der Tür. Wenige Augenblicke später öffneten sich die beiden Flügel der Ebenholztüre, um mich einzulassen. Entschlossen trat ich hindurch, um sogleich zu erstarren. Es war nicht Menechs vertrautes, weises Gesicht, das mir entgegenblickte.

„Du, Hapuseneb?", stieß ich hervor. „Du bist hier?"

„Ja, Nenefer", antwortete er lächelnd. „Ich bin hier."

„Wo ist dein Vater Menech?", fragte ich, noch immer völlig überrascht von dem unerwarteten Wiedersehen.

„Er ist vor einem halben Jahr gestorben, Nenefer. Pharao hat mich daraufhin zum neuen Hohenpriester des Amun ernannt."

„Das tut mir leid, Hapuseneb. Dein Vater war ein guter und aufrichtiger Mann. Ich liebte ihn wie einen Vater. Ich hatte keine Ahnung davon, dass er gestorben ist, sonst…"

Ich stockte.

„Sonst wärst du nicht gekommen, nicht wahr?", fragte Hapuseneb. „Ich habe dir gesagt, dass wir Freunde bleiben, was immer geschieht. Mehr können wir nicht sein."

Ich nickte stumm. Menechs Tod machte mich betroffen. Aber noch mehr rührte das unerwartete Wiedersehen mit Hapuseneb an meinem Gemüt. Es rüttelte den alten Schmerz wieder wach. Und genau das durfte ich nicht zulassen.

„Wie lange bist du zurück?", fragte Hapuseneb.

„Etwa seit einer Stunde", erwiderte ich. „Eigentlich wollte ich, bevor ich in den Palast gehe, von deinem Vater erfahren, wie die Dinge dort stehen."

„Nun", entgegnete Hapuseneb lächelnd, „das kannst du auch von mir erfahren. Setzen wir uns."

Er rief nach einem Sklaven und ließ Wein und Früchte bringen. Dann wandte er sich wieder an mich.

„Was willst du wissen?"

„Alles", antwortete ich. „Jedenfalls so viel wie möglich. Wie geht es Pharao? Und vor allem, wie steht es um Hatschepsut?"

„Nun, Pharao ist seit gut einem Jahr krank und leidet unter starken Schmerzen. Es stand schon oft sehr schlecht um ihn, sodass man das Schlimmste befürchten musste. Doch er hat sich jedes Mal dank der Götter wieder erholt. Ich glaube nicht, dass er bald sterben wird."

„Noch bevor die Nacht vorüber ist, wird er zu Osiris geworden sein", erwiderte ich ruhig.

Erschreckt blickte Hapuseneb mich an.

„Bist du dir sicher?"

Ich nickte.

„Das ist zu früh für sie", fuhr Hapuseneb auf. „Zwar regiert Hatschepsut das Land eigentlich schon seit zwei Jahren allein. Alle Fäden laufen bei ihr zusammen, und sie hat viele Freunde und Anhänger. Sämtliche Ämter hat sie klug an ihr ergebene Leute verteilt. Aber all das geschah unter der offiziellen Herrschaft von Thutmosis. Wenn er jetzt stirbt, ist es wirklich zu früh. Die Beamten stehen hinter ihr, viele Priester auch. Doch im Heer stößt ihre Regentschaft immer noch auf Widerstand. Die Armee ist uneingeschränkt für ihren Bruder Thutmosis. Sie will sich nicht von einer Frau führen lassen."

„Das ahnte ich, Hapuseneb. Wenn Hatschepsut und Thutmosis sich nach Pharaos Tod nicht einigen, wird es zu einem Bruderkrieg kommen."

„Hatschepsut wird niemals…"

„Sie muss. Deshalb bin ich zurückgekommen. Sie muss, Hapuseneb, oder das Land wird ausbluten. Und das kann sich Ägypten nicht leisten."

„Wie stellst du dir das vor, Nenefer? Hatschepsut hasst Thutmosis nicht nur, sie verachtet ihn noch viel mehr."

„Ich weiß", entgegnete ich. „Deshalb kann es sein, dass ich deine Hilfe brauchen werde. Kann ich auf dich zählen?"

„Das weißt du doch. Wann immer du mich brauchst, werde ich da sein."

„Nicht ich brauche dich. Ägypten braucht dich. Das ist ein Unterschied, Hapuseneb."

Ich sagte das betont abweisend, denn ich wollte auf gar keinen Fall, dass er das Gefühl bekam, dass ich noch immer an ihm hing.

„Darf ich noch etwas fragen?"

Hapuseneb nickte.

„Was macht mein Mann, Senmut?"

Hapusenebs Blick bohrte sich in den meinen. Ich hörte in meinem Kopf seine Frage. - Warum hast du ihn geheiratet? - Doch er sprach sie nicht aus, und das war gut so.

„Hatschepsut hat ihn zu ihrem Haushofmeister ernannt. Er genießt die uneingeschränkte Gunst Ihrer Majestät. Zurzeit ist er im Land der Toten, um für sie ein Grab zu bauen, das seinesgleichen sucht."

Das erspart es mir, ihn gleich wiedersehen zu müssen, dachte ich bei mir. Doch an Hapuseneb gewandt sagte ich nur: „Ich danke dir. Du hast mir sehr geholfen."

Ich stand auf, um zu gehen. Aber Hapusenebs Blick hielt mich gefangen. Ich spürte seine Sehnsucht danach, mich zu berühren, mir nah zu sein. Aber das durfte ich nicht zulassen. Deshalb begegnete ich seinem forschenden Blick kühl.

„Was ist mit dir geschehen, Nenefer? Du bist nicht mehr die, die ich einmal kannte. Was, bei der Neunheit der Götter, hat dich so verändert?"

Ich war versucht, ihm zu sagen, was mich verändert hatte. Er hatte mich mit einem Kind allein gelassen, das nun tot war. Ich hatte deshalb einen Mann heiraten müssen, der von Seth besessen war. Doch was hätte das genützt? Der Wille der Götter war geschehen. Nichts konnte das Geschehene mehr ändern.

„Unser Leben hat sich verändert, folglich ändern auch wir uns. Unser Geist wächst mit dem Wissen, das wir erwerben. Mit dem Wissen kommt die Einsicht bei jedem von uns, bei dem einen früher, bei dem anderen später. Der Einzelne von uns ist nichts. Was zählt, ist Ägypten. Darum wünsche mir Glück."

Ich wandte mich rasch um und ging, ohne ihm die Zeit zu geben, etwas zu erwidern, denn ich fürchtete, sonst die Beherrschung zu verlieren und meinen ganzen verborgenen Kummer doch noch hinauszuschreien. Aber genau das durfte ich jetzt auf keinen Fall tun.

Als ich in den Palast zurückkam und dort wieder meine alten Gemächer betrat, erfüllte mich die Gewissheit, dass ich am Ende meiner Suche angekommen war. In diese Räume gehörte ich, und nichts würde mich je wieder von hier fortbringen. Hierher hatten die Götter mich berufen, an die Seite Hatschepsuts. Und nur hier konnte mein Leben noch einen Sinn haben. Genau hier würde sich mein Schicksal erfüllen.

Ich sah mich in dem Zimmer um. Es war sauber gefegt. Jemand musste hier während meiner Abwesenheit für Ordnung gesorgt haben. Nichts hatte sich verändert. Alles, was ich bei meiner Abreise nicht mitgenommen hatte, stand an seinem Platz. Es war, als wäre die Zeit während meiner Abwesenheit in diesen Räumen zum Erliegen gekommen, als hätte hier alles auf meine Rückkehr gewartet, um erneut Leben eingehaucht zu bekommen. Plötzlich schien es mir unwirklich, dass es drei Jahre her sein sollte, dass ich das letzte Mal dagestanden und aus diesem Fenster gesehen hatte. Ich fühlte mich verwirrt und doch gleichzeitig geborgen und sicher. Die Unruhe, die das unerwartete Wiedersehen mit Hapuseneb in mir hervorgerufen hatte, legte sich. Er war da. Er war in mein Leben zurückgekehrt. Und das war gut so. Es war der Wille der Götter. Doch ich durfte es nie mehr zulassen, dass meine Gefühle meinen Verstand überflügelten. Und ich wusste, dass ich dazu nun in der Lage war.

Die Nachricht von meiner Ankunft hatte sich schnell überall im Palast herumgesprochen. Deshalb wunderte ich mich auch nicht, dass ich innerhalb kürzester Zeit zwei Botschaften erhielt, die mich beide aufforderten, zu kommen. Die eine kam von Pharao, die andere von Hatschepsut. Nach kurzem Überlegen entschied ich mich dazu, Pharao zuerst aufzusuchen, denn vor dem Wiedersehen mit Hatschepsut bangte mir ein wenig. Schließlich war ich gekommen, ihre Pläne zunichte zu machen. Ich wollte sie in die Arme unseres Bruders Thutmosis treiben, und ich fragte mich, ob sie sich der auf sie zukommenden Entscheidung bewusst war, oder ob sie fest damit rechnete, nach Pharaos Tod den Thron besteigen zu können? War ich es nicht gewesen, die ihr prophezeit hatte, dass sie einmal die Krone tragen würde? Und ich war mir noch immer sicher, dass dies einmal geschehen würde. Doch nicht jetzt. Und dann war da noch Senmut. Ich ahnte, dass meine Heirat mit ihm einmal einen Keil zwischen sie und mich treiben würde. Und das war einzig Pharao zu verdanken.

Ich badete und zog mich um. Dann machte ich mich auf den Weg zu Pharao. Die vor der Tür stehenden Wachen meldeten mich unverzüglich an, und gleich darauf wurde ich vorgelassen.

Thutmosis lag auf seinem Ruhebett. Er war nur mit einem weißen, säuberlich gefalteten Lendenschurz bekleidet. Weder eine Perücke noch Schmuck zierten seinen Körper. Sein Gesicht war eingefallen und von Falten durchfurcht. Sein Körper war mager, ausgezehrt, kraftlos. Vor mir lag ein Greis, der auf Osiris Boten wartete. Ich warf mich vor ihm zu Boden und stand erst auf, als er mich dazu aufforderte. Wir blickten uns eine lange Zeit schweigend an und verstanden uns auch ohne Worte.

„Es hat lange gedauert, bis du zurückgekommen bist. Ich fürchtete schon, dich nicht mehr sehen zu können. Wie dumm von mir. Du weißt es, nicht wahr? Meine Stunde ist gekommen."

„Ja, darum bin ich zurückgekehrt."

Pharao nickte. Ich sah, dass es ihm schwerfiel, gleichmütig zu bleiben. Fürchterliche Schmerzen plagten seinen Körper und machten ihm das Leben zur Qual.

Die drei Priester, die um Pharaos Bett standen und Weihrauch und Harz verbrannten, um damit die Götter gnädig zu stimmen und Pharaos Schmerzen zu lindern, nahmen ihre Arbeit erneut auf. Voll Eifer schwenkten sie ihre Gefäße und murmelten dazu ihre Gebete.

„Wo die Ärzte keinen Rat mehr wissen, werden die Götter angefleht", versuchte Thutmosis zu scherzen, was ihm jedoch nicht so recht gelang.

„Die Stunden eines jeden von uns sind gezählte, Majestät. Wenn die Zeit abgelaufen ist, lassen auch fromme Gebete, Weihrauch und Harz das Ka und das Ba nicht länger verweilen", erwiderte ich.

Thutmosis blickte mich fragend an. Schließlich nickte er.

„Ich bin froh, wenn es vorüber ist. Nur noch mit Schmerzen leben zu können, ist fast unerträglich. Ich bin bereit. Doch Hatschepsut, Nenefer, sie ist noch nicht bereit. Für sie ist es zu früh. Ihre Zeit wird kommen, aber später."

Thutmosis graue, alte Augen starrten mich schmerzerfüllt an. Dann gab er den Priestern und anwesenden Sklaven den Befehl, uns allein zu lassen. Schließlich fragte er: „Was willst du, Nenefer? Warum bist du zurückgekommen? Wohl kaum deshalb, um mich noch einmal zu sehen."

„Ich flehe Euch an, Majestät, ändert Eure Proklamation, solange Ihr noch könnt. Ernennt Thutmosis zu Eurem Nachfolger. Das ist die einzige Möglichkeit, einen Bruderkrieg zu verhindern."

Traurig schüttelte Thutmosis den Kopf.

„Das kann ich nicht, Nenefer. Das kann ich Hatschepsut nicht antun. Mein Leben lang habe ich sie und Ägypten geliebt. Doch jetzt, da sich mir der Tod nähert, weiß ich, dass ich sie mehr liebe. Ich habe ihr den Thron zugesprochen, und nichts wird diesen Entschluss ändern."

Ich schwieg betroffen, denn ich wusste, dass nun der Konflikt unausweichlich geworden war. Und auch Pharao wusste das.

„Wie viel Zeit bleibt mir noch, Nenefer?" fragte Thutmosis.

„Keine!", antwortete ich. „Keine, Majestät."

Ich verneigte mich und wandte mich zum Gehen. Aber Thutmosis hielt mich noch einen Augenblick zurück.

„Ich weiß, Nenefer, du kannst es verhindern. Du kannst Hatschepsut zum Einlenken bringen. Versteh mich bitte. Sie selbst muss einsehen, dass es keine andere Möglichkeit gibt, wenn Ägypten nicht untergehen soll. Und Hatschepsut liebt Ägypten. Wenn ich jedoch jetzt mein Versprechen breche, wird sie mir das nie verzeihen."

Ich nickte stumm und ging. Es gab nichts mehr, was noch gesagt werden musste. Ich wusste, es war das letzte Mal, dass ich ihn lebend sah. Und er wusste es ebenso.

Auch bei Hatschepsut wurde ich sogleich vorgelassen. Als ich ihr dann gegenüberstand, erstarrte ich fast. Das junge, hübsche Mädchen war zu einer wunderschönen, reifen Frau herangewachsen, der schönsten, die ich je gesehen hatte. Nun verstand ich, warum überall im Land ihre Schönheit ebenso wie ihre Klugheit gerühmt wurden. Sie war zur herrlichsten Blume Ägyptens erblüht. Ihr Körper war gertenschlank und biegsam wie ein Baum im Wind. Ihr schwarzes, glänzendes Haar umrandete ihr schmales, fein geschnittenes Gesicht. Ihr Mund wirkte wie eine üppige, reife Frucht, die nur darauf wartete, gepflückt zu werden. Doch das Leuchten ihrer Augen überstrahlte alles und zog jeden in einen Bann. Wahrlich, sie war von den Göttern gesegnet.

Auch Hatschepsut betrachtete mich einen Augenblick, und ich sah ihrem Gesicht deutlich an, dass ihr Urteil über mich ganz anders ausfiel. Nur mühsam gelang es ihr, den Schreck zu überwinden, den ihr mein Erscheinungsbild einflößte.

„Oh, Nenefer, fast hätte ich dich nicht wiedererkannt."

Ich lächelte.

„Auch du hast dich sehr verändert. Du bist nicht nur schöner geworden, sondern, wie mir scheint, bist du auch zur vollkommenen Herrscherin herangereift. Überall spricht man von deinen Fähigkeiten."

Hatschepsut lächelte zufrieden.

„Wie ich höre, hast du Pharao schon gesehen. Es geht ihm nicht sehr gut. Doch ich hoffe, er wird bald wieder genesen. Er ist stark wie ein Stier. Nichts kann ihn unterkriegen."

„Diesmal wird er nicht genesen, Hatschepsut. Bevor der Morgen graut, wird er sich auf den Weg in den Duat gemacht haben."

Hatschepsuts Lächeln erstarrte.

„Du musst dich irren", sagte sie verunsichert.

Mitleidig schüttelte ich den Kopf.

„Ich wünschte, ich würde es. Aber es ist so. Er wird sterben. Allein die Sorge um dich hielt ihn überhaupt so lange am Leben. Doch seine Kraft schwindet. Er kann dem Kampf nicht länger standhalten."

Einen Augenblick lang schaute sie mich hilflos an. Doch dann strafften sich ihre Gesichtszüge und verbargen Schmerz und Schreck.

„Nun, Osiris Boten werden ihn von seinen Schmerzen erlösen. Die Götter sind weise. Sie wissen, was sie tun."

„Ja", erwiderte ich rasch. „Sie wissen, was sie tun. Doch was wirst du tun, Hatschepsut?"

„Was meinst du damit?", fragte Hatschepsut überrascht.

„Nichts weiter, als dass ich dich frage, was du tun wirst?"

„Nun, ich werde die Nachfolge Pharaos antreten."

Ich nickte.

„Und unser Bruder Thutmosis?", fragte ich weiter.

„Ach, Thutmosis!", erwiderte Hatschepsut abfällig. „Er kann tun, was er will. Herrschen werde ich."

„Hatschepsut", begann ich eindringlich zu warnen. „Unterschätze Thutmosis nicht. Er wird dir den Thron nicht kampflos überlassen. Auch er hat seine Anhänger. Es wird zum Krieg kommen."

„Das glaube ich nicht", erwiderte Hatschepsut leichtfertig. „Krieg! Thutmosis wird es nicht wagen."

„Er wird. Da bin ich sicher. Es sei denn, du lenkst ein."

„Was soll ich?", fragte Hatschepsut fassungslos.

„Einlenken. Du musst ihn heiraten, Hatschepsut, oder es wird ein furchtbares Blutvergießen geben. Das kann keiner von euch wirklich wollen."

„Du bist verrückt geworden, Nenefer!", schrie Hatschepsut wütend. „Niemals! Ich werde ihn nicht heiraten. Ich werde ihn zertreten wie eine Fliege."

„Oder er dich", gab ich ihr zu bedenken.

„Bist du etwa nur gekommen, um mir das zu sagen? Ich hatte es nicht glauben wollen, als Senmut sagte, du würdest mich an Thutmosis verraten. Aber jetzt!"

„Ich habe dich nicht verraten. Und ich werde dich nie verraten. Aber trotzdem muss ich dir sagen, dass es im Augenblick keine andere Möglichkeit gibt. Auch du musst dich dem Willen der Götter fügen."

„Was redest du da?", zischte Hatschepsut zornig. „Warst du es nicht, die sagte, dass es der Wille der Götter sei, dass ich den Thron des Horus besteige?"

„Du wirst ihn besteigen. Da bin ich mir sicher. Aber deine Zeit ist jetzt noch nicht gekommen."

„Ach was!", fuhr Hatschepsut auf. „Ich hatte mich darauf gefreut, dich wiederzusehen. Doch nun? Geh jetzt, sonst verliere ich meine Beherrschung."

„Ich gehe. Aber was wahr ist, bleibt wahr. Auch du wirst das erkennen müssen."

Ich ging. Ich wusste, dass sie zornig auf mich war. Doch ich hoffte, sie würde rechtzeitig einsehen, dass ich recht hatte.

In dieser Nacht starb Pharao. Hatschepsut und der gesamte Hofstaat standen an dem Bett des Herrschers, als er seinen letzten Atemzug tat. Bereits am frühen Abend war er in eine tiefe Bewusstlosigkeit gefallen, aus der er nicht mehr erwachte. Doch erst gegen Morgen, als wieder einer der Ärzte den Kupferspiegel vor seinen Mund hielt, beschlug er nicht mehr. Pharao war tot.

Die anwesenden Priester änderten ihre Beschwörungen in Klagelieder. Die wartenden Klagefrauen erhoben ihre Stimmen und rauften sich die Haare. Ein Bote wurde nach Theben entsandt, damit der große Gong geschlagen werden konnte, der jedem in der Stadt mitteilen würde, dass der Herrscher ans andere Ufer geeilt war. Ansonsten herrschte in dem Totenzimmer eisiges Schweigen. Alle Blicke waren jetzt auf Hatschepsut gerichtet. Jeder wartete auf ein Zeichen von ihr. Doch sie rührte sich nicht. Ungläubig starrte sie auf den toten Körper ihres Vaters. Sie konnte, sie wollte es immer noch nicht glauben. Er war zu früh gegangen, viel zu früh. Schmerz und Verzweiflung fraßen an ihrer Seele. Wie sehr hatte sie diesen Mann geliebt und verehrt. Nun hatte er sie allein gelassen, die ganze Verantwortung auf ihre Schultern geladen. Wie sollte sie das verkraften? Nie wieder würde sie ihn um Rat fragen können, nie wieder seine tröstenden Worte vernehmen, wenn ihr etwas nicht geglückt war. Nie – welch ein Wort! Welch eine Zeitspanne! Ich sah sie an und empfand unendlich viel Mitleid mit ihr. Der Tod Pharaos, der mir völlig gleichgültig war, der mein Herz nicht berührte, lähmte sie, nahm ihr alle Kraft zu handeln. Dies war der Beginn ihrer Niederlage gegen Thutmosis. Und vielleicht ahnte sie dies bereits. Doch daran verschwendete sie in dieser Stunde kaum einen Gedanken. Nur Trauer und Schmerz erfüllten ihr Herz.

Noch immer waren alle Blicke auf sie gerichtet. Doch niemand wagte es, die Worte auszusprechen, die ausgesprochen werden mussten. Es wäre eigentlich Hapusenebs Aufgabe als Hohenpriester gewesen, es zu verkünden. Doch er schwieg hartnäckig, denn er hatte mir sein Wort gegeben. Die Situation verschärfte sich. Die Spannung im Raum wuchs. Würde ein anderer es wagen, die Worte auszusprechen? Hatschepsut starrte noch immer völlig abwesend auf Pharao. Nur mühsam unterdrückte sie die Tränen, die sie zu übermannen drohten. Und noch immer bemerkte sie nichts von der Spannung, die den Raum erfüllte.

Doch dann löste einer, mit dem zu dieser Stunde niemand gerechnet hatte, die Situation zu Gunsten Hatschepsuts. Keiner hätte später sagen können, wie lange er schon anwesend gewesen war. Doch sehr lange konnte es nicht gewesen sein. Trotzdem erkannte er sofort die Lage und handelte. Verschwitzt und schmutzig vom Wüstenstaub löste er sich aus der Menge, trat auf Hatschepsut zu, kniete vor ihr nieder und rief laut und vernehmlich: „Pharao Thutmosis I. ist tot. Es lebe der neue Horus, Makare Hatschepsut."

Erst jetzt löste Hatschepsut ihren Blick von Pharao. Sie erkannte ihren Haushofmeister Senmut, und ein Gefühl des Trosts bemächtigte sich ihrer. Er war da. Er würde ihr beistehen. Sie war nicht mehr allein. Und nun wurde sie sich auch der Situation bewusst, in der sie sich befunden hatte, bevor Senmut zu ihren Gunsten eingriff. Fordernd blickte sie in die Runde der Versammelten, und einer nach dem anderen kniete nieder und huldigte ihr als dem neuen Horus. Schließlich blieb auch Hapuseneb keine andere Möglichkeit, als in die Knie zu gehen, wollte er nicht Gefahr laufen, in Ungnade zu fallen und seine Ämter zu verlieren. Einzig ich sank nicht nieder. Doch das rang Hatschepsut nur ein spöttisches Lächeln ab. Sie hatte hier und heute gesiegt. Sie war die uneingeschränkte Herrscherin Thebens. Und das verdankte sie Senmuts Scharfsinn.

Am Vormittag wurde Pharao ins Haus der Toten überführt und eine neunzigtägige Staatstrauer angeordnet. Erst nach Pharaos Beisetzung konnte ein neuer Horus gekrönt werden.

In den ersten Tagen nach Pharaos Tod lief für Hatschepsut alles bestens. Jeder befolgte ihre Befehle. Niemand wagte es, sich ihr entgegenzustellen. Doch dann, am zwanzigsten Tag nach Pharaos Tod, traf während der täglichen Ratssitzung ein Bote von Thutmosis ein. Er überbrachte die Forderung des Prinzen nach dem Thron und Hatschepsuts Hand.

Anderenfalls, so hieß es in der Botschaft, würde der Sohn des Horus kommen und sich nehmen, was ihm gehörte. Hatschepsut ließ die Botschaft laut von ihrem Schreiber vor dem Rat verlesen und lachte dann herzhaft. Sie nahm die Forderung nicht ernst. Was konnte Thutmosis schon unternehmen? Er war in Memphis, sie aber war in Theben. Daher entschloss sich Hatschepsut, ihren Bruder keiner Antwort zu würdigen.

Das Leben lief weiter seinen gewohnten Gang. Hatschepsut hielt alle Fäden fest in ihren Händen. Das Grab Pharaos wurde mit großem Eifer fertig gestellt, und die Tochter Pharaos bereitete ihre anschließende Krönung vor.

Aber dann änderte sich die Lage grundlegend. Ein Kurier aus dem Norden brachte die Nachricht, dass die in Memphis stationierte Garnison des Ptah sich nach Theben in Marsch gesetzt hatte. Auf ihrem Weg nach Süden schlossen sich immer mehr Soldaten aus den Städten des Nordens Thutmosis Zug an. Es gab keine Frage. Dies alles verdankte Thutmosis Nehesis Einfluss auf die Soldaten. Sie schätzten ihn und gehorchten seinem Befehl.

Hatschepsut beauftragte Pennechebet, einen getreuen Kriegsgefolgsmann ihres Vaters, die Garnison Thebens gegen ihren Bruder aufzustellen. Aber schon bald musste der Hatschepsut treu ergebene Mann ihr die Nachricht überbringen, dass große Teile der Truppen die Stadt verlassen hatten, um sich ihrem

Bruder Thutmosis anzuschließen. Pennechebet blieb nichts anderes übrig, als die Garnisonen des Südens nach Theben zu rufen. Doch auf dem Marsch nach Theben verringerte sich die Zahl dieser Soldaten ebenfalls beträchtlich. Hatschepsut hatte zwar offensichtlich den größten Teil des Verwaltungsapparates hinter sich, doch die Armee war eindeutig gegen sie. Trotzdem gelang es Pennechebet schließlich, vor den Toren Thebens ein gut bewaffnetes Heer aufzustellen, das bereit war, sich gegen die Streitmacht des Thutmosis zu wenden. Nur, was würde aus Ägypten werden, wenn es wirklich zum Kampf kam. Diese Frage beschäftigte jeden Ägypter in diesen Tagen, ganz besonders aber Hatschepsut. Gewiss, sie hasste und verachtete ihren Bruder Thutmosis. Aber sollte sie nur wegen dieses Hasses das Erbe ihrer Väter in Gefahr bringen? Je länger Hatschepsut darüber nachdachte, umso unsicherer wurde sie.

Thutmosis Armee rückte heran. Botschaften wurden durch Kuriere ausgetauscht. Thutmosis forderte nach wie vor Hatschepsut und den Thron. Nur dann war er bereit, Theben nicht anzugreifen. Doch die Einzige, die diese Schlacht verhindern konnte, schwieg noch immer. Sie konnte sich nicht entscheiden. So wurde zwischen Pennechebet und Nehesi Ort und Zeitpunkt der bevorstehenden Schlacht ausgehandelt. Nichts schien das Unglück mehr aufhalten zu können.

Dann endlich, am Tag der Schlacht, kam Hatschepsut zu mir. Sie wirkte übernächtigt und müde. Die Verantwortung lastete schwer auf ihren Schultern. Als sie eintrat, schien sie zu zögern.

„Kann ich mit dir sprechen, Nenefer?"

„Sicher. Ich habe gehofft, dass du kommen würdest."

Hatschepsut setzte sich auf einen Stuhl mir gegenüber.

„Was soll ich tun, Nenefer? Senmut sagt, ich kann den Kampf gewinnen. Und du selbst hast gesagt, ich würde einmal den Horusthron besteigen. Jetzt stehen ägyptische Soldaten ägyptischen Soldaten gegenüber. Und das nur, weil dieser Dummkopf Thutmosis den Thron für sich will. Sag mir, was soll ich tun?"

„Hatschepsut", erwiderte ich freundlich. „Höre nicht auf Senmut. Er achtet die Götter nicht. Sein Rat kann nur Verderben bringen. Tief in deinem Innern hast du dir doch längst selbst eine Antwort gegeben. Warum zögerst du also?"

„Wenn du nur wüsstest, wie sehr ich Thutmosis verabscheue. Wie kann ich da seine Frau werden?"

„Thutmosis wird nicht ewig herrschen", erwiderte ich. „Und wenn seine Zeit um ist, wird deine Stunde kommen."

„Wenn", antwortete sie. „Doch wer kann wissen, wann das sein wird?"

„Die Götter wissen es, Hatschepsut. Vertraue ihnen. Schick einen Boten zu Thutmosis und verhandle mit ihm. Gib ihm die Krone, doch behalte die Macht."

Nachdenklich schaute Hatschepsut mich an. Schließlich seufzte sie tief.

„Ich fürchte, ich werde es tun müssen. Ich sehe im Augenblick keine andere Lösung."

Thutmosis kam mit seinem Heerführer Nehesi und seinem Schreiber Menu in den Palast. Die Verhandlungen verliefen schwerfällig, denn Thutmosis beharrte auf all seinen Rechten als Pharao und schien erst nicht bereit, Zugeständnisse zu machen. Doch letztendlich konnte zwischen den beiden Parteien eine Einigung erzielt werden. Hatschepsut erklärte sich bereit, Thutmosis zu heiraten und mit ihm als große königliche Gemahlin über Ägypten zu herrschen. Dafür willigte Thutmosis ein, Hatschepsut bei allen Regierungsfragen mitsprechen zu lassen, ebenso wie er sich bereit erklärte, sämtliche Gefolgsleute Hatschepsuts in ihren Ämtern zu belassen. Hatschepsut behielt die Macht, Thutmosis erhielt die ersehnte Krone.

Die Ehe wurde schnell und ohne große Feier im Tempel geschlossen. Der Bruderkrieg war gebannt. Und das war Hatschepsuts Verdienst.

Eine Woche später wurde der verstorbene Pharao zu Grabe getragen, und der junge Thutmosis vollzog als Thronfolger an der Mumie des Herrschers die Zeremonie der Mundöffnung.

Schon zwei Tage danach ließ Thutmosis sich im Tempel von Karnak zum neuen Pharao krönen. Ägypten hatte einen neuen Horus. Doch der Horus hatte keine Gemahlin. Ihre Hand hatte Hatschepsut Thutmosis gegeben. Aber ihren Schoß verschloss sie ihm.

Hatschepsut hatte den Kampf um den Thron verloren. Sie war gescheitert, weil sie eine Frau war. Das erkannte sie klar und lernte daraus. Von nun an nutzte sie jede Gelegenheit, um ihren Willen gegen Thutmosis durchzusetzen, ihre Pläne zu verwirklichen und ihre Macht zu festigen. Sie gab sich nicht geschlagen, sondern kämpfte verbissen und zielstrebig weiter. Sie vertraute fest darauf, dass eines Tages der Thron ihr gehören würde.

Ihren ersten großen Sieg errang sie dann, als räuberische Überfälle von Nomaden an den Grenzen Nubiens stattfanden. Thutmosis weigerte sich, selbst in den Krieg zu ziehen. Er ernannte Nehesi zum obersten Befehlshaber der Truppen, die nach Süden ziehen sollten, um die räuberischen Nomaden zu vernichten und die Ordnung an den Grenzposten wiederherzustellen.

Sofort erkannte Hatschepsut die Möglichkeit, die sich ihr hier bot. Sie bestand darauf, an Stelle Pharaos mit dem Heer zu gehen. Was Pharao anfänglich mit einem spöttischen Lächeln abtat, weil er es für eine Verrücktheit hielt, die Hatschepsut bald bitter bereuen würde, erwies sich am Ende als gelungener Schachzug. Anders als Thutmosis verstand sich Hatschepsut darauf, den Streitwagen zu lenken. Sicher wie ein Soldat traf sie vom fahrenden Wagen mit Pfeil und Bogen ihr Ziel. Das verdankte sie dem Weitblick ihres Vaters, der sie in diesen Disziplinen hatte unterrichten lassen. Darum kehrte sie nicht, wie Thutmosis es sich erhofft hatte, nach ein paar Tagen reumütig in den Palast zurück, sondern blieb bis zum Ende des Feldzugs beim Heer. Sie schluckte den Staub der Wüste und schwitzte und dürstete wie jeder ägyptische Soldat. Sie wurde nicht müde, den Männern mit gutem Beispiel voranzugehen, und schließlich zögerte sie keinen Augenblick, mit ihnen zu kämpfen.

Nehesi war zuerst wütend. Er fand diese Laune Hatschepsuts lächerlich. Aber noch mehr ärgerte ihn, dass Pharao ihr nachgegeben hatte. Doch als die Strapazen des Feldzugs immer größer wurden und Hatschepsut weiter durchhielt, konnte er nicht umhin, sie zu bewundern. Noch nie war ihm eine Frau wie sie begegnet, die es nicht nur verstand, mit Pferd und Wagen genauso wie mit Pfeil und Bogen umzugehen, sondern die es auch nicht störte, die harten Bedingungen des Soldatenlebens über sich ergehen zu lassen. Nehesi und manch anderer Offizier fragten sich plötzlich, ob der verstorbene Pharao nicht doch genau gewusst hatte, wen er zum Thronerben bestimmt hatte. Wann immer sich Hatschepsut mit Nehesi und den anderen Offizieren besprach, waren ihre Vorschläge taktisch klug, ihre Befehle klar und sachlich. Und als sie schließlich selbst in den Kampfwagen stieg und ihre Pfeile die Feinde trafen, da hatte die Königin das Heer für sich gewonnen. Vor allem aber hatte sie Nehesi erobert. Für den Nubier war Hatschepsut keine Frau mehr, sondern eine Göttin, der er Treue bis in den Tod schwor. Damit hatte Hatschepsut einen neuen wichtigen Verbündeten gefunden.

Lange bevor die ägyptischen Truppen nach Theben zurückkehrten, wurde bekannt, welch triumphalen Sieg das Heer errungen hatte. Besonders aber wurde von dem Mut und der Tapferkeit der ägyptischen Königin gesprochen. Am Tag des Einzugs des siegreichen Heers drängten sich Menschenmassen in den Straßen, nur um einen kurzen Blick auf die Königin werfen zu können, die gleich der Göttin Sachmet in den Kampf gezogen war. Hatschepsut führte den Zug an. Nur mühsam konnte sie sich einen Weg durch die Straßen zum Podium erkämpfen, auf dem Pharao seine siegreichen Truppen erwartete. Ganz in weißes Leder gekleidet, mit einem blauen Offiziershelm auf dem Kopf, stand sie in ihrem Kampfwagen. Nehesi stand neben ihr und hielt die Zügel ihres Gespanns. Vor ihr schritten zwei Fahnenträger, die das königliche Wappen schwenkten.

Dahinter folgten die anderen Wagenlenker Pharaos. Sie trieben die in Ketten gelegten Gefangenen vor sich her. Vollgeladene Wagen mit Kriegsbeute wurden durch die Straßen gezogen. Den Abschluss des denkwürdigen Zugs bildeten die ägyptischen Fußsoldaten.

Die Menge jubelte dem Heer zu, vor allem aber seiner Königin. Und Hatschepsut genoss den Augenblick ihres Triumphs. All die Mühsal, die sie auf sich genommen hatte, hatte sich gelohnt. Thutmosis war deutlich anzusehen, dass er vor Zorn bebte, als er Hatschepsut auf ihrem Kampfwagen erblickte. Sie hatte es geschafft, ihn vor dem ganzen Volk lächerlich zu machen. Nur mühsam gelang es ihm, sich zu beherrschen. Er besah die Kriegsbeute, ließ jedes Stück von seinen Schreibern auflisten und in die königliche Schatzkammer bringen. Er verteilte das Gold der Tapferkeit an Krieger, die sich im Kampf ausgezeichnet hatten. Er sah zu, wie die Anführer des Aufstands an der Stadtmauer aufgehängt wurden, während die anderen Gefangenen gebrandmarkt wurden, um sie nach der Siegesfeier in die Steinbrüche von Koptos zu bringen. Doch der Unmut über den Streich, den Hatschepsut ihm gespielt hatte, wollte nicht weichen.

Erst sehr spät am Abend erschien er zu der Siegesfeier im Palast. Und er kam nicht allein. Isis, die er bis zu diesem Zeitpunkt von allen öffentlichen Anlässen ferngehalten hatte, begleitete ihn. Sie nahm zu seiner linken Seite Platz, während Hatschepsut zu seiner

Rechten saß. Neben der Königin saßen Senmut und ich. Nehesi, der Ehrengast Pharaos an diesem Abend, bekam einen Platz neben Isis zugewiesen.

Noch heute erinnere ich mich an die funkelnden Augen Hatschepsuts, als sie Isis neben Thutmosis erblickte. Stolz erhobenen Hauptes saß die Geliebte Pharaos neben ihm, als gebührte ihr der Platz an seiner Seite. Ein merkwürdiges Leuchten glomm in ihren Augen. Und plötzlich überkam mich die Ahnung, dass der Abend anders verlaufen würde als erwartet. Ich wusste, man durfte Thutmosis nicht unterschätzen, so wie Hatschepsut dies gerne tat. Auch er hatte dazu gelernt. Er war reifer geworden. Doch vor allem stand er unter dem Einfluss von Isis, deren scharfer Verstand alle Zusammenhänge sofort durchschaute. Ihr entging nicht, dass Hatschepsut an Boden gewann, während Thutmosis immer weiter in den Schatten der Königin gedrängt wurde. Ich spürte, sie hatte ein Mittel gefunden, der Königin am Tag ihres Triumphs eine harte Niederlage zuzufügen. Doch davon ahnte Hatschepsut noch nichts, als sie Thutmosis zornig anfuhr.

„Wie kannst du es wagen, die Luft, die ich atme, mit dem Geruch dieser billigen Hure zu vergiften?"

Thutmosis hob nur gleichgültig die Schultern.

„Ich fürchte, daran wirst du dich gewöhnen müssen. Ich bin Pharao, und ich lade an meine Tafel, wen ich will."

Hatschepsut schluckte und schwieg. Vor all den Gästen wollte sie es nicht zu einer Auseinandersetzung kommen lassen. Doch sie würde mit Thutmosis reden, später, allein. Sie würde dafür sorgen, dass diese Frau nie wieder mit ihr zusammen in einem Raum sitzen würde. Arme Hatschepsut! Sie ahnte nicht, dass Thutmosis an diesem Abend zu seinem schwersten Schlag gegen sie ausholen würde. Er wollte sie treffen, sie verletzen, ihren Erfolg schmälern. Und das sollte ihm in der Tat gelingen, besser sogar, als er hoffte.

Das Essen wurde serviert. Die Gäste Pharaos ergötzten sich an den Darbietungen der Akrobaten, Tänzerinnen und Musikanten. Thutmosis plauderte ausschließlich mit Isis, während Hatschepsut sich mit Senmut unterhielt. Sie war begierig darauf, zu erfahren, was sich während ihrer Abwesenheit in der Ratsversammlung ereignet hatte und welche Beschlüsse gefasst worden waren. Senmut erstattete ihr darüber ausführlich Bericht.

Thutmosis Zorn vom Morgen schien verflogen. Sein aufgedunsenes, rundes Gesicht war gerötet. Etwas bewegte ihn innerlich, und ich zweifelte nicht daran, dass wir alle den Grund dafür bald erfahren würden.

Eben hatte ein zur Harfe singender Musikant die Heldentaten der ägyptischen Königin auf dem Feldzug gepriesen, da erhob sich auf einen Wink des Pharaos der königliche Herold. Er stieß mit seinem Zeremonienstock so lange auf den Boden, bis im Saal völlige Ruhe herrschte und alle gebannt auf Pharao blickten.

Thutmosis genoss diesen Augenblick sichtlich. Lächelnd wandte er sich an Hatschepsut.

„Ich beglückwünsche dich zu deinem erfolgreichen Feldzug, große königliche Gemahlin Hatschepsut. Wie froh kann ich mich schätzen, solch eine Königin an meiner Seite zu haben. Ägypten ist dir zu Dank verpflichtet. Doch auch ich bin während deiner Abwesenheit nicht untätig gewesen, meine Liebe. Ich habe Ägypten gegeben, was es viel dringender braucht, als eine Königin, die vergessen hat, welche Aufgaben ihr die Götter zugedacht haben. Ich, Pharao Thutmosis II., habe für Ägypten den Erben gezeugt, den es braucht. Und damit mein Kind nicht als Bastard zur Welt kommt, habe ich beschlossen, die Frau, die Ägypten einen so großen Dienst erweist, zu meiner zweiten Gemahlin zu machen."

Verhaltenes Raunen ging durch den Saal. Alle Blicke waren auf Hatschepsut gerichtet. Wie würde die Königin reagieren?

Hatschepsut starrte ihren Gemahl und Halbbruder einen Augenblick lang fassungslos an. Dann begann sie schallend zu lachen.

„Das ist doch nicht dein Ernst? Du beliebst zu scherzen!"

„Mir war noch nie etwas so ernst wie das. Und wenn das Kind, das Isis von mir erwartet, ein Junge wird, werde ich es zum Thronerben ernennen."

Einen Moment lang starrte Hatschepsut Thutmosis hasserfüllt an. Dann stand sie auf und verließ, vor Zorn bebend, den Saal. Senmut eilte hinter ihr her. Doch Hatschepsut schickte ihn fort.

Drei Tage schloss sie sich in ihre Gemächer ein und war für niemanden zu sprechen, nicht einmal für ihren Haushofmeister. Sie raste vor Zorn und grübelte unentwegt über das neue Problem nach. Aber diesmal fand sie keine Lösung. Thutmosis war der Pharao. Er hatte das Recht, sich eine zweite Frau zu nehmen, besonders wenn seine Ehe mit ihr kinderlos bleiben musste. Aber warum gerade Isis? Niemals konnte sie es zulassen, dass die Kinder dieser Dirne einmal den Thron erben würden. Nur, was konnte sie dagegen unternehmen? Hatschepsut wusste, dass es nur einen einzigen Weg gab, dies zu verhindern. Darum fühlte sie sich ratlos, gedemütigt, hilflos, denn sie würde sich vor Thutmosis erniedrigen müssen, um das Blut der Pharaonen rein zu halten.

Am Abend des dritten Tags ließ sich Senmut bei mir melden. Seit seiner Rückkehr nach Theben wohnte er in einem Haus in der Nähe des Palasts, welches ihm Hatschepsut zur Verfügung gestellt hatte. Ich dagegen wohnte im Palast, in den Räumen, die mein Vater mir einst zugewiesen hatte. Es war für jeden offensichtlich, dass meine Ehe mit Senmut eigentlich nicht bestand. Auch bei allen offiziellen Anlässen gingen wir uns soweit wie möglich aus dem Weg. Unsere gegenseitige Abneigung dem anderen gegenüber war für niemanden zu übersehen.

Ich zögerte einen Augenblick, als man mir Senmut meldete. Weshalb er kam, wusste ich nur zu gut. Aber sollte ich wirklich mit ihm über Hatschepsut sprechen? Mein Hass auf den Mann, der mein Kind getötet hatte, saß tief. Doch Hass ist meist ein schlechter Ratgeber. Und die Zuneigung zu Hatschepsut blieb uns beiden. Sie war ungewollt das Bindeglied zwischen uns. Vermutlich ließ ich ihn deshalb eintreten. Mit einem verlegenen Lächeln auf dem Gesicht kam er auf mich zu.

„Du weißt, weshalb ich komme?"

Ich nickte.

„Wir müssen etwas unternehmen, Nenefer. Es darf nicht geschehen, dass diese dahergelaufene Dirne Hatschepsut demütigt."

„Ich wüsste nicht, was wir dagegen tun könnten. Thutmosis wird Isis heiraten. Er braucht uns nicht um Erlaubnis bitten. Wie auch immer man über ihn denken mag, er ist der Pharao. Und Ägypten braucht einen Erben."

„Und was ist mit der Königin?"

„Sie kann nur zwei Dinge tun. Sie kann sich damit abfinden, dass Isis Thutmosis die Erben schenkt, oder sie kann sich dazu entschließen, Thutmosis selbst einen Erben zu schenken."

„Das würde sie niemals tun!"

Ich lächelte nachsichtig, denn ich wusste es besser. Ich sah sie zu Pharao gehen, sah, wie sie ihm willenlos ihren Körper überließ, während ihre Gedanken bei Senmut weilten. Aber ich schwieg. Die Bitterkeit dieser Erkenntnis würde er noch früh genug zu schmecken bekommen. Warum sollte ich dem vorgreifen?

„Ich kann nichts tun, Senmut. Diese Sache muss Hatschepsut mit sich ausmachen."

„Aber du könntest wenigstens mit ihr reden. Sie darf sich nicht länger in ihre Gemächer einschließen und grübeln. Das hilft niemandem, am wenigsten ihr. Ich habe versucht, mit ihr zu sprechen. Aber sie lässt mich nicht vor."

Ich willigte ein.

„Gut, ich werde versuchen, mit ihr zu reden."

„Ich danke dir", erwiderte Senmut erleichtert.

Zuversicht erhellte sein Gesicht. Er wandte sich von mir ab und ging, ohne sich noch einmal umzudrehen.

Ich blieb allein zurück. Nachdenklich setzte ich mich ans Fenster und blickte zu den Sternen empor. Welche

Macht sie doch über uns Menschen besaßen. Die Stunde unserer Geburt bestimmten die Götter. Der Verlauf unseres Lebens aber wird durch die Konstellation der Gestirne im Augenblick unserer Geburt bestimmt. Welche Ereignisse auch immer an uns herantreten, sie sind bereits in der ersten Minute unseres Lebens fest mit uns verbunden. Und trotzdem kann der Mensch frei entscheiden. Alles ist Schicksal, nur nicht, ob der Mensch sich dem Guten oder dem Bösen öffnet. Der Kampf ist in jedem von uns der gleiche. Seth steht Horus, dem Sohn des Osiris, gegenüber, und beide ringen um den Sieg. Wem von den beiden wir die Macht in uns geben, das ist die Freiheit der Wahl eines jeden Menschen.

Bedauernswerte Königin! Ich blicke in das Dunkel der Nacht, das nur gelegentlich durch das Funkeln eines Sterns durchbrochen wurde. In der Ferne dieser Dunkelheit sah ich die Zukunft. Ich erblickte den Löwen, der geboren werden würde, um ganze Völker Ägyptens Macht zu unterwerfen. Ich sah die zierliche Lotosblume, die welkte, bevor sie richtig erblüht war. Und schließlich sah ich die Schlange, die sich zischend aus dem Schoss schlängelte, um ihr Gift zu verspritzen. Ja, ich bedauerte Hatschepsut in diesem Augenblick wirklich. Sie würde zu Thutmosis gehen, sich vor ihm demütigen, um von ihm einen Erben zu empfangen. Doch es würde nichts daran ändern, dass der neue Horus bereits zum Leben erweckt worden war. Er schlummerte friedlich im Schoss der Isis und wartete auf seine Geburt.

Ich seufzte. Was sollte ich Hatschepsut sagen, wenn ich zu ihr ging? Die Wahrheit? Sie würde sie nicht glauben, nicht glauben wollen. Und warum sollte ich ihr die Hoffnung nehmen? Ist nicht Hoffnung die Kraft, die das Herz erfüllt? Nein, ich würde schweigen, denn mein Wissen würde an dem Weg nichts ändern, der vorhergesehen war.

Ich rief Teje zu mir, ließ mir von ihr mein Haar frisieren und die Henna an meinen Händen und Füßen erneuern. Dann begab ich mich zu den Gemächern der Königin. Satre, der alten Amme Hatschepsuts, die in den letzten drei Tagen die Einzige gewesen war, die Hatschepsut in ihrer Nähe geduldet hatte, sah ich an, dass sie sich um ihre Herrin sorgte.

„Bei der Neunheit der Götter Ägyptens, Prinzessin Nenefer", empfing sie mich. „Rede mit ihr. Bring sie zur Vernunft. Seit drei Tagen hat sie weder gegessen noch geschlafen. Sie liegt nur da und starrt vor sich hin. Niemanden lässt sie vor. Was auch immer ich zu ihr sage, es ist, als hörte sie mich nicht. Ich weiß nicht mehr, was ich tun soll."

„Melde mich der Königin. Ich weiß, sie wird mich empfangen, denn sie hat sich entschieden."

Die Amme verschwand in der Tür, die zu dem Schlafgemach Hatschepsuts führte und kam einige Minuten später wieder zurück.

„Die große königliche Gemahlin lässt dich eintreten", verkündete sie erleichtert und hielt mir die Tür auf, um mich hineinzulassen. Hinter mir schloss sich die Tür wieder.

Hatschepsut lag starr auf ihrem Ruhebett. Als ich eintrat, blickte sie kurz auf, um dann gleich wieder ihren Blick auf die Decke zu richten, an der das Himmelsfirmament kunstvoll abgebildet war.

„Ich verstehe, was du empfindest", begann ich vorsichtig.

„Ich glaube nicht, dass du das wirklich verstehen kannst, Nenefer. Ich hasse und verabscheue meinen Bruder. Trotzdem werde ich ihm die Tür zu meinem Schlafgemach öffnen müssen. Ich kann es nicht zulassen, dass ein Bastard den Thron meiner Väter erbt. Doch wenn ich mir vorstelle, wie es sein wird, mich von seinen plumpen Fingern anfassen zu lassen, den fetten Leib meines Bruders auf meinem zu fühlen, seinen stinkenden Atem in meinem Gesicht zu spüren, allein der Gedanke daran erregt in mir Ekel und Abscheu. Aber was kann ich sonst tun? Ich muss es über mich ergehen lassen. An alles habe ich gedacht, Nenefer, doch nicht an einen Erben. Ich habe vor mich hingeträumt, während diese Natter Isis die Schenkel spreizte, um mich vor dem Volk zu demütigen."

„Eine große Königsgemahlin zu sein, bedeutet eben mehr als nur irgendeine Ehefrau eines gewöhnlichen

Bürgers. In deinen Adern fließt das Blut des Re. Nur du kannst es weitergeben. Ägypten liegt nicht nur zu deinen Füßen, um dir zu dienen, sondern es fordert auch, dass du ihm dienst."

„Habe ich ihm nicht gedient?", stieß sie bitter hervor. „Keine Zeit und Mühe habe ich gescheut, um dem Land eine gute Herrscherin zu sein, während mein Bruder nichts anderes tat, als sich zu amüsieren. Ich habe Ägypten für ihn regiert, und ich glaube, ich habe es gut regiert. Warum genügt das nicht? Warum dieses Opfer? Ich fürchte, ich werde es nicht ertragen können, dass er mich berührt. Und trotzdem muss es sein."

Sie atmete tief durch. Sie hatte sich endgültig entschlossen.

„Bitte geh zu ihm und sag ihm, dass ich zum Wohl des Landes bereit bin, die Türen meines Schlafgemachs für ihn zu öffnen, um seinen Samen zu empfangen, bis ein legitimer Erbe gezeugt ist. Tust du das für mich?"

Ich nickte, verneigte mich kurz vor ihr und ging. Ich fühlte, sie wollte mit ihrem Kummer und

ihrer Verzweiflung allein sein.

Hatschepsut gab sich ihrem Gemahl hin und wurde schwanger. Zur Zeit des Achit, der Jahreszeit der fruchtbaren Überschwemmung, brachte Isis einen Knaben zur Welt, der nach seinem Vater Thutmosis genannt wurde. Es war ein kräftiges und gesundes Kind, das Pharao in die Arme gelegt wurde. Zur Zeit der großen Trockenheit und Dürre des Schemu gebar Hatschepsut ein Mädchen, das Nofrure genannt wurde. Es war ein zierliches, kleines, zerbrechliches Wesen, welches Hatschepsut schnell über die Enttäuschung hinweghalf, keinen Jungen geboren zu haben. Sie liebte das kleine Geschöpf bald mehr als irgendetwas sonst auf der Welt. Umso härter traf sie deshalb Pharaos Proklamation, die verfügte, dass, sollte ihm die Königin keinen Knaben mehr schenken, der junge Thutmosis der Thronerbe sei, und Nofrure zur Gemahlin erhalte.

Hatschepsut kochte vor Zorn und schwor, sich an Thutmosis zu rächen. Dennoch öffnete sie noch einmal die Tür zu ihrem Schlafgemach für Pharao. Doch sie ließ ihn ausschließlich zur Zeit ihrer unfruchtbaren Tage zu sich. In den anderen Nächten aber, in denen ihr Körper bereit war, Leben zu empfangen, lag Senmut neben ihr. Und wieder wurde Hatschepsut schwanger. Zuversichtlich wartete sie darauf, einem Jungen das Leben zu schenken, der einmal den Thron erben sollte und dessen Vater Senmut sein würde.

Die Geburt dieses zweiten Kindes kostete Hatschepsut fast das Leben, und die Ärzte rieten ihr daher dringend von einer weiteren Schwangerschaft ab. Das traf die Königin doppelt hart, denn das zweite Kind, das sie gebar, war wieder ein Mädchen, dem der Name Merietre gegeben wurde.

Wieder hatte Hatschepsut einen entscheidenden Kampf verloren. Es konnte nicht ihr Sohn sein, der einmal den Horusthron besteigen würde. Doch der Sohn von Thutmosis und Isis sollte es auch nicht sein. Das stand für die Königin fest, und danach handelte sie.

Die Herrscherin

Sieben Jahre herrschte Thutmosis II. über Ägypten. Als er starb, hinterließ er keine Lücke, denn die wahre Herrscherin über Ägypten war seit langem Hatschepsut. Sie hielt die Zügel der Verwaltung fest in der Hand. Das Heer verehrte sie wie eine Göttin, und die Priesterschaft lobte ihre Frömmigkeit, ebenso wie ihre Großzügigkeit den Tempeln gegenüber. Alle Gesandten und ausländischen Delegationen sprachen bei ihr vor, wenn es um wichtige Angelegenheiten ging. Niemand belästigte Pharao mit seinen Problemen. Und Thutmosis ließ es geschehen.

Zuerst hatte er sich zwar dagegen gewehrt, hatte versucht, Hatschepsut in ihre Grenzen zu weisen. Doch das wirkliche Regieren war ihm bald zu beschwerlich geworden. Nach und nach hatte er sich darum gerne sämtliche Lasten von Hatschepsut abnehmen lassen, um sich den angenehmeren Dingen des Lebens widmen zu können. Das Angeln und das Jagen von Wasservögeln genoss er ebenso wie seine täglichen Besuche im Harem. Doch trotz der vielen Frauen, die er dort um sich scharte, blieb Isis seine unumstrittene Favoritin. Und das wohl nicht zuletzt deshalb, weil sie die Mutter seines Sohnes war. Sie war es, die ihm zu seinem einzigen großen Sieg über Hatschepsut verholfen hatte. Und dieser eine Sieg genügte ihm. Isis, die oft versuchte, Thutmosis Ehrgeiz anzuspornen, hatte keinen Erfolg. Thutmosis war der Pharao im Bankettsaal. Doch in den Ratssitzungen herrschte Hatschepsut. Weil Thutmosis ihrer Intelligenz, ihrem Scharfsinn und ihrem Eifer nichts entgegenhalten konnte, blieb er den Sitzungen bald ganz fern.

Deshalb trauerte niemand wirklich, als Pharao in seinem siebten Regierungsjahr an einer Seuche starb, die ganz Theben heimsuchte. Kaum einer bedauerte seinen Tod. Sein einziger Verdienst bestand darin, dass er Ägypten drei Kinder geschenkt hatte, was jedenfalls allgemein angenommen wurde. Nur Hatschepsut, Satre, Senmut und ich wussten es besser. Doch wir schwiegen.

Anders als beim Dahinscheiden von Thutmosis I., gab es beim Tod von Thutmosis II. keine Frage, wer nun herrschen würde. Das gesamte ägyptische Volk stand geschlossen hinter seiner Königin. Und das schon seit langer Zeit.

Wie oft hatte Senmut Hatschepsut deshalb geraten, den unliebsamen Thutmosis aus dem Weg räumen zu lassen. Doch Hatschepsut hatte dies stets entschieden abgelehnt. Zu Recht fürchtete sie den Fluch der Götter, den sie durch einen Meuchelmord auf sich ziehen würde.

Nach der Geburt Merietres, als unwiderruflich feststand, dass Hatschepsut keine weiteren Kinder mehr bekommen würde, entschloss sich Senmut dazu, ohne das Wissen der Königin zu handeln. Wie sehr hatte es ihn getroffen, mit ansehen zu müssen, wie Hatschepsut sich ihrem Bruder Thutmosis hingab, um das Blut des Re am Leben zu erhalten. Wie gut hatte er nachempfinden können, was Hatschepsut fühlte, als Isis einen Sohn gebar, sie aber nur eine Tochter. Danach hatte sie ihn zu sich gerufen und das nicht nur, um Thutmosis zu demütigen, sondern auch, weil ihr Körper sich nach Senmut sehnte. Aber auch er hatte Hatschepsut keinen Sohn schenken können. So triumphierten Thutmosis und Isis ein zweites Mal über die Königin. In diesen Stunden der tiefen Verzweiflung Hatschepsuts beschloss Senmut, Hatschepsut von der Geißel ihres Gatten zu befreien. Sollten die Götter ihn doch verfluchen. Er würde über ihren Fluch nur lachen.

Ich hatte schweigend mit angesehen, wie Hatschepsut sich immer stärker zu Senmut hingezogen fühlte, denn meinem geistigen Auge entging nichts von dem, was sich bei Hof abspielte. Ich hatte weggesehen, als Hatschepsut Senmut zu ihrem Geliebten machte. Ich hatte es geduldet, dass Pharao Merietre als seine Tochter anerkannte. Doch nun durfte ich nicht mehr wegsehen. Nun musste ich handeln. Darum beschloss ich, Senmut aufzusuchen. Ich musste ihm unmissverständlich klar machen, dass er es nicht wagen durfte, weiterzugehen.

Ich ging am späten Abend zu ihm, denn ich wollte es vermeiden, dass mich jemand in sein Haus gehen sah. Ich wusste, dass er jeden Abend bis tief in die Nacht an den Plänen zu Hatschepsuts Tempel arbeitete, den Hatschepsut jedoch erst bauen wollte, wenn sie die alleinige Herrscherin über das Land war. Er sollte ausschließlich ihr Geschenk an Amun für seine Gnade werden.

Ich musste mehrmals klopfen, eh mir schließlich die Tür geöffnet wurde. Ein verschlafener Sklave schaute mich einen Augenblick lang unwirsch an. Doch dann erkannte er mich, und auf seinem Gesicht zeichnete sich Verwunderung ab.

„Geh zu deinem Herrn und sag ihm, dass ich ihn zu sprechen wünsche", sagte ich, während ich den verwirrten Mann beiseiteschob und unaufgefordert in die Eingangshalle trat.

„Zu dieser Stunde, Herrin? Ich weiß nicht..."

„Seit wann darf eine Ehefrau ihren Mann nur zur Tageszeit aufsuchen?", fuhr ich ihn an. „Geh und sag Senmut, dass ich ihn sofort zu sprechen wünsche."

Gehorsam verneigte sich der Sklave und ging. Ich blieb allein in der Halle zurück, von deren Wänden mir überall die Bilder Hatschepsuts entgegenblickten. - Hatschepsut beim Opfer im Tempel, Hatschepsut bei der Jagd, Hatschepsut als Statue, überall Hatschepsut. -

Wie sehr musste das Herz dieses Mannes doch gefangen sein in einer Leidenschaft, die unziemlich war.

Ich musste lange warten, bis der Sklave wiedererschien. Höflich bat er mich, ihm zu folgen. Mit einer Öllampe in der Hand führte er mich zum Arbeitszimmer seines Herrn und öffnete die Tür.

Senmut blickte mich ebenso überrascht wie neugierig an.

„Welch ein unerwarteter Besuch. Und das zu dieser Stunde."

„Es ist die richtige Stunde, um dir das zu sagen, was ich dir zu sagen habe", entgegnete ich kurz. „Schick deinen Diener fort. Was ich mit dir besprechen will, ist nicht für fremde Ohren bestimmt."

Senmut war versucht, aufzubegehren, denn mein energischer Ton gefiel ihm nicht. Er war es gewohnt, Befehle zu erteilen, doch nicht, welche entgegenzunehmen, außer von Hatschepsut.

„Geh", sagte er schließlich doch zu seinem Sklaven, denn mein Besuch hatte ihn neugierig gemacht.

Als der Sklave fort war, fragte er: „Nun bitte, Nenefer, komm zur Sache. Was willst du?"

„Ich bin hier, um dich zu warnen, Senmut. Und glaube mir, ich warne dich nur ein Mal. Lass die Finger von Pharao. Wage es nicht, die Hand gegen ihn zu erheben, noch gegen sonst ein Mitglied des Königshauses, oder ich werde dich vernichten!"

Für einen Augenblick geriet Senmut völlig aus der Fassung. Ungläubig starrte er mich an. Doch sogleich hatte er sich wieder unter Kontrolle.

„Ich weiß nicht, wovon du sprichst?", entgegnete er. „Mir scheint, die Leute haben recht, wenn sie erzählen, dass du immer sonderlicher wirst."

„Du weißt ganz genau, wovon ich rede. Glaub mir, ich sehe und höre alles. Mir entgeht nichts. Und das verdanke ich den Göttern, die du leugnest. Willst du vielleicht bestreiten, dass du der Liebhaber der Königin bist? Willst du bestreiten, dass du der Vater Merietres bist? Tue es. Es nützt dir nichts. Ich weiß es besser. Aber all das ist mir gleichgültig. Doch ich schwöre dir, gemeinen Meuchelmord dulde ich nicht. Niemals! Erhebe deine Hand gegen Pharao, und ich werde dich mit Hilfe der Neunheit der Götter zerschmettern."

Senmut schluckte. Das konnte nicht sein. Das konnte ich nicht wissen. Und doch wusste ich es. Und wieder stieg in Senmut jenes seltsame Gefühl der Furcht auf, das sich mit dem Verstand nicht erklären ließ.

„Ich verstehe dich nicht, Nenefer. Was willst du wirklich?", begehrte er auf. „Du behauptest, du liebst Hatschepsut. Trotzdem hast du ihr dazu geraten, sich mit Thutmosis zu einigen. Und Hatschepsut hat auf dich gehört. Du warst es, die sie in die Arme dieses

Schwächlings getrieben hat. Ist das nicht genug? Wie viel muss sie noch erdulden? Wie lange soll sie noch mit ansehen müssen, wie ihr Bruder seinen Sohn der Welt als neuen Pharao präsentiert und diese Hure Isis stolz erhobenen Hauptes an seiner Seite geht. Wie kannst du sie lieben, wenn du ihr das zumutest?"

„Jeder muss Opfer bringen, wenn er sein Ziel erreichen will. Das habe ich dir schon einmal gesagt. Und ich sage dir nun noch einmal, lass die Finger von Pharao und seinem Sohn, wenn dir dein Leben lieb ist!"

„Du drohst mir?", spottete Senmut.

Er kam auf mich zu, wollte mich an den Schultern fassen, um mir zu zeigen, dass er sich nicht fürchtete. Doch dann traf sein Blick den meinen, und er erstarrte. Die Kraft Amuns strahlte aus meinen Augen und schlug Senmut in ihren Bann. Unfähig sich zu rühren, hielt mein Blick ihn gefangen.

„Hör genau zu, was ich dir sage. Thutmosis wird sterben. Aber er wird erst sterben, wenn Osiris ihn ruft. Mehr habe ich dir nicht zu sagen."

Ich wandte mich ab und ging. Noch Minuten später sah ich Senmut fassungslos auf die Tür starren, durch die ich verschwunden war.

Nun standen wir uns am Totenbett Pharaos wieder gegenüber, und er musste sich zu seinem Verdruss eingestehen, dass ich recht behalten hatte. Thutmosis war eines natürlichen Todes gestorben. Die Götter hatten ihn zur rechten Zeit zu sich gerufen. Sich der Gefahr auszusetzen, bei einem Mordversuch an Pharao entdeckt zu werden, wäre völlig überflüssig und sinnlos gewesen. Aber woher konnte ich nur gewusst haben, dass Thutmosis so bald sterben würde? Und vor allem fragte er sich, was ich noch alles wusste.

Gerade verkündete der Arzt, dass Pharao zu Re geworden sei, da kniete auch schon der gesamte Hofstaat nieder, und Hapuseneb, der Hohenpriester, verkündete laut: „Pharao Thutmosis II. ist tot. Es lebe der neue Horus Makare Hatschepsut."

Auch ich verneigte mich diesmal vor der Königin, denn nun, das wusste ich, entsprach es dem Willen der Götter. Diesmal gehörte der Thron Hatschepsut.

Allein Isis stand da, starrte ungläubig auf den Leichnam von Thutmosis II. und dann hasserfüllt auf die Königin, die triumphierend lächelte. Schützend legte sie den Arm um ihren Sohn, und dann sagte sie ebenso laut:

„Es lebe der neue Horus Thutmosis III. und seine königliche Gemahlin Nofrure!"

Hatschepsut glaubte, ihren Ohren nicht zu trauen. Wie konnte diese dahergelaufene Dirne es wagen, die Stunde ihres lang ersehnten Triumphes durch diese Dreistigkeit zu stören.

„Bei der Neunheit der Götter! Atum, Schu, Tefnut, Geb, Nut, Osiris, Isis, Seth, und Nephthys sollen meine Zeugen sein. Ich schwöre vor ihnen, dass dieser Bastard Thutmosis niemals Nofrure zur Frau bekommen wird", rief Hatschepsut zornentbrannt. „Wachen! Nehmt sie und ihren Sohn fest. Sperrt sie in ihre Gemächer, bis ich entschieden habe, was mit ihnen geschehen soll."

Die Leibwachen Pharaos gehorchten Hatschepsuts Befehl unverzüglich. Doch Isis unternahm noch einen letzten verzweifelten Versuch.

„Ihr alle hier wisst, es war Pharaos Wille, dass mein Sohn seine Nachfolge antritt!"

Doch da wurde sie auch schon unsanft aus dem Zimmer gezerrt, gefolgt von ihrem Sohn, dessen Augen böse funkelnd die Runde der Anwesenden abging, bevor er aus dem Zimmer geführt wurde. So klein Thutmosis noch war, er zählte damals gerade vier Jahre, so genau verstand er doch schon, was da geschah. Keiner der Anwesenden, die Hatschepsut damals die Treue hielten, sollte später seiner Rache entgehen. Niemand, außer mir. An mich wagte er sich nie heran. Mich fürchtet er bis heute. Doch all die anderen, die damals dabei waren und Hatschepsut zum neuen Horus bestimmten, Senmut, Amunhotep, Nehesi, Peniati, Thuti, Hapuseneb, Puemre, Pennechebet, Inebni, Ineni, Usermre, Ametu, Cheriuf, Menu, Pairi, Pahikmen, Sennefer und wie sie alle hießen, sie alle kamen später durch Thutmosis zu Fall.

Ich schaute dem zornigen, kleinen Jungen nach, der sich der Gewalt beugen musste und hatte dabei noch immer den voreiligen Schwur Hatschepsuts in den Ohren. Tief bewegt blickte ich zu Nofrure hinüber, die zusammen mit ihrer Schwester und dem Kindermädchen am Totenbett Pharaos stand. Nur ich wusste damals, dass Hatschepsut selbst das Todesurteil über das kleine, zierliche, liebenswürdige Mädchen gesprochen hatte, das sie doch so sehr liebte, viel mehr als die kleine, zweijährige Merietre, deren aufbrausendes, jähzorniges, selbstsüchtiges Naturell Hatschepsut zutiefst missfiel.

Zwei Stunden später, während der Leichnam Pharaos in das Haus des Todes überführt wurde, rief Hatschepsut die Ratsversammlung zusammen. Unruhig lief ich in meinem Zimmer hin und her, denn jedes Wort, das dort gesprochen wurde, hallte in meinem Kopf wider. Meine schlimmsten Befürchtungen bestätigten sich. Isis war zu weit gegangen. Sie hatte Hatschepsuts Zorn zu sehr geschürt. Über ihr schwebte das Todesurteil. Doch das hatte sie sich letztendlich selbst zuzuschreiben. Sie würde ernten, was sie gesät hatte. Aber der Tod schwebte nicht nur über Isis, sondern auch über ihrem Sohn Thutmosis. Wer konnte Hatschepsut verübeln, dass sie ihrer Tochter ersparen wollte, was sie selbst durchlitten hatte. Nur, der Sohn war nicht wie der Vater. Die Götter blickten voll Wohlgefallen auf dieses Kind, das Hatschepsut einst auf den Thron folgen sollte. Allein, das wusste nur ich, und dieses Wissen würde ich auf Jahre für mich behalten müssen. Die kleinste Andeutung dieser Tatsache hätte das Leben des Knaben in Gefahr gebracht. Doch war er nicht auch jetzt bedroht?

Deutlich hörte ich Senmut sagen: „Eine bessere Gelegenheit wird es nicht mehr geben. Die Seuche ist überall. Wenn Pharao daran starb, warum sollten nicht auch sein Sohn und seine zweite Frau der Krankheit zum Opfer fallen? Jetzt ist der Knabe noch klein. Viele Kinder sterben früh. Später wird es schwieriger werden, den Tod des Prinzen zu erklären."

Die Versammelten senkten betreten die Köpfe und schwiegen. Auch Hatschepsut, die am obersten Ende des Tischs saß, schwieg. Sie wünschte sich eigentlich nichts mehr, als dass der Junge sterben würde. Doch etwas ließ sie zaudern. War es die Tatsache, dass königliches Blut in Thutmosis floss? Oder war es mehr die Ausstrahlung, die von dem Kind ausging, die Hatschepsut wider Willen beeindruckte?

Jetzt hörte ich Hapuseneb sprechen: „Ich verstehe, dass Ihr Euch des Prinzen gerne entledigen würdet, Majestät. Doch bedenkt dabei auch, dass er noch ein kleines Kind ist. Ein Kind lässt sich lenken. Sollte man nicht abwarten, wie sich der Knabe entwickelt, bevor man über ihn urteilt?"

Hatschepsut blickte den Hohenpriester eindringlich an. Sie blickte in die Runde ihrer Berater und Minister und ahnte, dass viele der Anwesenden so dachten wie er. Doch sie schwiegen aus Angst davor, den Zorn der Königin auf sich zu ziehen.

Wieder ergriff Senmut das Wort.

„Warum warten? Morgen kann es zu spät sein. Wenn der Knabe erst alt genug ist, um sein Recht auf den Thron geltend zu machen, wird er zur Gefahr."

Noch immer zögerte die Königin. Doch ich spürte, dass sie bereit war, Senmut recht zu geben. Darum wagte es auch niemand mehr, zugunsten des jungen Prinzen zu sprechen. Hatschepsut spielte mit dem Gedanken, abstimmen zu lassen, denn allein wollte sie die Verantwortung für diese Entscheidung nicht tragen. Etwas musste geschehen, bevor es zu spät war.

„Geh, Nenefer und verhindere das!", hörte ich eine Stimme in mir rufen. Eilig stürmte ich aus meinem Zimmer durch die Hallen, Flure und Säle des Palasts zum Arbeitszimmer Pharaos. Zwei Wachen wollten mir den Zutritt versperren, doch vor meinem zornigen, wirren Blick schreckten sie zurück. Verunsichert traten sie beiseite, denn sie fürchteten die Macht der Götter, die mich offensichtlich umgab. Ich war ihr Werkzeug, dazu ausersehen, ihren Willen zu offenbaren.

Als ich den Sitzungssaal betrat, flogen mir die Blicke der Anwesenden entgegen. Mein Erscheinen löste Entsetzen und Missbilligung aus. Hier hatte ich eigentlich nichts verloren. Trotzdem wagte es niemand, ein Wort zu äußern, denn jeder sah und fühlte, dass ich nicht Herr meiner selbst war. Mein wirrer Blick hatte etwas magisch Anziehendes. Mein abstoßendes Äußeres hatte plötzlich etwas Faszinierendes an sich. Immer, wenn ich in Trance war, umgab mein Wesen eine Kraft, die auch auf meine Umgebung wirkte.

Ich stand vor dem langen Tisch und blickte zu Hatschepsut hinüber. Nein, ich blickte eher durch sie hindurch, denn keiner ihrer Gedanken blieb mir verborgen.

„Ziehe nicht den Zorn der Götter auf dich, indem du deine Krönung mit Blut befleckst! Beginne deine Regierungszeit nicht mit einem Verbrechen! Der Fluch der Götter würde dir bis über den Tod hinaus folgen, dein Andenken vernichten und dich für alle Ewigkeit durch die Finsternis der Duat jagen. Vergieß kein unschuldiges Blut, oder dein Vater Amun wird sich von dir abwenden!"

Ich spürte, wie die Kraft mich verließ. Ich schwankte und wäre wohl gestürzt, wenn Hapuseneb nicht herbeigesprungen wäre und mich gehalten hätte.

Eine Zeit lang herrschte betroffenes Schweigen im Raum. Senmut war der erste, der die Sprache wiederfand.

„Höre nicht auf sie, Majestät. Sie hat mit ihren Prophezeiungen schon genug Schaden angerichtet. Wir..."

„Schweig!", gebot Hatschepsut energisch. „Es gibt Dinge, von denen verstehst du nichts, Senmut. Thutmosis soll leben. Ich stelle ihn unter deine Obhut, Nenefer. Du sollst für ihn verantwortlich sein."

„Nicht unter die meine, Majestät!"

Langsam fühlte ich mich wieder kräftig genug, um allein stehen zu können.

„Unterstelle das Kind dem Gott Amun. Gib es dem Tempel von Karnak und lass es als Priester erziehen. Die Götter werden sein Herz prüfen und wissen, was mit ihm geschehen soll."

Hatschepsut zögerte einen Augenblick.

„Gut", sagte sie endlich. „Ich übertrage dir die Verantwortung für die Erziehung des Prinzen, Hapuseneb. Lehre ihn, ein gottesfürchtiger, ergebener Untertan meiner Majestät zu werden. Und Isis, die allzu ehrgeizige Mutter des Knaben, wird nach Nubien verbannt, damit ihr Anblick mich nicht länger beleidigt. Sie soll nie wieder Gelegenheit finden, den Charakter des Knaben mit ihren ehrgeizigen Plänen zu verderben."

Das war das Todesurteil für Isis, denn jeder im Saal wusste, dass sie Nubien nie erreichen würde. Doch diesmal schwieg ich. Isis war den Göttern gleichgültig, nicht aber ihr Kind. Ich hatte für Thutmosis viel erreicht, mehr, als ich zu hoffen gewagt hatte. Ich durfte es nicht dadurch gefährden, dass ich für Isis bat. So schob ich jeden Gedanken an sie beiseite.

Doch der junge Thutmosis vergaß seine Mutter nie. In dunklen, kühlen Nächten lag er hungrig auf seinem Lager aus Stroh. Seine Knie schmerzten ihn vom Scheuern der Fußböden des Tempels. Doch weitaus mehr als die Knie taten ihm die täglichen Demütigungen weh. Sein verletzter Stolz quälte ihn. Immer, wenn die Verzweiflung ihn zu übermannen drohte, rief er sich das Bild seiner Mutter ins Gedächtnis zurück. Die Erinnerung an sie gab ihm Kraft. Er wollte leben, er musste leben, um Rache nehmen zu können.

Hatschepsut löste die Versammlung auf.

„Bleib noch einen Augenblick, Nenefer", sagte Hatschepsut, während sie ihre Minister und Ratgeber entließ.

Als wir allein waren, stieß sie zornig hervor: „Was du da getan hast, war nicht gut. Stelle mich nie wieder vor meinem Rat bloß. Das ist eine Warnung."

„Es tut mir leid, Hatschepsut. Es lag mir fern, deine Autorität zu untergraben. Aber ich musste verhindern, dass du einen großen Fehler begehst."

Einen Augenblick herrschte eisiges Schweigen. Doch dann verflog Hatschepsuts Zorn.

„Nenefer", fuhr sie unsicher fort. „Du hast es schon so oft bewiesen. Du kennst die Zukunft. Sag mir, was du siehst."

„Was willst du wissen?", fragte ich. „Überlege dir gut, was du fragst, denn oft ist es besser, nicht alles zu wissen", warnte ich.

„Werde ich eine gute Herrscherin sein?", wollte Hatschepsut wissen.

Ich lächelte.

„Solange du im Sinn der Maat regierst, ist dir Glück und Erfolg beschieden. Ehre die Götter, und sie werden dich schützen. Vor dir liegt eine lange und glückliche Regierungszeit. Frieden wird herrschen. Das Land wird erblühen. Der Handel wird leben. Krieg wird für Ägypten fremd sein. Die Tempel werden dein Lob preisen. Amun hält seine Hand über dich, solange du den richtigen Weg beschreitest."

Hatschepsut lächelte erleichtert und zufrieden.

„Nur noch eine Frage, Nenefer. Wird Nofrure mir auf den Thron folgen können oder wird sie, wie ich, ihren Bruder heiraten müssen?"

Ich spürte einen Stich in meinem Herzen. Wieder sah ich den Löwen, die Lotusblume und die Schlange. Doch davon durfte ich nicht sprechen.

„Das, Hatschepsut, verschließt sich meinem Blick. Niemand kennt die ganze Zukunft, niemand außer den Göttern. Ihre Wege sind uns Menschen oft unbegreiflich. Darum sollten wir ihnen vertrauen."

Ich verneigte mich und ging.

Zwei Tage später wurde der junge Thutmosis in den Tempel gebracht. Dort führte er jahrelang ein hartes, entbehrungsreiches Leben in Demut und Armut. Doch gerade das war der beste Schutz für sein Leben. Er lernte dort nicht nur, hart zu arbeiten und anspruchslos zu leben, sondern auch sein aufbrausendes Temperament zu beherrschen und sich in Geduld, Ausdauer und Zielstrebigkeit zu üben.

Isis wurde auf ein Schiff gebracht, das nach Süden fuhr. Doch Nubien erreichte sie nie. Im Tempel des Sobek wurde sie den heiligen Krokodilen zum Fraß vorgeworfen. Das war Senmuts Werk. Nur die Königin und ich wussten davon, sonst niemand. Die Götter seien dem Ka und Ba der Isis gnädig.

Zwei Wochen nach der Beisetzung Thutmosis II. ließ Hatschepsut sich im Tempel von Karnak zum neuen Pharao krönen. In den frühen Morgenstunden betrat sie die heiligen Hallen, legte dort ihre alten Kleider ab, badete im heiligen Wasser des Tempels und legte dann die Kleidung Pharaos an. Der fein gefaltete, weiße Lendenschurz wurde von einem breiten Goldgürtel gehalten. Ihr Oberkörper wurde nur von einem breiten, geierförmigen Pektoral bedeckt. So trat sie in die große Säulenhalle des Tempels, wo ihr die Priester des Amun vor den versammelten Großen des Reichs die Zeichen der Pharaonenwürde aushändigten. Hapuseneb befestigte den Stierschwanz an ihrem Lendenschurz und setzte ihr die Kronen Unterägyptens und Oberägyptens auf das Haupt. Der künstliche Pharaonenbart wurde ihr umgebunden und Geißel und Krummstab übergeben.

Die Edlen des Reichs, die Priester und hohen Beamten warfen sich vor ihr zu Boden, als der königliche Herold Cheriuf laut verkündete: „Es lebe der neue Horus Makare Khnemet Hatschepsut."

Ich erinnere mich an den verklärten Blick Senmuts, den er Hatschepsut zuwarf, als Hapuseneb sie zum Thron des Horus führte. Dies hier war nicht nur ihr Sieg, sondern auch der seine. Ebenso aber erinnere ich mich an den Blick des kleinen Thutmosis, den man gezwungen hatte, an der Krönung teilzunehmen. Er musste sich vor der Frau zu Boden werfen, die ihm seinen Platz gestohlen hatte. Während Nofrure und Merietre neben Hatschepsuts Thron standen, hatte man ihm, dem vermeintlichen Thronfolger, einen Platz unter den Lakaien zugewiesen. Der von ohnmächtigem Zorn erfüllte Blick des Knaben ist mir bis heute im

Gedächtnis geblieben. Diesen Augenblick des größten Triumphs Hatschepsuts vergaß er nie. Damals schwor er sich, dass es eines Tages genau umgekehrt sein würde. Er würde den Thron besteigen, und Hatschepsut musste vor ihm knien. Doch bis dahin sollte noch viel Zeit vergehen.

Auf dem Horusthron, umgeben von der königlichen Leibwache, wurde Hatschepsut durch die Straßen Thebens getragen. Überall, wo sie hinkam, jubelte das Volk ihr begeistert zu. Jeder sah in ihr den neuen Horus. Keiner beachtete, dass auf dem Thron eine Frau saß. Am Abend, beim Festmahl im Palast, belohnte Hatschepsut die Treue ihrer Untergebenen, ohne deren Unterstützung sie diesen Triumph nicht hätte feiern können. Nehesi ernannte sie zu ihrem Siegelbewahrer und Kanzler des Nordens, Pennechebet zum obersten Aufseher der königlichen Kinderzimmer, Amenhotep zum Schatzmeister, Usermre zum Bürgermeister von Theben, Thuti zum Aufseher der königlichen Goldschmiede, Ametu zum Oberpriester der Maat und vieles mehr. Niemand ging an diesem Festtag leer aus. Hatschepsut wurde nicht müde, ihre Getreuen zu belohnen. Doch am meisten von allen lobte sie Senmut, indem sie ihn zum Prinzen von Ägypten ernannte, eine Ehre, die einem Bauernsohn noch niemals zuvor zuteil geworden war. Senmut war nun unumstritten der erste Mann neben dem Thron. Und als die Königin an diesem Abend zu Bett ging, machte sie keinen Hehl daraus, dass Senmut die Nacht bei ihr verbringen würde.

Zwei Monate später machte sich in den frühen Morgenstunden eine kleine Gruppe von Priestern, Höflingen und Beamten auf den Weg zu jenem Tal, das Deir el Bahari genannt wurde. Angeführt wurde der Zug von der Sänfte Hatschepsuts. Obwohl die Sonne gerade erst aufgegangen war, hatten sich trotzdem bereits unzählige Menschen versammelt, um an diesem denkwürdigen Tag einen Blick auf die Pharaonin zu erhaschen. Es war der Tag der Grundsteinlegung für den Totentempel Hatschepsuts. Dieser Tempel, an dessen Plänen Senmut jahrelang verbissen gearbeitet hatte, sollte eine zu Stein gewordene Liebeserklärung werden, sein Dank an die Königin. Was auch immer in fernen Zeiten passieren würde, dieser Bau würde bestehen bleiben als ein Zeugnis seiner Liebe und Ergebenheit dieser großen Frau gegenüber.

Alles war für den Baubeginn vorbereitet. Selbst die Hütten der Arbeiter standen bereits in einiger Entfernung von dem Bauplatz, als der kleine Trupp eintraf. Mit Schnüren und Pfählen waren die Umrisse des Bauwerks abgesteckt worden. Nun ließ sich die Königin vom Hohenpriester des Amun eine weitere Schnur reichen. Dann übergab sie dem Sandalenträger ihre Schuhe und schritt barfuß, die Schnur dabei abrollend, um das künftige Bauwerk herum. An jeder der vier Ecken des Grundrisses senkte sie Früchte, Brot, Wein und Öl in den ausgehobenen Boden und erflehte dabei den Segen der Götter. Gleich nach dieser Weihungszeremonie ließ Senmut mit dem Bau beginnen. Wie lange hatte er darauf warten müssen, seinen Traum in Stein formen zu können, Terrasse um Terrasse zu setzen, die bis hinauf zu dem in den Felsen geschlagenen Allerheiligsten führen würden, welches ausschließlich Hatschepsut gehören sollte.

Ich sah die verklärte Begeisterung in seinem Gesicht, als die Arbeitstruppe sich in Bewegung setzte. Dies hier sollte seine Erfüllung werden. Dafür war er geboren worden. Hier lag der wahre Sinn seines Lebens.

Jahre sollten vergehen, bis der Tempel Amun und Hathor geweiht werden konnte. In diesen Jahren verbrachte die Königin jede freie Minute damit, die Fortschritte an dem Bau selbst zu überwachen. Häufig wurde sie dabei von Nofrure begleitet, und Hatschepsut wurde es dann nicht müde, der Prinzessin jede Kleinigkeit des Baufortschritts von Senmut erklären zu lassen. Die ganze Hoffnung für die Zukunft des Horusthrons ruhte auf der kleinen Prinzessin. Sie sollte einmal, wenn Hatschepsuts Stunde gekommen war, die Nachfolge der Königin antreten. Von diesem Gedanken war Hatschepsut so durchdrungen, dass sie dabei völlig übersah, dass Nofrure nicht zum Herrschen geboren war. Ihr sensibles, liebenswürdiges, nachgiebiges Wesen konnte aus ihr eine gute, fürsorgliche Mutter und Ehefrau werden lassen, doch niemals eine Herrscherin. Dies erkannte Nofrure in späteren Jahren auch selbst sehr genau. Aber ihre Angst davor, ihre Mutter durch ein Eingeständnis dieser Wahrheit zu verletzten, hielt sie stets davon ab, Hatschepsut ihre geheimsten Wünsche und Pläne zu gestehen.

So stand die Prinzessin geduldig neben dem Baumeister ihrer Mutter und ließ sich von ihm in die Geheimnisse des Tempels einweihen. Senmut tat dies voll Begeisterung, denn er fühlte sich zu der Tochter seines einstigen Widersachers weit mehr hingezogen als zu seiner leiblichen Tochter Merietre. Dies war ein Grund dafür, warum Hatschepsut Senmut nach Pennechebets Tod zum Erzieher der Prinzessin Nofrure ernannte.

Je weiter Nofrure auf diese von ihr nicht gewollte Art in den Vordergrund gerückt wurde, umso mehr fühlte Merietre sich vernachlässigt. Merietre war ein Kind, das es liebte, im Mittelpunkt zu stehen, die Aufmerksamkeit auf sich zu ziehen. Je weniger ihr das gelang, umso jähzorniger gebärdete sie sich. Als ihre Gefühlsausbrüche nicht die erhoffte Wirkung zeigten, begann Merietre erbarmungslos zu hassen. Dieser Hass richtete sich gegen die Frau, von der sie glaubte, schlecht behandelt zu werden, gegen ihre Mutter. Langsam, aber sicher ging die Saat des Gifts in ihrem Herzen auf, bis zu dem Tag, an dem sie schließlich beschloss, sich an ihrer Mutter zu rächen.

Doch will ich den Ereignissen nicht vorweggreifen, sondern mich weiter mit jenen segensreichen Jahren der Herrschaft Hatschepsuts beschäftigen. Diese Jahre sind der eindeutige Beweis dafür, dass Hatschepsuts

Regierung von Amun gesegnet war. Nicht nur Senmuts Terrassentempel wurde errichtet. Überall im Land wurden die Arbeiter zusammengerufen, um das erneut aufzubauen, was von den Hyksos zerstört worden war. Der Handel erblühte wie nie zuvor. Die Tribute der Vasallenstaaten wurden pünktlich geliefert. Gold, Silber, Kupfer, Türkise, Malachite, Ebenholz, Terpentinharze und Weihrauch flossen reichlich ins Land. Die Nilüberschwemmungen waren jedes Jahr üppig. Ägypten drohte keine Hungersnot. Kein Feind zeigte sich an den Grenzen des Reichs, sodass kein ägyptischer Soldat gezwungen war, in den Krieg zu ziehen. Hatschepsuts Macht war gefestigt. Und so konnte sie zur Einweihung ihres Tempels die Erbprinzessin Nofrure offiziell zu ihrer Nachfolgerin ernennen. Keine Stimme erhob sich gegen diese Proklamation, denn ein Dekret Hatschepsuts war Gesetz.

Als die Königin, gefolgt von ihrer Tochter Nofrure, zum ersten Mal die Rampe emporstieg, um in der heiligen Halle zu beten und das Heiligtum Amun zu weihen, zweifelte kein Ägypter mehr daran, dass die Königin die Inkarnation der Götter auf Erden war. Dieses vor das Felsmassiv gesetzte, leichte und beschwingte Bauwerk war von einzigartiger Schönheit und Harmonie. In ganz Ägypten gab es nichts Vergleichbares.

Alle Blicke richteten sich an diesem Tag auf den Mann, dessen Genialität dies geschaffen hatte. Dies war sein

Tag. Es war die Erfüllung seines Traums, der beflügelt worden war durch seine Liebe zur Königin. Doch an all die Götter hatte er bei diesem Bauwerk keinen Gedanken verschwendet. Darin bestand der Frevel. Aber es war nicht der einzige Frevel. Im Allerheiligsten, dort, wo Hatschepsut im Gebet Zwiesprache mit den Göttern halten wollte, hatte er heimlich sein Bildnis anbringen lassen. Und Hatschepsut hatte es schweigend geduldet, denn er sollte ihr nah sein, im Leben ebenso wie im Tod.

Als die Königin an diesem Abend ein Fest zu Ehren Senmuts gab und ihn wieder einmal mit Gold überschüttete, saß ich wie so oft stumm neben ihm und wartete geduldig darauf, bis er und Hatschepsut zu Bett gehen würden. Doch entgegen allen sonstigen Gewohnheiten bat Hatschepsut mich plötzlich zusammen mit Senmut hinaus in einen Nebenraum.

Einen Augenblick schien Hatschepsut verlegen, zögerte, doch dann fasste sie sich ein Herz.

„Nenefer, ich muss mit dir reden. Ich habe Senmut heute versprochen, die Angelegenheit für ihn zu bereinigen. Es ist ein offenes Geheimnis, dass ihr beide euch aus ganzem Herzen hasst. Eure Ehe ist das Werk meines Vaters. Sie ist nie vollzogen worden. Darum hat Senmut mich heute um die Erlaubnis gebeten, sich von dir scheiden zu lassen. Ich habe sie ihm erteilt, vorausgesetzt, du bist damit einverstanden?"

Einen Augenblick lang starrte ich Hatschepsut fassungslos an. Dann blickte ich zu Senmut und begann, schrill zu lachen.

„Ich glaube, der große Baumeister und Prinz von Ägypten beliebt zu scherzen. Wage es nicht, überhaupt daran zu denken, Senmut. Unsere Ehe ist vollzogen worden, nur anders als die üblichen Ehen. Allein der Tod kann unsere Verbindung lösen – dein Tod!"

„Ich habe dir gleich gesagt", stieß Senmut wütend hervor, „dass man mit ihr nicht reden kann. Sie ist völlig verrückt."

„Aber Nenefer", begann Hatschepsut erneut auf mich einzureden. „Sieh es doch ein. Es wäre für uns alle besser, wenn ihr geschieden wärt. Senmut wohnt in seinem Haus. Du wohnst im Palast. Jede Nacht verbringt Senmut an meiner Seite. Das Gerede über euch wird so nie zum Schweigen kommen. Willst du ihn nicht freigeben?"

Ich blickte von Senmut zu Hatschepsut.

„An dem Tag, an dem ich ihn freigebe, wird er sterben. Darum wünsche es dir lieber nicht, Schwester", sagte ich warnend, wandte mich von den beiden ab und ging hinaus.

Ich wusste, Hatschepsut fürchtete meinen Spruch. Sie würde nie wieder fragen. Doch Senmut würde sich über kurz oder lang nicht damit zufriedengeben. Irgendwann würden ihm Einfluss und Macht so zu Kopf steigen, dass er nach mehr verlangen würde. Dabei stand ich ihm schon lange im Weg.

Zu den Feierlichkeiten ihres Jubiläumsfests, das Hatschepsut vorverlegte, da sie die Herrschaft ihres Bruders Thutmosis II. einfach zu übersehen gedachte, weil nicht er, sondern sie in Wirklichkeit regiert hatte, war Hatschepsut in Erinnerung an ihren Vater ein ganz besonderer Einfall gekommen. Wie auch er, wollte Hatschepsut im Tempel von Karnak zwei Obelisken errichten lassen. Und wieder war es Senmut, der Hatschepsuts Träume in die Wirklichkeit umsetzte. Mit allen nur zur Verfügung stehenden Arbeitern Thebens reiste er nach Assuan, um aus den dortigen Steinbrüchen zwei Obelisken in je einem Stück aus dem Stein hauen zu lassen, die alles Bisherige übertreffen sollten. 30 Meter an Höhe und 2,40 Meter am Sockel sollten die Steinkolosse messen. Nur ein Mann, der die Götter nicht fürchtet, konnte es wagen, ein solches Unternehmen in Angriff zu nehmen. Niemand glaubte an das Gelingen dieses Vorhabens. Viele lachten darüber, andere betrachteten diese Kühnheit sogar als Götterlästerung. Allein Hatschepsut zweifelte keinen Augenblick an ihrem Baumeister. Das genügte Senmut, um das Unmögliche zu vollbringen.

Sieben Monate brauchte er, um die zwei Steinnadeln aus dem Fels schlagen zu lassen. Tag und Nacht ließ er arbeiten. Er wollte, er musste rechtzeitig zum Sedfest

Hatschepsuts fertig werden, denn er konnte seine Königin unmöglich enttäuschen.

Wie oft kam Hatschepsut in dieser endlos scheinenden Zeit des Wartens zu mir?

„Glaubst du, er wird es schaffen?", fragte sie immer wieder.

„Woran du glaubst, wird er für dich vollbringen", erwiderte ich ihr stets, und sie schien beruhigt. Oft stand sie in der Abenddämmerung auf dem Dach ihres Palasts und blickte nach Süden, in der Hoffnung, ihrem Geliebten dadurch näher zu sein. Nicht die Unsicherheit über das Gelingen des Unternehmens war es, die sie unruhig machte. Nein, es war Senmuts Körper, seine Umarmungen, seine Küsse, seine leidenschaftliche Liebe zu ihr, die ihr fehlten. Langsam begann sie, nach ihm ebenso süchtig zu werden, wie er es nach ihr schon lange war. Das unerfüllte Verlangen ihres Schosses begann aus der Göttin immer mehr nur eine Frau werden zu lassen.

Mit dem Einsetzen der Nilschwemme gelangte die Nachricht nach Theben, dass zwei riesige Obelisken mit Hilfe zweier Schlitten bis zum Nil transportiert worden waren. Hier waren sie auf zwei lange Transportbarken geladen worden, die von drei Reihen von je zehn Schiffen mit Hilfe von Tauen nach Theben geschleppt wurden. Die Stadt hielt den Atem an. Und Hatschepsut jubelte. Das Dach der Säulenhalle, in der die Obelisken aufgestellt werden sollten, wurde eilends abgerissen und alles für den Transport der Steinkolosse in den Tempel vorbereitet.

Ganz Theben war auf den Beinen, als die Schiffe, die die Obelisken schleppten, vor Anker gingen. Auf einem extra für diesen Zweck errichteten Podium erwartete die Pharaonin ihren Baumeister. Und während ihre offizielle Ansprache von Leistung, Können und Dank handelte, sprachen ihre Augen von Sehnsucht und Verlangen. Die von der Sonne des Südens verbrannte Haut Senmuts, die Erinnerung an den starken Phallus, der unter dem Lendenschurz verborgen war, erregten ihre Sinne viel mehr als die zwei Steinkolosse, die er ihr zum Geschenk machte. Erst die lange Trennung von Senmut hatte Hatschepsut gezeigt, wie sehr sie ihn brauchte.

Mit Seilen und Stemmbalken wurden die Steinmonumente über Rampen von den Barken gezogen. Dicke Balken schützten den Stein, der nun wieder auf Schlitten geladen wurde. Hunderte von Sklaven zogen an Tauen und langsam, Stück für Stück, wurden die Steine in Richtung Tempel bewegt. Aufseher erleichterten das Gleiten, indem sie den Boden vor den Schlitten mit Milch und Wasser befeuchteten. Die Sklaven stöhnten vor Erschöpfung. Doch die Aufseher ließen ihnen keine Zeit zum Verschnaufen. Die Herrin der beiden Länder hatte befohlen. Und ihrem Befehl gehorchte alles. Noch immer konnte etwas misslingen. Nur ein kleiner Fehler, und der Stein würde brechen. Die Arbeit all der Monate wäre vergeblich gewesen. Doch Hatschepsut zweifelte keinen Moment daran, dass Senmut auch den Rest der Aufgabe lösen würde.

Wie ein ungläubiges Raunen ging Tage später die Nachricht durch die Stadt, dass der erste Obelisk in das ausgehobene Fundament gehievt worden sei und nun aufrecht zum Himmel emporrage.

Hatschepsut erteilte Thuti, dem obersten Aufseher der königlichen Goldschmiede, den Befehl, die Spitzen der beiden Obelisken mit Elektrum, einer Mischung aus Gold und Silber, überziehen zu lassen. Bald schon sah man von weither die beiden Spitzen der Steinkolosse in der Sonne glänzen. Und jeder, der sie sah, neigte ehrfurchtsvoll sein Haupt vor der Größe der Pharaonin Hatschepsut und ihres Baumeisters. Nur einem wurde ihr Anblick bald unerträglich. Wann immer der junge Thutmosis zu den beiden Steinmonumenten emporblickte, verkrampfte sich sein Herz. War nicht er rechtmäßiger Pharao? Der Ruhm Hatschepsuts gebührte eigentlich ihm!

Die Jahre gingen dahin, und Hatschepsut hätte mit dem Erreichten zufrieden sein können. Alles, was sie angepackt hatte, war ihr gelungen. Die Götter hatten jedes ihrer Unternehmen gesegnet. Doch irgendwie war Hatschepsut immer noch nicht zufrieden. Und eines Tages, als sie wieder einmal die breite, von weißen Marmorsphinxen geschmückte Allee zur ersten Rampe ihres Tempels hinauf schritt, fiel ihr plötzlich eine alte, ägyptische Legende ein, die von einem Land berichtete, das Punt genannt wurde und zu dem Ägypten vor Jahrhunderten Handelsbeziehungen unterhalten hatte. Es war das Land des Weihrauchs. Erregt ging sie in den Naos, das in den Felsen gehauene Allerheiligste des Tempels, kniete vor dem Schrein Amuns nieder und bat um Erleuchtung. Als sie den Tempel wieder verließ, war sie sich ganz sicher, dass sie Punt für Ägypten wiederentdecken würde. Andere Pharaonen vor ihr hatten ihren Ruhm durch Eroberungen begründet. Hatschepsut hatte den Krieg kennengelernt. Sie wusste, was es bedeutete, zu töten und verabscheute es. Ihren Ruhm wollte sie auf unblutige Art begründen.

Als sie in den Palast zurückkehrte, führte ihr erster Weg darum zu mir. Aufgeregt berichtete sie mir von ihrer Vision, und gemeinsam machten wir uns auf den Weg ins Haus des Lebens, in dem die alten Schriftrollen, die von diesem Land und seiner Lage sprachen, aufbewahrt wurden. Wir ließen sie uns vom obersten Aufseher der Schreiber heraussuchen und studierten sie ausgiebig. Danach waren wir uns sicher. Punt war keine Legende. Es gab dieses Land.

Gleich bei der nächsten Ratssitzung stellte Hatschepsut ihre Pläne ihren Ministern und Ratgebern vor.

„Ich habe die alten Schriftrollen durchgesehen", sprach sie vor den Versammelten. „Ich las dort, dass bereits ein Sohn Pharao Cheops ein Land namens Punt erreichte und von dort mit reichen Gaben für die Götter zurückkehrte. Die letzte Reise nach Punt, die in den Schriften verzeichnet ist, wurde von Kanzel Henenu vor sechshundert Jahren unternommen. Seither ist nie wieder eine Expedition in das Weihrauchland erfolgt. Niemand glaubte mehr an seine Existenz. Doch es gibt dieses Land. Und ich, Makare Hatschepsut, bin von Amun dazu ausersehen worden, dieses Land des Weihrauchs für die Gärten Amuns wiederzuentdecken."

Hatschepsut blickte erwartungsvoll in die Gesichter ihrer Ratgeber. So manchem der Anwesenden kamen Zweifel, ob Hatschepsuts Pläne zu verwirklichen seien. Doch der Wunsch ihrer Majestät war für Ägypten Gesetz. Nach vielem Für und Wider wurde beschlossen, dass fünf Schiffe gebaut werden sollten, die den Nil hinauf bis zum Wadi Tummilat segeln sollten. Von dort konnten sie zur Zeit des Hochwassers durch den Timsah-See segeln, einen Verbindungskanal benutzen, der zu den Bitterseen führte und schließlich ins Rote Meer gelangen. So wurde es beschlossen. Und Nehesi wurde zum Leiter der Expedition ernannt.

Kurz vor dem Einsetzen der Nilschwellung lagen die fünf Schiffe zur Abreise im Hafen von Theben bereit. Die länglichen Rümpfe, deren Hinterschiffe erhöht waren, liefen vorne zu einem Schnabel zusammen. Die weißen, mehr breiten als länglichen Segel, flatterten im Wind, als Schmuck, Spiegel und Waffen, die als Handelsobjekte dienen sollten, an Bord gebracht wurden. Die einhundertzehn Leute, die an der Expedition teilnehmen durften, waren von der Pharaonin selbst ausgesucht worden. Hinzu kamen noch dreißig Ruderer je Schiff. Als sie mit einsetzendem Hochwasser ins Delta aufbrachen, wusste niemand, ob sie je zurückkehren würden.

Drei Jahre sollte Ägypten ohne Nachricht bleiben. Keiner glaubte mehr an die Rückkehr der Schiffe, außer Hatschepsut. Sie vertraute auf Amun und glaubte fest daran, dass die Expedition erfolgreich abgeschlossen werden würde. Sie sollte recht behalten.

Eines Morgens, im zweiten Monat des Achit, während der täglichen Ratssitzung, überbrachte ein Bote aus dem Norden Hatschepsut die Nachricht, dass die fünf Schiffe der Expedition im Delta gesichtet worden seien. Dies war die Nachricht, auf die Hatschepsut so lange gewartet hatte. Und sie kam genau zum richtigen Zeitpunkt.

Der junge Thutmosis, dessen rebellisches, aufwieglerisches Wesen im Tempel nicht länger hatte geduldet werden können, war von Hatschepsut ins

Heer gesteckt worden. Hatschepsut hatte gehofft, ihn hier besser zügeln zu können. Nur ich wusste, dass sie ihn damit seiner eigentlichen Bestimmung zugeführt hatte, denn Thutmosis war zum Soldaten geboren. Darum schien die Rechnung der Pharaonin am Anfang auch aufzugehen.

Der junge Prinz wurde ruhiger. Begierig sog er das Wissen der erfahrenen Soldaten in sich auf und scheute keine Mühe, den kühnsten Wagenkämpfern, Bogenschützen und Schwertkämpfern der Garnison ebenbürtig zu werden. Er entwickelte sich rasch zum hervorragenden Soldaten, und nach und nach wandte sich die jüngere Generation der Krieger dem hitzigen, jungen Prinzen voll Begeisterung zu. Er scheute sich bald nicht mehr, immer lauter zu verkünden, dass das Heer dazu da sei, Ägyptens Macht zu demonstrieren, anstatt faul in den Kasernen herumzuliegen. Diese Reden fielen auf fruchtbaren Boden, denn allzu lange hatte es keinen Krieg mehr gegeben. Die Soldaten hatten völlig vergessen, was es hieß, in den Kampf zu ziehen und welche Schrecken ein Krieg mit sich brachte. Wie jeder junge Mensch träumten sie von Ruhm und Ehre und schlossen sich der Meinung des jungen Prinzen darum nur allzu gerne an.

Hatschepsut war nichts von dem entgangen, was sich um den jungen Thutmosis herum abspielte. Doch sie schwankte. Sie war sich nicht sicher, ob sie Thutmosis endgültig zum Schweigen bringen sollte. Senmut riet ihr unablässig dazu. Er sagte ihr, wenn sie jetzt nicht bereit wäre, zu handeln, könnte es für immer zu spät sein. Auch Hatschepsut wusste das. Trotzdem konnte sie sich zu diesem letzten Schritt nicht durchringen.

Jetzt kehrten die Schiffe zurück, ihre Schiffe. Sie waren ein erneuter Beweis dafür, dass man auch ohne Kampf und Blutvergießen für sein Land Großes vollbringen konnte. Und wieder einmal triumphierte Hatschepsut, denn alle Häupter verneigten sich ehrerbietig vor ihrer großen Tat.

Eine feierliche Prozession wurde zum Empfang der Schiffe vorbereitet. Mit Lotusblumen geschmückte Priester geleiteten unter Trommelwirbel die ruhmreichen Heimkehrer in den Palast. Hatschepsut empfing Nehesi und die Delegation, die er aus Punt mitgebracht hatte, auf ihrem Thron im Audienzsaal. Krüge, gefüllt mit wohlduftenden Harzen, lebende Weihrauchbäume, Ebenholz, Pantherfelle, Elefantenstoßzähne und schwere Goldringe wurden der Pharaonin zu Füßen gelegt.

Voll Begeisterung betrachtete Hatschepsut die Reichtümer, die ihr Nehesi mitgebracht hatte. Für sie gab es keine Frage. Dies war einer ihrer größten Erfolge. Sie hatte den Gipfel ihrer Macht erreicht. Doch sie wusste auch, dass sich nach der Erklimmung des Gipfels unweigerlich der Abstieg ansagte. Sie näherte sich ihrem vierten Jahrzehnt. Noch immer war sie von einzigartiger Schönheit. Ihre Erfolge reihten sich lückenlos aneinander. Was konnte sie sich noch mehr wünschen? Nur noch das eine – Nofrure zu ihrer Nachfolgerin zu machen.

Als sie an diesem Abend Senmut den Auftrag erteilte, die erfolgreiche Expedition an die Wände ihres Tempels zeichnen zu lassen, war sie fest entschlossen, Nofrure sobald wie möglich zur Mitthroninhaberin zu krönen.

Thutmosis III.

Noch heute erinnere ich mich gerne an die ersten fünfzehn Jahre der Herrschaft Hatschepsuts. Es waren Jahre des Friedens und des Glücks. Seit der Vertreibung der Hyksos war es Ägypten zu keiner Zeit besser gegangen. Doch das Schlimme ist, dass die Menschen ihr Glück erst schätzen lernen, wenn es vorüber ist. Das Heer rief plötzlich nach Eroberung und Beute. Von Blut, Tod und Verwüstung redete niemand. Sein Sprecher war der junge Thutmosis geworden, der sich neben Hatschepsut langsam zu einem starken Stamm aufzurichten begann. Er verlangte nach dem Thron. Doch noch war er nicht stark genug, dies offen auszusprechen. Auf eine Übereinkunft mit Hatschepsut konnte er nicht mehr zählen, seit diese verkündet hatte, dass sie zum kommenden Neujahrsfest Nofrure im Tempel zu ihrer Mitregentin krönen lassen würde. Dies war einer Kampfansage der Königin an ihn gleichgekommen. Nun wusste er endgültig, dass sie ihm den Thron nie freiwillig überlassen würde. Doch was war mit Nofrure? Thutmosis brauchte die zierliche Erbprinzessin nur anzusehen, um zu wissen, dass sie den Ehrgeiz ihrer Mutter nicht teilte. Mit Nofrure würde er zu gegebener Zeit reden können. Auch Thutmosis wusste, dass er entweder Nofrure oder Merietre auf seiner Seite brauchte, um nach den Gesetzen der Maat die Macht zu erringen und als Pharao unanfechtbar zu sein. Merietres herrschsüchtiges, unausgeglichenes Wesen stieß ihn ab. Aber zu der sanftmütigen Nofrure fühlte er sich magisch hingezogen. Vorsichtig begann er, sich ihr zu nähern. Schon bald fasste Nofrure Vertrauen zu ihrem Halbbruder, und Thutmosis begann, ganz offen mit ihr über sie und die Pläne Hatschepsuts zu sprechen. Er erkannte schnell, dass Nofrure nach Hatschepsuts Tod bereitwillig die Macht in seine Hände legen und ihm das Eheversprechen geben würde. Doch gegen ihre Mutter würde Nofrure sich nie stellen. Und Hatschepsut konnte noch lange leben. Thutmosis aber wollte nicht ewig warten.

Dies war der Beginn eines Familiendramas, das noch weit über meinen Tod hinaus seine Wellen schlagen wird. Ich sah alles, was sich ereignen würde und konnte doch nichts daran ändern, denn der Starrsinn der gegnerischen Parteien machte all meine Bemühungen, zu vermitteln, zunichte.

Wie hatte ich die vergangenen fünfzehn Jahre genossen, in denen mich kaum eine Vision aus meiner nächtlichen Ruhe schreckte. Mein Leben war erfüllt gewesen durch den Dienst, den ich den Göttern im Tempel leistete. Doch nun zogen Neid und Hass in den Palast ein und brachten Tod und Verwüstung mit sich.

Das erste Opfer sollte die arme Nofrure werden. Obwohl Hatschepsut bald genau wusste, dass Nofrure den jungen Thutmosis liebte, verbot sie eine Eheschließung der beiden. Und in dem Augenblick, in dem Hatschepsut Nofrure die Krone aufs Haupt setzte, die diese gar nicht wollte, sah ich, wie ihre blau verfärbte, aufgeschwemmte Leiche zu Grabe getragen werden würde.

Oft sprach ich mit Hatschepsut über Nofrure und Thutmosis, versuchte die Königin zum Einlenken zu bewegen. Doch vergeblich. Hatschepsut blieb hart, musste es bleiben, denn sie hatte bei der Neunheit der Götter geschworen. Bedauernswerte Mutter, die vor den Gefühlen der Tochter die Augen verschließt, deren Herz in eisiger Kälte erstarrt bleibt, nur um dem vermeintlichen Gegner nicht die Hand reichen zu müssen. Denn eins muss an dieser Stelle der Wahrheit zuliebe gesagt werden. Welch ehrgeizige Pläne man dem jungen Thutmosis auch vorwerfen mochte, seine Gefühle für Nofrure waren aufrichtig. Er liebte die Prinzessin bald ebenso wie sie ihn, sodass sich für die Zukunft Ägyptens alles zum Besten hätte fügen können. Doch Hatschepsut blieb unnachgiebig. Nicht nur ihr voreiliger Schwur hinderte sie daran, die beiden verliebten Menschen zusammenzufügen. Nein, sie wusste auch ganz genau, dass sie in dem Augenblick, in dem sie Nofrure Thutmosis zur Frau geben würde, den Thron unweigerlich an den Jüngeren verlor. Und ihre Macht abzutreten, dazu war sie ganz und gar nicht bereit. Darum bestand sie darauf, dass Nofrure gekrönt wurde und schickte den jungen Thutmosis auf eine Inspektionsreise in den Sinai, um ihn aus dem Umfeld der Erbprinzessin zu verbannen. Im Stillen hoffte sie, dass sich das aufgewühlte Gemüt Nofrures bis zu Thutmosis Rückkehr wieder beruhigen würde. Doch darin irrte sie.

Mit Schaudern denke ich noch heute an den Abend nach Thutmosis Abreise, an dem die völlig aufgelöste und verzweifelte Nofrure zu mir kam.

„Tante Nenefer", jammerte sie. „Was soll ich denn nur tun? Ich liebe Thutmosis. Warum muss meine Mutter ihn so hassen? Ich liebe sie doch auch und will ihr nicht wehtun. Ich kann sie nicht enttäuschen, mich einfach von ihr abwenden. Sie will mein Bestes. Warum kann sie nicht einsehen, dass Thutmosis gut für mich und Ägypten ist?"

„Arme, kleine Prinzessin", versuchte ich zu trösten. „Glaub mir, es wird sich alles fügen. Dein Schmerz wird bald vorbei sein."

Zärtlich nahm ich sie in den Arm und strich ihr durch das ebenholzschwarze Haar.

„Armes Kind", dachte ich bei mir. „Dein Kummer wird wirklich bald vergessen sein. Die Schwingen des Todes breiten sich bereits über dir aus. Und ich kann dir nicht helfen, denn ich sehe nicht, woher die Gefahr droht. Die Götter verschließen ihr Wissen vor mir, denn sie wünschen nicht, dass ich eingreife."

Als Nofrure von mir ging, war sie ruhig. Sie ging voller Zuversicht, denn sie ahnte nicht, wie ich meine

Prophezeiung gemeint hatte. Und ich ahnte nicht, wie schnell sich meine Vision erfüllen würde.

Schon sieben Tage später, ich entfachte gerade vor dem Schrein der Hathor ein Opferfeuer, da sah ich deutlich vor mir, was sich zur gleichen Stunde auf den Wellen des Nils abspielte.

Nofrure und Merietre saßen in einer Barke. Ein nubischer Sklave stakte das kleine Boot über den Nil. Die kleine Sklavin, die die Prinzessinnen auf ihrer Ausflugsfahrt wie üblich begleitete, war, durch die Sonne müde geworden, eingeschlafen. Das Boot war an einer Stelle angelangt, an der die Strömung des Nils besonders stark war. Nofrure beugte sich eben über den Bootsrand, um ihre Hand im Wasser zu kühlen, da versetzte Merietre ihr einen Stoß. Nofrure fiel ins Wasser und ging sofort unter, denn sie konnte nicht schwimmen. Der nubische Sklave, der, während er das Boot steuerte, nach vorn geschaut hatte, starrte nun auf den leeren Platz neben Merietre. Sofort wollte er Nofrure hinterher springen, doch Merietre fuhr ihn zornig an:

„Wage es nicht, aus dem Boot zu springen und mich dem Spiel der Wellen zu überlassen, sonst lasse ich dich hinrichten. Sie ist freiwillig hineingesprungen. Ich habe noch versucht, sie zu halten. Doch es ging alles viel zu schnell. Wenn sie des Lebens müde ist, ich bin es nicht. Was glaubst du, würde die Pharaonin sagen, wenn wir beide ertränken? An Nofrures Tod hättest du keine

Schuld, doch an dem meinen schon. Suchen wir vom Boot aus nach ihr. Vielleicht finden wir sie."

Der Sklave schluckte schwer. Doch er gehorchte. Beide wussten sie, dass es unmöglich sein würde, Nofrure noch lebend aus dem Nil zu retten. Sie suchten eine gute Stunde, doch vergebens. Später bestätigte der Sklave Merietres Angabe, dass Nofrure plötzlich freiwillig ins Wasser gesprungen und sofort vom Nil davongetragen worden sei. Niemand machte ihm einen Vorwurf daraus, dass er Merietres Leben nicht auch noch in Gefahr hatte bringen wollen. Das Mädchen, das ebenfalls bei dem schrecklichen Ereignis dabei gewesen war, konnte sich an nichts erinnern.

Von Entsetzen gelähmt, starrte ich ins Opferfeuer. Merietre, Senmuts Tochter, die Schlange! Meine Vorahnungen hatten sich auf furchtbare Art und Weise erfüllt. Und was Merietre mit diesem Schwesternmord bezweckt hatte, erreichte sie. Sie stand nicht länger im Schatten Nofrures. Nun gab es nur noch eine mögliche Königin, und das war sie. Wer immer den Thron wollte, musste sich von nun an um sie bemühen. Doch mehr als das zählte für sie, dass sie ihre Mutter in doppelter Weise getroffen hatte. Nicht nur, dass Hatschepsut Nofrures Tod zutiefst schmerzte, nein, noch mehr musste es sie belasten, dass Nofrure möglicherweise den Tod gesucht hatte, um ihrer ausweglosen Situation zu entfliehen.

Drei Tage suchte man vergeblich nach dem Leichnam der jungen Prinzessin. Schon befürchteten wir, dass er für alle Zeit im Reich Hapus verweilen würde, beraubt des Lebens nach dem Tod, da zeigten die Götter doch ein Einsehen. Sie spülten die vom Wasser aufgeschwemmte Leiche der einst so schönen Prinzessin an Land, wo sie von Fischern gefunden wurde. Die Tote wurde auf einer Bahre in den Palast gebracht, damit festgestellt werden konnte, ob es sich wirklich um Nofrure handelte. Fassungsloses Entsetzen verzerrte das Gesicht Hatschepsuts, als das weiße Leinentuch, das die Tote bedeckte, zurückgeschlagen wurde. Von Weinkrämpfen geschüttelt brach sie in Senmuts Armen zusammen. Es war der Augenblick, in dem ihre innere Größe zerbrach, jene Größe, die sie über alle anderen erhoben hatte.

Ich blickte über die Tote hinweg in das triumphierende Gesicht Merietres, die ihr Ziel erreicht hatte, ohne zu ahnen, was sie wirklich zerstört hatte. Mein Blick zog den ihren an, und ich sandte ihr voll Zorn das Bild ins Gehirn, das ich seit dem Tod Nofrures ständig vor Augen hatte. Merietres Augen weiteten sich vor Entsetzen, als sie erkennen musste, dass ich ihr Geheimnis kannte, ihre teuflischen Machenschaften durchschaute. Von dieser Stunde an war sie meine erbitterte Feindin, denn sie fürchtete mein Wissen.

Ein Jahr verbrachte Thutmosis auf dem Sinai. Voll Selbstsicherheit und Kraft kehrte er nach Theben zurück, mit dem festen Entschluss, sich Nofrures Hand nicht länger von Hatschepsut verweigern zu lassen. Welcher Schock war es für ihn, erfahren zu müssen, dass Nofrure tot war, gestorben durch eigene Hand. Tiefe und aufrichtige Trauer erfasste ihn, denn obwohl er in all den Jahren unter dem Joch Hatschepsuts hart geworden war und gelernt hatte, sich Gefühlen zu verschließen, vermisste er Nofrure doch sehr. Wäre diese Trauer nicht gewesen, hätte er vielleicht damals schon erkannt, dass Hatschepsut nicht mehr die starke Gegnerin war, die alles fest in ihrer Hand hielt. Der Schock, den Nofrures Tod ihr versetzt hatte, lähmte sie noch immer. Nicht mehr sie war es, die die Geschicke Ägyptens lenkte, sondern Senmut. Erst Thutmosis Rückkehr rief sie allmählich ins Leben zurück. Sie begann, ihre eigenen Schuldgefühle zu verdrängen, indem sie alle Schuld Thutmosis zuschob. Hätte er nicht die Prinzessin gegen sie, die Mutter, aufgehetzt, würde Nofrure noch leben. Verbissen steigerte Hatschepsut sich in diese Idee hinein, denn es war die einzige Möglichkeit, sich selbst von Schuld freizusprechen. So wuchs ihr Hass auf Thutmosis immer weiter.

Thutmosis hingegen sah in Hatschepsuts Unnachgiebigkeit die Ursache für Nofrures Tod, und er schwor vor den Göttern, den Tod der Prinzessin zu rächen.

So erzeugte Hass wieder Hass. Die Fronten verhärteten sich immer mehr, und ich stand dazwischen, sah die Wahrheit und konnte doch nichts an dem ändern, was sich da anbahnte. Nur einmal versuchte ich es, obwohl ich eigentlich genau wusste, dass mein Bemühen vergebens sein würde.

Kurz bevor Thutmosis auf Geheiß Hatschepsuts nach Nubien zog, um dort Aufständische niederzuwerfen, ließ ich ihn zu mir rufen. Widerstrebend folgte er meiner Bitte, fest davon überzeugt, dass ich Hatschepsuts Seite verteidigen würde. Schon bei seinem Eintreten zeigte mir seine gesamte Körperhaltung deutlich seine Ablehnung.

„Ich sehe, du kommst nicht gerne. Ich danke dir trotzdem, dass du meiner Aufforderung gefolgt bist. Ich habe dich zu mir gebeten, weil ich mit dir über Nofrures Tod sprechen möchte."

„Was gibt es da noch zu reden?", fuhr er mich grimmig an. „Sie ist tot. Niemand kann sie mehr lebendig machen."

„Ich weiß", erwiderte ich ruhig. „Doch glaube nicht, dass nur du trauerst. Hatschepsut tut es ebenso. Sie hat Nofrure über alles geliebt."

„So sehr, dass sie sie lieber sterben gelassen hat, als sie mir zu geben. Pha! Hatschepsut liebt nur sich selbst und ihre Macht. Für einen anderen Menschen kann sie nichts empfinden."

„Du irrst dich, Thutmosis. Wisse, es ist nicht Hatschepsuts schuld, dass Nofrure tot ist. Es war der Wille der Götter. Schon vor Nofrures Geburt sah ich, dass sie früh sterben würde. Niemand kann seinem Schicksal entgehen. So, wie Nofrure geboren wurde, um zu sterben, so bist du geboren, um zu herrschen."

Ungläubig starrte Thutmosis mich an.

„Was willst du, Nenefer?", fragte er schließlich misstrauisch.

„Nichts weiter, als dass du den unseligen Hass aus deinem Herzen verbannst. Ich habe in meinem Leben schon vieles gesehen. Darum glaub mir, Hass bringt keinen Segen."

„Tut mir leid, Nenefer", entgegnete Thutmosis schroff. „Ich hasse Hatschepsut, und der Tag wird kommen, an dem ich mit ihr abrechnen werde. Sie hat nicht nur meine Mutter, sondern jetzt auch noch Nofrure auf ihrem Gewissen. Und es würde mich nicht wundern, wenn sich irgendwann herausstellte, dass sie auch den Tod meines Vaters verursacht hat."

„Du vergehst dich gegen die Götter, Thutmosis. Ich sage dir noch einmal, Nofrures Tod ist nicht Hatschepsuts schuld. Und dass sie heute über Ägypten herrscht, ist der Wille der Götter gewesen. Dazu bedurfte es keines Mordes. Deine Stunde wird kommen. Gedulde dich, und ziehe nicht den Zorn der Götter auf dich."

„Geduld!", zischte der junge Prinz. „Wie viel Geduld soll ich denn noch haben? Soll ich solange warten, bis sie mich umgebracht hat? Nein, Nenefer, vorher werde ich sie umbringen."

„Wenn sie deinen Tod gewollt hätte, Thutmosis, wärst du schon lange tot und stündest nicht hier, um große Reden zu schwingen", fauchte ich ihn zornig an, denn meine Geduld näherte sich ihrem Ende. „Ich habe ehrlich versucht, dir den richtigen Weg zu weisen. Doch das ist wohl sinnlos. Merke dir wenigstens das eine. Hass ist der schlechteste Ratgeber, den es gibt. Leb wohl."

Und er ging. Ich blieb mit der Gewissheit zurück, überhaupt nichts erreicht zu haben. Doch was hätte ich sonst noch tun können? Sicher, ich hätte Thutmosis sagen können, dass Merietre Nofrure getötet hatte. Und das auch nur aus Hass und Neid und Eifersucht. Doch dann wäre das Ganze nur noch schlimmer geworden, denn Thutmosis würde Merietre heiraten müssen, um den Thron gewinnen zu können. Nein, dieses Wissen durfte ich niemandem anvertrauen. Es wäre nur erneutes Gift in dem ohnehin schon brodelnden Hexenkessel.

Thutmosis zog nach Nubien, und als er zurückkehrte, wurde er von Ägyptens Bevölkerung freudig begrüßt. Doch noch immer saß Hatschepsut fest auf dem Thron. Ein Umsturzversuch hätte unweigerlich einen Bürgerkrieg zur Folge gehabt. Was sollte Thutmosis tun? In Theben konnte er es nicht aushalten. Hatschepsuts Allgegenwärtigkeit machte ihm diese Stadt unerträglich. So zog er mit Billigung der Königin, die ebenfalls froh war, ihn wieder loszuwerden, nach Asien, diesmal jedoch nicht zur Inspektion, sondern zur Eroberung.

Ein halbes Jahr dauerte der Feldzug, in dem Thutmosis das für Ägypten zur Gefahr gewordene Gaza eroberte. Und ich muss gestehen, es war höchste Zeit geworden, den asiatischen Stadtfürsten zu zeigen, dass Ägypten noch immer eine starke Streitmacht besaß. Ihre Unabhängigkeitsbestrebungen waren in den letzten Jahren immer häufiger zutage getreten. Diese Machtdemonstration Ägyptens wies sie deutlich in ihre Schranken zurück.

Als Thutmosis mit seinen Truppen, die reiche Beute mit sich führten, ins Delta zurückkehrte, flogen ihm die Hochrufe des ägyptischen Volks nur so entgegen.

Die Nachricht von der siegreichen Eroberung des Prinzen erreichte Theben einen Monat vor seiner Rückkehr. Und diesmal war es für alle Getreuen der Königin klar. Wenn Thutmosis erst mit seinen Truppen in Theben einmarschierte, gab es für ihn kein Halten mehr.

In aller Eile wurde eine Ratssitzung einberufen und erörtert, was nun geschehen solle. Hapuseneb sprach sich dafür aus, Thutmosis freiwillig die Macht zu übergeben und ihm Merietre als Zeichen des guten Willens zur Frau zu geben. Senmut hingegen sprach offen aus, was alle im Stillen dachten. Thutmosis durfte auf keinen Fall die Stadt lebend erreichen, sonst wäre hier keiner von ihnen mehr seines Lebens sicher. Nur Hatschepsut schwieg. Es schien, als könne sie sich nicht entscheiden. Sie wirkte müde und teilnahmslos. Erst als alle anderen ohne Beschluss gegangen waren, wandte sie sich an Senmut.

„Tu, was getan werden muss. Und wenn es vollbracht ist, dann komm zu mir als mein Gemahl. Ich will in Zukunft die Macht mit dir teilen. Nimm dir als Pharao eine Konkubine und zeuge Ägypten einen Erben."

Senmut schaute sie einen Augenblick lang fassungslos an. Doch dann verstand er.

„Endlich sagst du dich von diesen Unglück bringenden Göttern los und beschreitest den richtigen Weg. Und du hast recht. Noch ist es nicht zu spät."

Er lächelte und ging. Auf dem Heimweg dachte er darüber nach, wer der geeignete Mann dafür sein könnte, eine solch heikle Aufgabe zu übernehmen. Wieder lächelte er. Endlich, nach all den vielen Jahren, schien ihm nichts mehr im Weg zu stehen, um seine kühnsten Träume zu verwirklichen. Er, Senmut, auf dem Horusthron mit der Frau, die er über alles liebte. Nur Thutmosis und ich standen ihm jetzt noch im Weg. Doch das sollte kein Hindernis sein. In einem Feldlager, wie das des Thutmosis, konnte viel passieren. Trieben sich dort nicht alle möglichen zwielichtigen Gestalten herum? Und wenn der einzig mögliche Thronfolger im Lager ermordet wurde, wer könnte es da der Königin verübeln, dass sie dafür sorgen wollte, dass die Thronfolge doch noch geregelt wurde. Senmut dachte an mich, und wieder lächelte er. Mich loszuwerden würde noch einfacher sein.

Ich blickte in das Feuer, vor dem ich kniete und glaubte, einen bösen Traum gehabt zu haben. Wie konnte Hatschepsut dazu ihre Einwilligung geben? Hatte ich ihr nicht gesagt, dass sie verflucht sei, wenn sie es wagte, gegen Thutmosis die Hand zu erheben? Noch einmal blickte ich in das Feuer. Ich sah in die Zukunft, und was ich sah, ließ mich erstarren. Gedungene Mörder fielen über den Prinzen her, überwältigten seine Leibwache und ihn und stachen dann so lange mit ihren Messern auf den wehrlosen Prinzen ein, bis sein Leichnam völlig entstellt war. Ich wusste, Senmuts Attentat würde gelingen, wenn ich nicht einen Weg fand, es zu verhindern. Doch damit trug ich unwiderruflich zum Sturz Hatschepsuts bei. Welch eine Wahl!

Ich dachte lange angestrengt nach. Was konnte ich überhaupt tun? Niemand in Theben würde bereit sein, gegen Senmut die Hand zu erheben. Und ich selbst? War ich ihm nicht schon einmal unterlegen gewesen? Und trachtete er nicht auch mir nach dem Leben?

Stundenlang lief ich in meinem Zimmer hin und her, wie ein eingesperrtes Raubtier. Verzweifelt suchte ich nach einer Lösung. Es musste sie geben, denn sonst hätte es keinen Sinn gehabt, dass mir die Götter die Gefahr vorher gezeigt hatten. Die Zukunft Ägyptens konnte nur Thutmosis heißen. Hatschepsut hatte mit ihrer heutigen Entscheidung den Weg der Maat verlassen.

Plötzlich, aus den Tiefen der Vergangenheit, sah ich wieder ein Dokument vor meinen Augen, welches ich vor vielen Jahren für immer fortgelegt zu haben glaubte. Eine Idee beflügelte meinen Geist. Trotz der späten Stunde ließ ich meine Sänfte kommen und mich zum Haus des Lebens tragen. Dort befahl ich dem wachhabenden Soldaten, den Aufseher rufen zu lassen, der den Schlüssel zur Bibliothek verwahrte. Gehorsam machte er sich auf den Weg, und nach einigem Warten öffneten sich mir die Türen zu den Räumen, in denen sämtliche rechtliche Beschlüsse aufbewahrt wurden. Es dauerte bis tief in die Nacht, bis ich fand, wonach ich gesucht hatte. Ich ließ mir von dem anwesenden Schreiber eine Kopie der für mich so wichtigen Akte anfertigen und kehrte dann zufrieden in den Palast zurück. Dort rief ich nach Teje, und während sie unterwegs war, um Hapuseneb zu mir zu bringen, holte ich aus der Truhe, in der mein Spielzeug verwahrt lag, jenes Dokument hervor, das plötzlich so viel Bedeutung erhalten hatte.

Es dauerte lange, bis Hapuseneb kam. Teje hatte ihn aus dem Schlaf reißen müssen. Trotzdem war er meinem Ruf sofort gefolgt. Er wusste, dass es wichtig sein musste, denn ich hatte in all den Jahren nicht einmal nach ihm gerufen.

Als wir allein waren, fragte ich: „Weißt du, was Hatschepsut gestern, nachdem ihr gegangen wart, beschlossen hat?"

„Nichts", erwiderte Hapuseneb. „Sie weiß nicht, was sie tun soll."

„Du irrst", antwortete ich, während ich unruhig im Zimmer hin- und herlief. Die Aufregung wollte nicht von mir weichen. Und ich fragte mich plötzlich auch noch, ob ich Hapuseneb würde überzeugen können. Ohne seine Hilfe war alles verloren.

„Nachdem ihr gegangen wart, hat Hatschepsut Senmut beauftragt, Thutmosis töten zu lassen. Als Dank dafür hat sie ihm versprochen, künftig die Macht mit ihm zu teilen. Damit ist sie zu weit gegangen."

Einen Augenblick lang schaute Hapuseneb mich forschend an.

„Woher weißt du das?"

„Ich weiß es. Das sollte genügen."

„Nun", erwiderte Hapuseneb. „Hatschepsut ist die Herrscherin. Wir alle haben ihr die Treue geschworen.

Ich bin zwar gegen diesen Mord, aber eigentlich hat sie gar keine andere Wahl. Sie oder Thutmosis."

„Dann muss die Antwort Thutmosis heißen", antwortete ich ernst. „Das ist der Wille der Götter."

„Nenefer", fuhr Hapuseneb erschreckt auf. „Damit verrätst du die Königin!"

„Nein", erwiderte ich fest. „Sie hat sich damit selbst verraten. Sie weiß genau, dass ihre Stunde gekommen ist. Nur ihr abgrundtiefer, unergründlicher Hass auf Thutmosis treibt sie zu dieser Wahnsinnstat. Sie hat wie eine Königin regiert. Kann sie nicht wie eine Königin zurücktreten? Wir dürfen es nicht zulassen, dass sie Ägypten verrät. Wir müssen Senmut daran hindern, diesen Mord zu begehen."

„Was verlangst du da von mir?", stöhnte Hapuseneb.

„Soll ich gehen und Senmut hindern? Das schaffe ich nicht. Du bist der Einzige, der das vollbringen kann."

„Ich kann ihn nicht töten. Er ist Hatschepsut treu ergeben. Er führt nur ihren Befehl aus."

„Du sollst ihn nicht ermorden, Hapuseneb. Du sollst von den Wächtern des Tempels ein rechtmäßiges Urteil vollstrecken lassen. Sieh hier. Ich war heute Nacht im Haus des Lebens. Dort habe ich dies hier gefunden. Es ist ein altes Urteil, das besagt, dass ein einmal von Pharao erteiltes Urteil solange rechtskräftig bleibt, bis es von diesem oder einem anderen Pharao aufgehoben oder widerrufen wird."

Hapuseneb prüfte den Papyrus und nickte.

„Gut! Doch weiter? Worauf willst du hinaus?"

Ich reichte ihm das einst von Thutmosis I. unterzeichnete und gesiegelte Todesurteil gegen Senmut.

„Es ist nie widerrufen worden und damit immer noch rechtskräftig."

Hapuseneb erbleichte.

„Wie bist du dazu gekommen?"

„Das tut nichts zur Sache. Ich bitte dich nur, lass es von den Wächtern des Tempels vollstrecken, und zwar gleich. Ich habe dich noch nie um etwas gebeten. Doch diesmal tue ich es, ja, ich verlange es von dir. Du hast mir einst dein Wort gegeben."

Hapuseneb schwieg lange. Schließlich schüttelte er traurig den Kopf.

„Nein, Nenefer. Ich würde fast alles für dich tun. Doch die Frau zu verraten, der ich zwanzig Jahre treu gedient habe, das kannst du nicht von mir verlangen."

Ich schwieg einen Moment, zögerte. Doch dann entschloss ich mich, mein Schweigen zu brechen. Thutmosis musste am Leben bleiben, nur das war wichtig. Sollten die alten Wunden wieder bluten. Es bedeutete nichts mehr.

„Gut, Hapuseneb. Ich kann dich nicht zwingen. Aber eine Frage will ich dir noch stellen. Hast du dich nie gefragt, warum ich Senmut geheiratet habe?"

Überrascht blickte Hapuseneb mich an.

„Was hat das damit zu tun?", fragte er unsicher. „Sicher, ich habe mich oft gefragt, warum. Doch ich hatte kein Recht mehr dazu, dich zu fragen."

„Nun, Hapuseneb, heute will ich dir auf diese Frage trotzdem eine Antwort geben, weil ich glaube, dass du dann bereit bist, Senmut zu töten. Und nur das ist wichtig. Eigentlich wollte ich dir das nie erzählen. Doch nun zwingen mich die Umstände förmlich dazu. Als du aus Theben fort gingst, erwartete ich ein Kind von dir. Um das Kind behalten zu können, verlangte Pharao, dass ich Senmut heirate. Er war klug und schlau, denn er sah, dass jemand zwischen Hatschepsut und Senmut stehen musste. Dieser Jemand sollte ich sein. Was konnte ich tun? Ich gehorchte. Senmut und ich zogen auf ein Gut in der Nähe von Memphis. Dort sollte das Kind unbemerkt zur Welt kommen. Doch unsere Ehe entwickelte sich zu einer Katastrophe. Senmut hasste mich, weil ich und das Kind seinen ehrgeizigen Plänen im Weg standen. Eines Tages, nachdem mein Bruder Thutmosis uns aufgesucht hatte, gerieten wir anschließend in Streit. Ein Wort gab das andere, bis er schließlich wie ein Besessener auf mich einschlug. Ich stürzte und wurde bewusstlos. Er ließ mich liegen und ging einfach schlafen. Eine Folge des Sturzes war, dass ich in jener Nacht mein Kind verlor, weil es zu früh geboren wurde. Senmut ist sein Mörder. Und nun bitte ich dich noch einmal, nicht für mich, nicht für den jungen Thutmosis, tue es um unseres toten Kindes Willen. Lass von deinen Tempeldienern dieses Urteil vollstrecken. Es ist gerecht."

Fassungslos starrte Hapuseneb mich an.

„Das kann doch nicht wahr sein, Nenefer!"

„Warum sollte ich lügen? Glaubst du, ich hasse Senmut ohne Grund? Doch bis heute war er gut für Ägypten. Er hat Großes geleistet, und darum wäre es von mir selbstsüchtig gewesen, wenn ich sein Leben gefordert hätte. Jetzt aber ist er dabei, großen Schaden anzurichten. Senmut auf dem Horusthron – nein! Darum frage ich dich noch einmal. Wirst du es tun? Diese Tat ist gut und vor den Göttern gerechtfertigt."

Wortlos griff Hapuseneb nach der Schriftrolle, die ich ihm entgegenhielt und ging. Noch ein letztes Mal blickten wir uns in die Augen. Was wäre nicht alles möglich gewesen, hätten die Götter sich nicht gegen unsere Liebe gestellt? Als er ging, wusste ich, dass ich ihn nie wiedersehen würde. Er verließ mich im Morgengrauen und nahm die Zukunft Ägyptens mit sich.

Hellwach, innerlich völlig ruhig, lehnte ich mich in meinem Sessel zurück. In meinen Gedanken ging ich mit Hapuseneb. Ich begleitete ihn in den Tempel. Dort stellte er einen Trupp von Tempeldienern zusammen und ging mit diesen zum Haus Senmuts. Es war noch immer früh am Morgen als Hapuseneb dort eintraf. Die erschreckten, überraschten Diener wurden von den Tempelwächtern rasch überwältigt. Dann betrat Hapuseneb das Schlafgemach Senmuts. Der Krach und die ungewohnten Geräusche hatten diesen aus dem Schlaf geschreckt. Sein erster Gedanke galt Thutmosis Männern, und seine Hand griff unverzüglich nach dem Schwert, um sich zu verteidigen. Als ihm nun Hapuseneb gegenüberstand, ließ Senmut die Waffe erleichtert sinken. Die Spannung wich von ihm.

„Was gibt es so Wichtiges, das dich zu dieser frühen Morgenstunde zu mir führt?"

Schweigend reichte Hapuseneb Senmut das Urteil, das einst von Thutmosis I. unterzeichnet worden war.

Senmut las es und begann zu lachen.

„Was soll das, Hapuseneb? Woher hast du das?"

Hapuseneb blieb ernst.

„Ich bin gekommen, um dieses Urteil zu vollstrecken."

„Aber dies ist längst hinfällig. Thutmosis I. ist lange tot."

„Nicht aber sein Urteil. Und ich glaube, er hat gut über dich geurteilt. Solange Hatschepsut dies nicht ausdrücklich widerruft, bleibt dies hier rechtskräftig. Nenefer hat dies im Haus des Lebens festgestellt."

„Nenefer", wiederholte Senmut.

Hapuseneb nickte.

„Ja", bestätigte er. „Und sie hat beschlossen, dass es an der Zeit ist, dieses Urteil zu vollstrecken."

Senmut lächelte grimmig.

„Diese Schlange. All die Jahre hat sie dies besessen, und jetzt, nach all den Jahren, schlägt sie zurück. Warum?"

„Das frage dich selbst. Nenefer jedenfalls weiß es genau und ich nun auch."

Auf ein Zeichen Hapusenebs ergriffen die vor der Tür wartenden Tempelwächter Senmut. Sie hatten ihn schnell überwältigt. Hapuseneb selbst griff nach dem Schwert und holte zum tödlichen Stoß aus. Sterbend sank Senmut zu Boden.

Hapuseneb rollte die beiden Schriftrollen, die er von mir bekommen hatte, wieder zusammen und beauftragte dann die Tempelwächter, den Leichnam des Prinzen von Ägypten zusammen mit den beiden Rollen in seinem Namen zur Pharaonin zu bringen. Dann kehrte er in den Tempel zurück, schloss sich in seinem

Arbeitszimmer ein, leerte ein kleines Fläschchen mit weißem Pulver in einen Becher, füllte diesen mit Wein auf und trank ihn in einem Zug leer.

Mit Tränen in den Augen wandte ich meine Gedanken von Hapuseneb ab. Senmut war tot, Hapuseneb lag im Sterben. Hatschepsut hatte an diesem Morgen zwei mächtige Pfeiler ihrer Macht verloren. Als man ihr den Leichnam ihres Liebhabers brachte, war sie eine gebrochene Frau. Mit Senmut wich die Hoffnung aus ihrem Leben. Leichenblass, mit Augen, die nicht mehr weinen konnten, kam sie zu mir.

„Warum, Nenefer? Warum hast du das getan?"

Ich senkte den Blick, denn ich wagte kaum mehr, ihr in die Augen zu sehen. Wie sehr hatte ich sie geliebt und verehrt. Und doch hatte sie mich gezwungen, gegen sie Partei zu ergreifen.

„Ich habe getan, was ich tun musste. Tief in deinem Innern hast du es doch schon lange selbst gefühlt, dass das Ende deiner Herrschaft naht. Thutmosis nach dem Leben zu trachten, war und bleibt ein Frevel. Die Götter hätten dir eine solche Tat nie verziehen. Du wärst für alle Zeit verdammt gewesen. Und was ist ewige Verdammnis gegen ein paar Jahre mehr auf dem Thron? Du hast deine Zeit längst überschritten. Und vor allem, was wäre aus Ägypten geworden, wäre der einzig mögliche Thronfolger gestorben?"

„Es hätte noch immer Merietre gegeben, die mir auf den Thron hätte folgen können", wandte Hatschepsut ein. Doch an diese Regelung hatte selbst sie nie ernstlich gedacht.

Mitleidig verzog ich das Gesicht.

„Du weißt ebenso gut wie ich, dass Merietre für Ägypten ein Fluch wäre."

„Aber sie ist immerhin meine Tochter. In ihren Adern fließt das Blut Res."

„Und das Senmuts, eines Bauernsohns."

„Das weißt du?"

„Sicher. Und Thutmosis wird Merietre heiraten müssen, ohne auch nur zu ahnen, dass er Senmuts Tochter, der Tochter seines Erzfeindes, die Hand reicht."

„Aber Nenefer!"

Hatschepsut verlor völlig die Fassung. Verzweiflung übermannte sie.

„Er ist schuld an Nofrures Tod. Er hat sie gegen mich aufgehetzt."

„Nein, Hatschepsut, das hat er nicht. Er hat Nofrure aufrichtig geliebt und sie ihn. Was den beiden im Weg stand, warst du und dein unseliger Schwur."

„Willst du damit sagen, dass ich an ihrem Tod schuld bin?", stieß sie bitter hervor.

„Höre, Hatschepsut", sprach ich beruhigend auf sie ein. „Schon vor der Geburt dieser Kinder sah ich, dass Thutmosis einmal der neue Horus werden würde. Nofrure begleitete der Tod seit ihrer Geburt. Die Götter hatten ihr kein langes Leben bestimmt."

„Und Merietre?", fragte Hatschepsut.

Angewidert verzog ich das Gesicht.

„Sie ist eine falsche, niederträchtige Schlange, geboren, um ihr Gift zu verspritzen. Thutmosis wird mit ihr nicht viel Freude haben. Er ist nicht zu beneiden."

„Wie kannst du es wagen, so von Merietre zu sprechen. Immerhin ist sie meine Tochter."

„Doch sie ist auch Senmuts Tochter. Die Götter sein Thutmosis gnädig."

„Jetzt bist du zu weit gegangen. Ich werde Merietre krönen lassen. Thutmosis wird schon sehen. Noch gebe ich mich nicht geschlagen."

Hatschepsut wandte sich ab und wollte gehen. Doch ich hielt sie fest.

„Tu das nicht", bat ich sie.

„Du kannst sicher sein, dass ich es tun werde."

Verzweifelt schüttelte ich den Kopf.

„Wenn du Merietre die Macht bietest, wird sie zugreifen. Es würde Unruhen geben. Willst du das?"

„Besser als Thutmosis auf dem Thron."

„Du bist besessen", fuhr ich sie zornig an. „Nun gut. Du hast es herausgefordert. Erinnerst du dich noch daran, wie Nofrure starb? Sie ertrank, und weißt du auch warum? Nicht etwa, weil sie sterben wollte, sondern weil die eifersüchtige Merietre sie ins Wasser stieß. Und nun willst du ihr, der Mörderin, die Hand reichen? Tue es, Hatschepsut, und du machst alles zunichte, was du in den Jahren deiner Regierung geschaffen hast."

Hatschepsut starrte mich mit weit aufgerissenen Augen an.

„Das ist nicht wahr! Du lügst!", schrie sie.

Ich rührte mich nicht, verzog keine Miene. Da fiel es Hatschepsut wie Schuppen von den Augen, und sie erkannte, dass ich die Wahrheit sagte. Völlig aus der Fassung geraten, brach sie vor meinen Augen zusammen.

Die Spitzel Thutmosis, die in Theben Augen und Ohren offenhielten, hatten ihrem Herrn schon bald die Nachricht überbracht, dass die beiden mächtigsten Männer um Hatschepsut tot waren. Thutmosis wusste, nun war seine Stunde gekommen. Er wählte einen Trupp seiner besten Soldaten aus, stellte sie unter das Kommando Nebamuns und sandte sie nach Theben, um die Stadt vor seinem Einzug von allen Hatschepsutanhängern zu säubern. Wer sich nicht selbst den Tod gab, wurde erbarmungslos von Thutmosis Mördern beseitigt. Nur Hatschepsut selbst belästigte niemand. Sie wollte Thutmosis vor seinem Thron knien sehen.

Merietre, die sofort erkannte, dass die Zeit ihrer Mutter vorüber war, zog Thutmosis entgegen, um sich mit ihm zu einigen. Als große königliche Gemahlin und seine Frau kehrte sie an seiner Seite nach Theben zurück.

Hatschepsut hatte sich seit dem Gespräch mit mir in ihren Gemächern eingeschlossen. Sie ließ niemanden vor. Selbst die Nachricht, dass Merietre die Stadt verlassen hatte, um sich Thutmosis anzuschließen, berührte sie nicht.

Erst am Tag des Einzugs von Thutmosis in die Stadt erschien sie auf dem Dach ihres Palasts. Sie trug ihr Krönungsgewand, der Stierschwanz hing von ihrem Lendenschurz herab, die beiden Kronen Ägyptens saßen auf ihrem Haupt, und Geißel und Krummstab lagen in ihren Händen. Von Satre hatte ich erfahren, dass sie am Tag zuvor in ihren Totentempel gegangen war, um im Naos Amuns zu beten.

Als ich zu ihr aufs Dach stieg, sah sie mich kaum an.

„Tue mir einen letzten Gefallen, Nenefer", brach sie schließlich das Schweigen, während sie den Einzug des Heers verfolgte. „Bleib bei mir, bis es vorüber ist."

Sie wandte ihren Blick von den ägyptischen Truppen ab, stieg die Treppe zu ihren Gemächern herunter und befahl den Wachen, niemanden zu ihr zu lassen, bis Thutmosis kommen würde.

Ich kannte ihre Gedanken.

„Er wird dich nicht anrühren, Hatschepsut. Kein Mensch wird dir ein Leid tun."

„Niemand wird mir ein Leid tun, sagst du. Nein, Thutmosis würde es genießen, mir jeden Tag aufs Neue seine Herrschaft vor Augen zu führen. Sag selbst, wäre das ein Leben für eine Frau, die es gewohnt ist, Befehle zu erteilen, anstatt sie zu befolgen? Ich habe wie ein Pharao gelebt, ich werde wie ein Pharao sterben. Niemals wird Makare Hatschepsut vor jemandem das Haupt neigen. Niemals! Sage Thutmosis, wenn er kommt, er soll sich nehmen, was ihm angeblich gehört."

Ich nickte traurig, denn ich wusste nur zu gut, dass sie recht hatte. Machtlos musste ich mit ansehen, wie sie Gift in ihren Becher schüttete und ihn dann langsam, Zug für Zug, leerte, als wollte sie diese letzten Minuten bis zum Ende ihres Lebens voll genießen.

„Sag mir, Nenefer", fragte sie, während sie Geißel und Krummstab erneut in die Hände nahm und fest an sich drückte. „Ist Amun mit mir zufrieden? Kann ich frei von Schuld vor das Gericht des Osiris treten?"

„Ja, Hatschepsut, das kannst du, meine geliebte Königin."

Das Gift wirkte schnell und schmerzlos. Hatschepsuts noch immer schöner Körper wurde von einem heftigen Krampf geschüttelt, dann sackte sie in ihrem Sessel zusammen. Die Herrin beider Länder, Makare Hatschepsut, war tot. Sie hatte Thutmosis um seinen Triumph betrogen. Als er im Siegesrausch vor ihrer Tür erschien, fand er nur noch eine tote Königin vor. Für einen Augenblick übermannte ihn der Zorn. Doch dann sagte er zu mir: „Vielleicht ist es besser so. Solange sie gelebt hätte, hätte ich nicht ruhig schlafen können."

Ungehindert ließ er mich den Leichnam Hatschepsuts ins Haus des Todes überführen. Staatstrauer wurde angeordnet. Ich selbst kümmerte mich darum, dass das Begräbnis Hatschepsuts dem eines großen Pharaos entsprach. Thutmosis gefiel dies zwar nicht besonders, doch er schwieg und ließ es geschehen. Nur Merietre versuchte, meinem Treiben Einhalt zu gebieten. Sie hasste ihre Mutter so sehr, dass sie ihr sogar diese letzte Ehrung missgönnte. Vor allem aber hasste sie mich, weil ich noch immer lebte und sie noch immer allen Grund hatte, mich zu fürchten. Doch so sehr sie sich auch bemühte, Thutmosis gegen mich aufzubringen, um mich beseitigen zu lassen, es war vergebens. Er weigerte sich. Von mir, dies wusste er, drohte ihm keine Gefahr. Doch die Götter könnten ihm wegen meines sinnlosen Todes zürnen, und diese Gefahr wollte Thutmosis nicht auf sich nehmen.

Hatschepsut wurde am gleichen Tag wie Hapuseneb zu Grabe getragen. Beiden erwies Thutmosis die letzte Ehre. Was die Leiche Senmuts betraf, weigerte er sich jedoch, sie bestatten zu lassen. Er spielte sogar mit dem Gedanken, die sterblichen Überreste des Baumeisters wie den Kadaver eines Hunds in der Wüste verscharren zu lassen. Für den Geliebten seiner Stiefmutter hatte er kein Mitgefühl, war er doch zu seinen Lebzeiten sein erbitterter Feind gewesen. Heimlich bestach ich deshalb einige ehemalige Bauarbeiter Senmuts, die ihren Herrn so liebten, dass sie es auf sich nahmen, unter dem Tempel Hatschepsuts einen kurzen Schacht an versteckter Stelle zu graben. Dorthin ließ ich im Schutz der Dunkelheit den einbalsamierten Leichnam Senmuts bringen und den Schacht wieder so verschließen, dass niemand je den Eingang zur Gruft finden würde. Im Tod sollte er der Frau nah sein dürfen, die er sein Leben lang geliebt hatte und der er stets treu ergeben gewesen war. Ich tat dies, weil der Tod alle bösen Gefühle zum Schweigen bringen sollte.

Thutmosis war mein Tun nicht entgangen. Wütend kam er zu mir, um mich zur Rede zu stellen.

„Es ist schändlich, sich an Toten rächen zu wollen. Alle stehen wir eines Tages vor Osiris Gericht. Überlassen wir ihm das Urteil. Denn es ist anmaßend von uns Menschen, selbst Richter spielen zu wollen."

Thutmosis wollte mir etwas entgegnen, doch mein Blick verschloss ihm den Mund. Er ging unverrichteter Dinge von mir und ließ die Angelegenheit auf sich beruhen.

Eine Woche nach der Beisetzung Hatschepsuts begab sich Thutmosis in den Tempel. Dort verbrachte er die Nacht vor der Krönung in der heiligen Halle des Amun, um sein Herz prüfen zu lassen. Doch so viel Thutmosis auch betete, Amun gab ihm kein Zeichen. Als er am Morgen danach in der Säulenhalle des Tempels die Insignien der Macht vom neuen Hohenpriester des Amun empfing, glaubte er, Hatschepsuts kalte Hände noch immer auf Geißel und Krummstab spüren zu können. Ein Einbalsamierer hatte der toten Königin die Hände brechen müssen, um ihr diese Zeichen der Pharaonenwürde zu entreißen. Ein Schauer lief über Thutmosis Rücken, und Zweifel nagten an seinem Herzen. War er der rechtmäßige Pharao, oder hatte er sich all die Jahre ein Recht zugesprochen, das ihm nicht gebührte? Unsere Blicke trafen sich während der Krönungszeremonie, und Thutmosis fühlte, dass ich seine Zweifel kannte. Doch er wusste auch, dass ich die Antwort auf seine quälende Frage kannte, dass ich seine Ungewissheit bejahen oder zerstreuen konnte. Aber ich vermied es nicht nur damals, zu antworten, sondern auch später; denn solange er nicht sicher ist, wagt er es nicht, dein Andenken zu schmähen, geliebte Schwester.

Alles, was ich hier berichtete, entspricht der Wahrheit. Es ist ein Stück Geschichte Ägyptens. Und als ich vor einigen Tagen erfuhr, dass Merietre in anderen Umständen sei, musste ich fast lachen. Der Sohn der Weinhändlertochter und die Tochter eines Bauernsohns teilen den Thron Ägyptens. Frisches Blut wird den Thron Ägyptens beleben, und starke und mächtige Herrscher werden aus diesem Samen hervorgehen. So verworren sind die Wege der Götter. Doch sie wissen stets genau, was sie tun.

Ich hoffe, dass alles, was ich in meinem Leben tat, ihr Wohlgefallen finden wird und ich frei von großer Schuld vor Osiris Gericht treten kann, um mit jenen Menschen vereint zu sein, die mir in meinem Leben etwas bedeutet haben. Sie sind alle tot, alle. Nur ich lebe noch immer, obwohl auch meine Zeit längst abgelaufen sein sollte. Doch mein Leben liegt in Amuns Hand. Wann immer er mich rufen wird, werde ich bereit sein.

Meine Gebete aber gehören dem neuen Pharao. Ich hoffe, dass er Erleuchtung findet. Ich wünsche ihm, dass sich sein Herz öffnet, und er versteht, dass die Eine sich nur nahm, was ihr gehörte. Es fiel ihr schwer, sich zu trennen, dem jungen Blut Platz zu machen. Doch sie war zu sehr vom Willen der Götter durchdrungen, um sich nicht am Ende doch ihrer Macht zu fügen. Mögest du, Thutmosis, von ihnen durchdrungen werden, um ihre Macht zu erkennen. Dafür bete ich in der letzten Stunde meines Lebens.

Ein neues Zeitalter bricht heran, ein Zeitalter der Eroberung. Doch Eroberung bringt Leid mit sich. Mütter werden weinen und dich verfluchen, Pharao Thutmosis. Aber jeder von uns muss seinen Weg gehen, seinen Becher bis zur bitteren Neige leeren. Und irgendwann, Hatschepsut, wird man deiner gedenken und des Friedens, den du dem Land so viele Jahre geschenkt hast. Doch so ist der Mensch nun einmal, einfältig und dumm, denn er kann nur schätzen, was er nicht besitzt. Das ist wohl die bedeutendste Erkenntnis meines langen Lebens.

Nenefer, Seherin des Amun

Die Götter seien meinem Ka und Ba gnädig.

Thutmosis senkte die Papyrusrolle. Benommen starrte er auf die Hieroglyphen, die vor seinen Augen langsam verschwammen. Er blickte zu dem aufgebahrten, toten Körper hinüber, der nun von den ersten Sonnenstrahlen beschienen wurde und flüsterte:

„Oh Nenefer, bei der Neunheit der Götter. Die alte Nubierin hatte recht. Es war ein Fluch, dies hier zu lesen. Wie sehr habe ich dich gefürchtet und gehasst. Nun muss ich erkennen, dass du es warst, die mein Leben schützte. Wie sehr habe ich Hatschepsut um Nofrures Willen gehasst. Nun muss ich herausfinden, dass sie von der falschen Schlange, die meine Frau ist, genauso getäuscht wurde wie ich. Wie soll ich mit einer Frau an meiner Seite leben, die die Tochter meines ärgsten Feindes ist. Und doch weiß ich, dass ich mit ihr leben muss, denn sie ist das Bindeglied zum Thron. Bei den Göttern, es ist ein Fluch, die Wahrheit zu kennen. Was für ein Fluch muss es erst sein, die Ereignisse voraussehen und doch nichts daran ändern zu können. Du hast deinen Fluch tapfer getragen. Die Götter seien dir gnädig. Ich bete für dich."

Aus der Ferne glaubte Thutmosis noch einmal ihre Stimme zu vernehmen, richtungweisend wie immer.

„Amun schützt dich. Vertraue ihm. Er wird dich führen."

Dann erfüllte nur noch eisige Kälte den Raum. Thutmosis wusste, erst jetzt war sie wirklich tot, entfernte sich aus dem Raum, um in die göttliche Ewigkeit eingehen zu können.

Es klopfte an der Tür. Zusammen mit den Sempriestern, die gekommen waren, um die Tote zu holen, trat Merietre ein.

„Was hast du die ganze Nacht hier gemacht?", fragte die große königliche Gemahlin.

„Ich habe über die Wahrheit nachgedacht", erwiderte Thutmosis abweisend. „Lass uns gehen. Den Rest müssen wir den Einbalsamierern überlassen. Es gibt nichts mehr, was wir noch tun können."

Noch vor der Geburt seines Sohns brach Thutmosis zu einem erneuten Feldzug nach Asien auf, denn der Gedanke an das, was Merietre getan hatte und was er doch für sich würde behalten müssen, trieb ihn fort. Als er nach zwei Jahren Krieg nach Ägypten zurückkehrte, war Merietre tot. Sie war qualvoll bei der Geburt ihres Kindes gestorben.

…denn die Götter lassen nichts ungestraft. Ihrem gerechten Zorn entgeht niemand.

Zu den Personen

Hatschepsut, die erste Frau auf dem Horusthron, regierte Ägypten von ca. 1489-1468 v. Chr. allein. Vorher hatte sie sich sieben Jahre lang den Thron mit ihrem Halbbruder und Gatten Thutmosis II. geteilt. Als dieser starb, übernahm sie für kurze Zeit die Regentschaft für den Thronerben, Thutmosis III., der noch ein kleines Kind war. Doch dies genügte der selbstbewussten, energischen, nach Macht strebenden, jungen Frau bald nicht mehr. So krönt sie sich selbst und drängt damit den rechtmäßigen Erben des Throns für mehr als zwanzig Jahre ins Abseits. Diesen ungewöhnlichen Schritt ihrer Machtergreifung versucht sie an den Wänden ihres Totentempels dadurch zu rechtfertigen, dass Amun selbst sie bei ihrer Geburt zum Thronerben bestimmt habe.

Die Regierung Hatschepsuts zeichnet sich vor allem durch eine rege Bautätigkeit und einen blühenden Handel aus. Höhepunkte dieses Baubooms sind wohl ihre Obelisken bei Luxor (noch heute ist einer ihrer Steinriesen im Tempel von Karnak zu finden) und der Terrassentempel von Deir el Bahari. Ebenso spektakulär ist in ihrer Regierungszeit die Wiederentdeckung des Handelswegs nach Punt, das wahrscheinlich in der Gegend des heutigen Eritreas und der Küste von Somaliland zu suchen ist. Auch über dieses Ereignis berichtet Hatschepsut ausführlich an den Wänden ihres Tempels.

Gegen Ende ihrer Herrschaft wurde der Druck an den Grenzen ihres Landes immer stärker. Ägyptens militärische Macht war allzu lange nicht mehr präsent gewesen. Eine Ablösung auf dem Thron und eine Änderung der Politik waren dringend erforderlich geworden.

Das Ende der Königin selbst hüllt sich ins Dunkel. Trat sie zurück, stürzte der junge Thutmosis sie oder starb sie? Wir wissen es nicht. Doch nach ihrem plötzlichen Verschwinden wurde eine systematische Verfolgung und Vernichtung ihrer Statuen, Inschriften und anderer Zeugnisse ihrer Regierung vorgenommen. Nichts sollte mehr an die Frau auf dem Thron erinnern. Darum lässt sich ein gewaltsames Ende der Königin durchaus nicht ausschließen.

Hatschepsut hatte zwei Töchter, Nofrure, die etwa im 14. Regierungsjahr starb, und Merietre, die wahrscheinlich später, wie in Ägypten in der damaligen Zeit üblich, ihren Halbbruder ehelichte.

Thutmosis III. war der Sohn Thutmosis II. und einer Haremsfrau namens Isis. Sie muss von niederer Herkunft gewesen sein, denn sonst hätte Hatschepsut eine Entmachtung des jungen Thutmosis nicht gelingen können.

Die wohl bedeutendste Persönlichkeit der Regierungszeit Hatschepsuts ist ihr Baumeister Senmut. Schon unter Thutmosis II. war er Haushofmeister der Königin. Doch das war erst der Beginn einer steil nach oben führenden Karriere. Er war der Sohn des Bauern Ramesse und dessen Frau Hatnefer, die bei Hof Stellung und Ansehen besaß. Ganz ohne Frage war Senmut ein bedeutender Baumeister, wofür Deir el Bahari nur ein Beweis ist. Doch Senmut war für die Königin mehr als nur ein treu ergebener Untertan. Das beweist sein verstecktes Bildnis an heiligster Stelle (noch heute bei einem Besuch des Tempels zu finden), für die damalige Zeit gewiss ein großer Frevel. Aber auch sonst sprechen viele Tatsachen dafür, dass Senmut zur Königin ein ganz besonderes Verhältnis hatte und in späteren Jahren ihr Geliebter wurde. (z.B. das Bildnis in seinem Grab, das ihn mit der Tochter der Königin zeigt)

Nehesi, der Nubier, ist uns vor allem als Leiter der Expedition nach Punt im Gedächtnis geblieben. Ein ebenfalls treuer Anhänger der Königin war der Oberpriester des Amun, Hapuseneb. Überhaupt hatte Hatschepsut es verstanden, viele bedeutende Männer des Reiches um sich zu scharen, die der Königin bedingungslos ergeben waren. Nur so ist es zu erklären, dass sich Hatschepsut über zwanzig Jahre an der Macht halten konnte, obwohl der junge Thutmosis gewiss nach dem Thron strebte.

Mit dem Verschwinden der Königin tauchen auch fast alle diese ihr ergebenen Großen des Reichs unter. Nur wenige sind nach dem Machtwechsel noch in ihren Ämtern zu finden.